grafit

Dieses Buch ist ein Roman. Dennoch sind viele Personen nicht frei erfunden, sondern existierten wirklich. Ihre Handlungen beruhen auf einem historischen Hintergrund. Im Anhang findet sich ein Personenverzeichnis.

Bibliografische Information der Deutschen Nationalbibliothek
Die Deutsche Nationalbibliothek verzeichnet diese Publikation in der Deutschen Nationalbibliografie; detaillierte bibliografische Daten sind im Internet über http://dnb.d-nb.de abrufbar.

MIX
Papier aus verantwortungsvollen Quellen
FSC
www.fsc.org
FSC® C083411

Cäcilienstraße 48, D-50667 Köln
Internet: http://www.grafit.de
E-Mail: info@grafit.de

Umschlaggestaltung: Nele Schütz Design unter Verwendung von shutterstock/Antilo (Frau/Auto), Magic Panda (Ornament), Arterfak Projekt (Rahmen)
Gestaltung Innenteil: DÜDE Satz und Grafik, Odenthal
Lektorat: Ulrike Rodi
Druck und Bindearbeiten: CPI – Clausen & Bosse, Leck
ISBN 978-3-89425-781-1
1. Auflage 2021

Gabriella Wollenhaupt/
Friedemann Grenz

Fräulein Wolf und die Ehrenmänner

Kriminalroman

grafit

Gabriella Wollenhaupt war viele Jahre als Fernsehredakteurin in Dortmund tätig. Als Kriminalschriftstellerin ist sie bekannt vor allem für ihre kultigen »Grappa-Krimis«. Die schlagfertige Polizeireporterin Maria Grappa ermittelte in insgesamt dreißig Romanen und hatte 2020 ihren letzten Auftritt in *Ein letzter Grappa*.
Weitere, wie *Fräulein Wolf und die Ehrenmänner* vor allem historische Romane hat die Autorin gemeinsam mit ihrem Ehemann **Friedemann Grenz** verfasst. Der Literaturwissenschaftler arbeitet als freier Lektor und Autor.
www.gabriella-wollenhaupt.de

Die Hölle ist leer, alle Teufel sind hier!

William Shakespeare, Der Sturm – The Tempest I,1 – Ariel

Feuchte Luft und mattes Licht. Eine Tür wird nur angelehnt. Ein Traum von vollen Taschen.

Der Mann riecht nach Mottenkugeln und altem Schweiß. Luise atmet durch den Mund, dann stinkt es nicht so. Ist ja das letzte Mal, dass sie hier neben ihm liegt. Hofft sie.

»Lange geht dit nich mehr, Lieschen«, sagt er. »Dann passte nich mehr rein in meine Fotomaschine. Weil du denn aufjehst wie 'ne dicke Schrippe. Dit wollen die Herrn nicht sehen.« Er greift ihr an den Busen.

»Lass dit, Fritz, mir ist blümerant«, sagt Luise und rückt von ihm ab. »Ick muss pieseln.« Sie drückt seine Hand beiseite und steigt aus dem Bett.

Er knurrt unwillig, lässt sie aber gehen.

Sie schleicht barfuß zur Tür, entriegelt sie und öffnet sie vorsichtig. Draußen ist niemand.

Mattes Laternenlicht. Die Luft ist feucht. Es hat den ganzen Tag geregnet. Eine Katze flitzt über die Straße und verschwindet im Hauseingang gegenüber.

Luise lehnt die Tür an, ohne die Wohnung zu verlassen. Sie ist aufgeregt, ihre Hände zittern. Sie hat Hunger. In der Küche findet sie Brot und eine angebrochene Flasche Bier. Sie legt das Brot auf einen Teller, gießt das Bier darüber und isst mit den Fingern.

Onkel Fritz stöhnt nebenan. Dit wird ihm bald verjehen, denkt Luise. Sie geht zum großen Kochtopf neben dem Herd, hockt sich drüber. Als sie fertig ist, klappert der Teller, den sie als Deckel darüberschiebt. Sie schleicht zurück ins schmale Bett. Onkel Fritz schläft mit offenem Mund. Luise ist erleichtert. Wenn der erst mal schläft, weckt ihn wenig auf.

Sie bleibt auf der Bettkante sitzen. Morgen haben Richard, Erich und sie volle Taschen und sind unterwegs. Wohin, weiß sie nicht. Hauptsache, weg von Berlin.

Luise hört Geräusche an der Tür. Sie atmet tief durch. Es ist so weit.

Ein Mann mit antiquiertem Frauenbild braucht Nachhilfe. Die junge Frau will weder stricken noch kochen.

»Ich hatte jemand anderen erwartet.« Alois Beckmann mustert die junge Frau.

»Wegen dem Namen Leo?«, fragt sie. »Ich bin daran gewöhnt, dass man mit einem Mann rechnet. Aber ich bin nun mal eine Frau. Stört es Sie?«

Beckmann ist amüsiert. »Ich bin nur ein wenig überrascht. Sie sind also Leo Wolf. Kommt von Leonore, denke ich. Oder von Leopoldine?«

Beckmann gefällt, was er sieht. Eine junge Frau Ende zwanzig mit dunklem, glänzendem Bubikopf, einem roten Topfhut und einem beigefarbenen Mantel, der ihre Figur verbirgt. Hohe Schuhe mit Riemchen an wohlgeformten Beinen.

»Leonore. Ist es wirklich kein Problem für Sie, dass ich weiblich bin?«

»Nein«, antwortet er. »Ich habe eher ein Problem damit, dass Sie die Nichte des Vizepolizeipräsidenten sind. Es hat der Presse noch nie gutgetan, die Nähe zur Exekutive zu suchen. Das verträgt sich nicht wirklich mit der Meinungs- und Informationsfreiheit. Haben Sie eine gute Beziehung zu Ihrem Onkel?«

Leo Wolf zuckt nicht mit der Wimper. »Ich mag meinen Onkel, aber ich kenne ihn eigentlich kaum. Unsere Familie ist groß und über ganz Europa verteilt. Ich wohne auch nicht bei ihm und seiner Familie, sondern habe mir ein Zimmer gemietet.«

»Ach so. Sie gehören zu den Frauen, die emanzipiert und selbstständig sein wollen«, grinst Beckmann. »Gutes Gelingen.«

»Das sollte gerade von Ihnen nicht verspottet werden«, entgegnet Leo. »Immerhin habe ich mich beim Sozialdemokratischen Pressedienst beworben und nicht bei den bunten Blättern, die ein antiquiertes Frauenbild vertreten. Die Sozialdemokraten haben sich bisher immer für die Emanzipation der Frau eingesetzt – oder soll sich das ändern?«

»Der Genosse Chefredakteur ist dem Wunsch Ihres Onkels gefolgt und hat Ihr Praktikum genehmigt. Also versuchen wir es mal mit Ihnen, Fräulein Wolf. Was sind Ihre thematischen Vorlieben? Mode? Kochen? Stricken? Kirche? Garten?«

»Sie werden es nicht glauben«, lächelt Leo. »Politik, Kultur und Verbrechen.«

»Dann sind Sie in Berlin goldrichtig. Willkommen, Leo Wolf!«

Beckmann führt Leo Wolf durchs Haus. Die Nachrichtenagentur hat seit sechs Jahren ihren Sitz in Berlin-Kreuzberg am Belle-Alliance-Platz 7 und 8, in einem großen, repräsentativen Haus. Die Sozialdemokratische Partei hat alles bezahlt.

»Das sind die Arbeitsräume der Redakteure und ständigen Mitarbeiter«, erklärt der Schriftleiter. »Ziemlich gediegen, nicht wahr?«

Schwaden von Zigarettenqualm erschweren das Betrachten. Leo erkennt klobige Schreibtische, alle mit Telefon versehen, manche mit Sichtschutz vom Nachbarn getrennt.

»Die meisten unserer Reporter sind gerade unterwegs.«

Leo hustet.

Beckmann ruft: »Kann mal jemand lüften?«

Niemand reagiert. Der Schriftleiter zuckt mit den Schultern und rückt seine Brille zurecht.

Leo folgt ihm zu einer Tür, hinter der sich allerhand Technik befindet. Beckmann deutet auf einen Apparat. »Für die Funkaufnahme unseres Nachrichtendienstes. Damit kommen wir in den Äther.«

»Wer finanziert das alles?«, fragt Leo.

»Fast zweihundert Zeitungen stehen hinter uns. Sie bilden eine Genossenschaft, der wir gehören. Wir beliefern sie mit allen wichtigen Informationen. Dabei kommen manchmal zwanzig Bögen am Tag heraus. Die angeschlossenen Verlagshäuser übernehmen die Artikel, die für sie interessant sind, und erweitern sie, wo nötig, durch eigene Recherchen.«

Beckmann winkt einen jungen Mann zu sich, der die Beine auf den Tisch gelegt hat und telefoniert. Er beendet das Gespräch und folgt dem Wink.

»Herr Schriftleiter! Habe die Ehre …« Es klingt fast spöttisch.

»Das ist Lukas Fox. Seines Zeichens Jungredakteur. Leichtfüßig, mutig, frech und von schnellem Verstand. Wie ein Schreiberling sein sollte.«

Fox verbeugt sich und schielt mit einem Auge auf Leo. Eine neue Tippse?, fragt er sich.

»Und die junge Dame hier heißt Leo Wolf. Sie kommt ganz frisch aus Wien und wird hier arbeiten.«

»Als was?«

»Als Praktikantin. Ihre Arbeitsproben haben unseren Chefredakteur überzeugt.«

Hoffentlich erwähnt er Onkel Bernhard nicht, betet Leo innerlich, sonst hab ich den Ruf als Protegé weg.

»Lieber Kollege Fox«, macht Beckmann weiter. »Reichen Sie Fräulein Leonore Wolf Ihre kollegiale Hand. Nehmen Sie sie mit zu den Geschichten, die Sie ausgraben.«

»Auch die harten Sachen?«, zweifelt Fox.

»Fräulein Wolf mag Verbrechen«, versetzt Beckmann.

»So ist es«, lächelt Leo. »Und da bin ich in Berlin ja gut aufgehoben, oder?«

»Genau. Nirgendwo in Europa wird mehr gemordet, betrogen, vergewaltigt und zusammengeschlagen als in Berlin«, sagt Beckmann. »Es gibt keinen Anstand mehr, Frauen und Kinder prostituieren sich und niemanden kümmert es. Die Moral ist im Arsch – um es mal etwas unfein auszudrücken.«

Lukas Fox grinst. Seine blauen Augen blitzen. Auch Leo lächelt. Der Ton gefällt ihr.

»An welchem Fall arbeiten Sie gerade, Herr Kollege?«

»Es gab einen brutalen Mord im Wedding. Ein Uhrmachermeister ist erwürgt worden. Verdächtig sind seine Mädchen.«

»Mädchen?«, fragt Beckmann.

»Der Kerl war Hobbyfotograf, hat junge Frauen – fast noch Kinder – in anzüglichen Posen fotografiert und die Bilder unter der Hand verkauft. Er soll auch Bars und Bordelle beliefert haben. Ich wollte zum Tatort, dem Laden, der dem Mann gehört hat, und mich mal umsehen.«

»Das trifft sich gut«, freut sich Beckmann. »Nehmen Sie Fräulein Wolf doch gleich mit, dann können Sie beide …« Er beendet den Satz nicht und blickt an Wolf und Fox vorbei zu zwei Männern, die ein Büro verlassen. »Genosse Chefredakteur!«

Der Angesprochene bleibt stehen.

»Darf ich Ihnen unsere neue journalistische Mitarbeiterin vorstellen? Das ist Fräulein Leonore Wolf aus Wien. Seit heute bei uns an Bord.«

Chefredakteur Erich Alfringhaus reicht Leo die fleischige Hand. »Sie sind das also. Ihr Onkel hat ja wahre Loblieder auf Sie gesungen, Fräulein Wolf.«

Fox stutzt. Welcher Onkel?

Leo errötet. Jetzt ist es doch raus, denkt sie, und es wird sich wie ein Lauffeuer verbreiten.

Alfringhaus bemerkt ihre unglückliche Miene. »Ist ja keine Schande, mit dem Vizepräsidenten der Polizei verwandt zu sein. Wir mögen ihn nämlich, nicht wahr, Winterstein?«

»Lass das bloß nicht Humpelstilzchen wissen«, spottet Winterstein. »Darf ich mich vorstellen? Valentin Winterstein, Verleger von Beruf.«

Ein schöner Mann will dazulernen. Die zarte Frauenseele kümmert sich um einen brutalen Mord im Wedding.

Der Mann ist groß und drahtig, von athletischer Gestalt. Leicht angegraute Schläfen im schwarzen Haar, scharfe Gesichtszüge, der Schmiss im Gesicht reicht vom Ohr bis zur Nase. Sie schätzt ihn auf vierzig Jahre. Die dunklen Augen mustern Leo neugierig.

»Angenehm«, behauptet Leo. »Und wer ist Humpelstilzchen?«

»Goebbels, Joseph«, antwortet Alfringhaus. »Der Lieblingsfeind Ihres Onkels. Die beiden treffen sich oft – vor allem vor Gericht.«

»Ach ja. Der Gauleiter der NSDAP«, nickt Leo. »Das beste Beispiel für den überlegenen arischen Herrenmenschen: klein, dunkelhaarig, Klumpfuß.«

»Sie haben eine scharfe Zunge«, meint Winterstein. »Wenn Sie schreiben wie Sie reden, kommt ein bisschen Leben in diese altehrwürdige Bude hier. Sozialdemokraten sind immer so erschreckend brav.«

»Wir bemühen uns eben um ein gewisses Niveau«, verteidigt sich Alfringhaus. »Wir sind eine Nachrichtenagentur und kein politisches Hetzblatt.«

Lukas Fox nimmt Leos Arm. »Wir müssen los, die Arbeit ruft.«

»Was liegt denn an?«, will Alfringhaus wissen.

»Mord in der Drontheimer Straße im Wedding. Das Opfer soll selbst einiges auf dem Kerbholz haben.«

»Ist Mord ein Thema für eine zarte Frauenseele?«, fragt Winterstein. »Warum fangen Sie nicht mit einem typisch weiblichen Thema an?«

»Ich kann mir kein besseres Thema vorstellen«, lächelt Leo. »Der Tote hat junge Mädchen anzüglich fotografiert und die Bilder verkauft.«

»Oh, Pardon, da war ich wohl zu voreilig«, entschuldigt sich Winterstein. »Ich sollte mein Frauenbild den neuen Zeiten anpassen. Vielleicht könnten Sie mich bei Gelegenheit auf den aktuellen Stand bringen, Fräulein Wolf?«

»Lass gut sein, du alter Schürzenjäger«, ermahnt Alfringhaus. »Und nun lass die beiden jungen Leute arbeiten.«

Alfringhaus deutet eine Verbeugung an und die Männer gehen weiter. Leo sieht ihnen nach. Am Fuß der Treppe dreht sich Winterstein plötzlich um und versenkt sich in Leos Blick. Sie wird rot und dreht sich weg.

Ihre glühenden Wangen ärgern sie. Ich bin ein dummes Huhn, schimpft sie und nimmt sich vor, sich nicht in Gefühle verstricken zu lassen, gegen die sie sich bisher erfolgreich gewehrt hat.

Die junge Frau fragt nach dem schönen Mann und seinen Neigungen. Der Schreiberling hat einen Laubfrosch.

Fox und Leo verlassen das Gebäude. Sie gehen über einen weitläufigen Platz. Leo steuert eine der Bänke an, die an der Straße stehen, und setzt sich. Fox tut es ihr gleich und fragt: »Schon müde? Oder ist Ihnen schlecht?«

»Nein, nein, aber Sie wissen doch, dass ich ganz neu bin in Berlin. Das sieht mir hier so aus, als wäre es eine gewissermaßen historische Gegend. All die neuen großen Häuser. Machen Sie mir doch mal ein bisschen den Fremdenführer. Was soll diese riesige Säule dahinten?«

»Oje. Fremdenführer. Na gut. Dies ist der Belle-Alliance-Platz, benannt nach einem Gasthaus in der Nähe von Waterloo. Tatsächlich steht es mitten auf dem Schlachtfeld von 1815. Napoleon hat dort sein Hauptquartier gehabt. Sehen Sie die Frau oben auf der Säule?«

»Sie ist nicht zu übersehen.«

»Das ist Viktoria, die Siegesgöttin.«

»Und ihr benennt einen Platz, mit dem ihr euren Sieg feiert, nach dem Hauptquartier des Gegners?«

»Gerade. Genau. Vielleicht etwas überheblich. Berliner Humor.«

Leo muss lachen. »Na dann. Die Häuser jedenfalls sehen toll aus.«

»Genug Fremdenführung?«

»Ja, danke, wir haben ja zu tun. – Wer ist dieser Winterstein?«, fragt Leo dann. »Was verlegt er?«

»Kleine Zeitschriften für Randgruppen.«

»Was soll das heißen?«

»Na jaaaa«, dehnt Fox. »Postillen für Freunde der gehobenen Tischkultur, Ratgeber für die deutsche Hausfrau und Illustrierte für Menschen mit – sagen wir mal – besonderen Neigungen.«

Leo macht große Augen.

Lukas grinst. »Kennen Sie das Blatt *Die Freundschaft*, das den Befreiungskampf andersveranlagter Männer und Frauen fördert?«

»Homosexualität? Ist Winterstein selbst auch …?«

»Das bestimmt nicht«, antwortet Fox. »Winterstein lässt in der Hinsicht nichts anbrennen. Sein Ruf ist nicht der beste.

Niemand weiß, wie er zu seinem Vermögen gekommen ist. Manche halten ihn für einen Kriegsgewinnler und die Nazis haben ihn auf ihrer schwarzen Liste, obwohl er politisch zurückhaltend ist. Kommen Sie, wir gehen weiter.«

»Und was hat er mit dem Pressedienst zu tun?«

»Er ist ein Freund des Chefs. Aber ich denke, dass die beiden Informationen austauschen. Über was auch immer.«

Sie erreichen den Busbahnhof, doch Fox biegt in eine Seitenstraße ein.

»Ich dachte, wir fahren mit dem Bus«, wundert sich Leo. »Wie kommen wir denn jetzt nach Wedding?«

»Damit!« Fox deutet stolz auf ein geparktes Auto. »Mein Laubfrosch!«

»Schön grün« sagt Leo und streicht mit der Hand über den Lack.

»Opel. Zwölf PS. Schnurrt wie ein Kätzchen.« Der Jungredakteur hält ihr die Tür auf.

Lungernde Jugend, allerhand kleine Läden und eine große Torte für die kleinen grauen Zellen.

Lukas Fox stellt das Auto ab und zeigt auf ein Schaufenster voller Uhren auf der anderen Straßenseite. »Da ist der Laden ja schon.«

Er will hinübergehen. An der Tür des Ladens sind Polizeisiegel zu erkennen. Ein Wachtmeister schaut ballspielenden Kindern auf der Straße zu. Neugierige bleiben stehen. Eine Gruppe junger Leute schlendert heran und blickt zu dem Uhrenladen. Die Nachricht von dem Mord an Onkel Fritz hat sich schnell herumgesprochen.

»Die Mordkommission war heute Morgen da und in der

Morgenausgabe der *Berliner Volkszeitung* stand eine kurze Notiz. Die waren schneller als unser Pressedienst.« Fox reicht Leo einen Zeitungsausschnitt.

Sie liest:

Die Mordkommission der Berliner Kriminalpolizei wurde heute Vormittag zu dem Haus Drontheimer Straße 5 im Norden der Stadt gerufen, wo der 56-jährige Uhrmacher Friedrich Ulbrich in seinem Geschäft tot aufgefunden wurde. Verschiedene Umstände lassen darauf schließen, dass Ulbrich einem Verbrechen zum Opfer gefallen ist.

»Wie gehen wir jetzt vor?«

»Wir streunen durchs Viertel«, erklärt Fox. »Fragen die Leute aus. Vielleicht treffen wir ja jemanden, der zufällig etwas bemerkt hat. Einen Zeugen, den die Polizei noch nicht in der Mangel hatte. Und dann brechen wir das Polizeisiegel auf und schauen uns am Tatort um.«

Fox lacht, als er Leos entsetztes Gesicht sieht. »Das war nur Spaß«, beruhigt er sie. »Kein Journalist in Berlin will sich mit dem alten Buddha anlegen.«

»Ernst Gennat?«

»Sie kennen ihn?«

»Sein Name ist auch in Wien bekannt. Die berühmte Mordinspektion Berlin. ›Der Dicke vom Alexanderplatz‹. Frisst jeden Tag eine Stachelbeertorte, damit die grauen Zellen funktionieren. Onkel Bernhard hat mir sein gruseliges Büro geschildert.«

»Das kenne ich auch«, nickt Fox. »Die durchgesessen Fauteuils, der Frauenkopf aus der Spree – fein säuberlich präpariert – auf einer Säule, die schwere Axt, die irgendein Mörder benutzt hat, und die vielen Fotografien von Mordopfern. Wirklich gruselig.«

»Sollten wir uns nicht erst mal einen Eindruck vom Gesamtmilieu verschaffen? Lassen Sie uns doch ein paar Schritte in die Straße tun«, wendet Leo ein. »Die Zeugen suchen wir dann später.«

»Hier gibt es nicht viel zu sehen«, wehrt Fox ab. »Wedding ist kein feines Milieu, aber auch kein Elendsviertel. Lassen Sie uns die Menschen ansprechen. Angeblich wurde die Leiche des Uhrmachers von einer Frau gefunden, die zu seinen Modellen gehörte, also auch von ihm fotografiert worden ist.«

»Dann suchen wir diese Zeugin«, sagt Leo entschlossen.

Sie schreitet die Straße entlang, die auf der gegenüberliegenden Seite keinen Gehweg hat. Ein paar noch junge Bäume würden etwas Schatten spenden, wenn denn die Sonne schiene. Aber wenigstens regnet es nicht.

Die kaiserliche Marine schwimmt nicht mehr – sie rollt. Dafür gibt es ein Chansonettenbrüstchen.

Neben einem Metzgerladen eine Destille, davor sitzt ein sichtlich betrunkener Bettler mit Mütze auf dem Boden und versucht tapsig, Leos Mantelsaum zu erwischen. Er hat keine Beine mehr und bewegt sich auf einem Brett mit vier Rollen.

»Na, na, benimm dich«, knurrt Fox und stößt die Hand des Mannes mit seinem Schuh an.

»Ick bitte um eine milde Jabe«, lallt der Mann.

Leo holt ein paar Münzen aus der Manteltasche und wirft sie in die Mütze. Sie bemerkt, dass der Bettler eine goldfarbene Medaille am zerschlissenen Mantel trägt.

»Was bedeutet dieser Orden?«, fragt sie.

»Kaiserliche Marine«, murmelt der Mann. »U-Boot-Kriegsabzeichen von Kaiser Wilhelm Zwo. Einjetauscht gegen zwee Beene und dit nette Luxusauto hier.« Er klopft auf das Brett unter sich. »Det verjoldete Jelump bekamen die Doofen, die mindestens drei Feindfahrten auffem U-Boot durchjeführt haben. Dit hab ick.«

»Das tut mir leid.« Leo fühlt, dass dieser Satz dumm und sinnlos ist.

»Kannste ja nüscht für, Mädchen.« Der Mann kichert. »Der nächste Krieg, der wird noch unjemütlicher, wetten? Danke für die Spende, Frolleinchen. Ick rolle mal weiter zur Destille und jenehmige mir 'n Chansonettenbrüstchen.«

Er bringt das Brett in Bewegung, indem er sich mit den Armen anschiebt. Die Rollen quietschen.

»Was meint er mit ›Chansonettenbrüstchen‹?«, fragt sie.

»Eine Bulette«, erläutert Fox. »Die Leibspeise der Berliner Unterschicht. Schlechtes Fleisch, Gewürze und viel altes Brot.«

Auf Leos Stirn bildet sich die Ärgerfalte. »Für jemanden, der beim Sozialdemokratischen Pressedienst arbeitet, sind Sie ganz ordentlich überheblich, Herr Fox.«

»Man muss den Tatsachen ins Gesicht sehen«, wehrt sich Fox. »Besonders als Journalist. Sie werden in Berlin an jeder Ecke Kriegsversehrte sehen, Fräulein Wolf. Wenn Sie bei jedem in Tränen ausbrechen, kommen Sie nicht zum Schreiben. Und ich bin nicht überheblicher als eine Person, die aus einem reichen jüdischen Haushalt aus Wien ins gebeutelte Berlin kommt, um sich das Elend anzusehen.«

Leo atmet tief ein und wieder aus. »Sie haben recht. Ich werde mich bemühen, meine Gefühle zu kontrollieren, und erst abends in meine Kissen weinen.«

Fox grinst. »Guter Plan. Lassen Sie uns nun weiter das Milieu studieren.«

Sie spazieren die Drontheimer Straße entlang. Neben einem Schuhgeschäft führen einige Stufen in ein Souterrain. Über dem Eingang ein Schild: *Milch & Gemüse, immer frisch.*

»Verhungern muss man ja nicht«, fasst Leo ihren Eindruck zusammen. »Fleisch, Milch, Gemüse und dort ist ein Bäcker.«

Sie zeigt auf ein Blechschild in Form einer Brezel. »Ich denke, ich hab das Milieu hier in etwa verstanden.«

»Dahinten lungert unsere Berliner Jugend herum.« Fox deutet auf eine Gruppe junger Männer. »Arbeitslose Burschen ohne Zukunft. Irgendwann steuern die schnurstracks eine kriminelle Karriere an, aber keine große, sondern im Rahmen ihrer geistigen Möglichkeiten, und dann landen sie im Gefängnis und vielleicht unterm Fallbeil. Oder die Nazis fangen sie ein und sie mutieren zu Herrenmenschen, die auf Juden, Homosexuelle und Kommunisten einschlagen.«

»Sollen wir sie ausfragen?«, will Leo wissen. »Sie kennen bestimmt das eine oder andere Mädchen, das der Tote fotografiert hat.«

»Zuerst gehen wir mal zu den Uhren zurück«, beschließt Fox.

Die Zeugin im Gemüse plaudert aus dem Nähkästchen: Der Tote wollte den Mädchen nur helfen.

»Da ist er wieder«, sagt Leo. »Der Bettler von eben.«

»Und er hat sich tatsächlich Essen geholt«, bestätigt Fox. »Und natürlich eine Flasche Bier. Sind Sie nun beruhigt, dass Sie Ihre gute Tat für heute schon erledigt haben, Fräulein Wolf?«

Jetzt hat der Bettler die beiden auch entdeckt. Er hebt die Flasche hoch und winkt.

»Wir fragen ihn mal«, beschließt Leo. »Wenn die Stelle vor der Destille sein Stammplatz ist, könnte er was bemerkt haben.«

Sie geht zu dem Mann, Fox folgt ihr – innerlich murrend.

Dieses Weib ist anstrengend, sagt er sich, aber es ist ihr erster Arbeitstag. Da darf man etwas zu eifrig sein.

»Haben Sie mitbekommen, dass der Uhrmacher da oben tot ist, wahrscheinlich umgebracht wurde?«

»Jau, der Fritze Ulbrich, der Halunke«, nickt der Bettler. »Die Polente hat dit Etablissemang schon jefilzt.«

»Kannten Sie den Ulbrich?«

»Jesehen hab ick den oft. Jegeben hat er mir nie was«, erzählt der Bettler und nimmt einen tiefen Schluck aus der Pulle. »Schmuck war der nicht. Konnte sich mit ’nem Schwamm kämmen, so kahl war der auffem Kopp. Der jing oft auf ’n Matratzenball mit allerlei Frolleins. Hat Fotos jemacht und sich eenen abjezupft. Konnte kiebich werden, der Stenz.«

»Er meint, dass Ulbrich unattraktiv, glatzköpfig, geil und frech war«, übersetzt Fox.

»Ich hab’s schon verstanden«, lacht Leo. »Die Berliner sind so schön direkt.«

»In der Bude innendrin viel Blut im Bett und der Ulbrich tot uffem Kissen«, erzählt der Mann weiter.

»Woher wissen Sie das?«

»Die Frieda hat ihn jesehn.«

»Welche Frieda?« Jetzt ist Fox ganz Ohr.

»Frieda Seemann. Die hat den jefunden. Dahinten wohnt se.« Er deutet auf das Schild *Milch & Gemüse, immer frisch*.

Frieda Seemann ist eine propere Frau in den Zwanzigern, zugezogen aus dem Vogtland. Sie sitzt hinter einer Theke, auf der Holzkisten mit Gemüse stehen: Kohlrabi, Rotkohl, Kartoffeln, Zwiebeln und Rüben. Das Brot kostet neununddreißig Pfennig das Pfund.

Leo und Fox stellen sich vor. Frieda Seemann ist sofort bereit zu plaudern. Bei der Mordinspektion hat sie schon ausgesagt und sich gemerkt, was für die Polizisten wichtig gewesen ist.

»Also, der Laden war offen, aber niemand zu sehen. Ick hab an die Verbindungstür jeklopft, die zu Fritzens Wohnung führt. Wieder nix. Dann bin ick rein.«

»Kannten Sie das Opfer denn näher?«, fragt Fox.

»Na, wie man sich so kennt.« Sie errötet. »Ick sach mal so: Vor Jahren hatter mal Fotos von mir jemacht. Echt künstlerische Bilder. Ick hatte sogar ein Angebot als Garderobenmädchen in 'nem Kabarett. Aber dann hab ick meen Mann kennengelernt und der wollte dit nicht.«

»Sie sind also in die Wohnung rein …«

Sie nickt. »Da lag eener im Bette mit der Decke überm Kopp. Ick hab drunterjekiekt und fand den Fritze. Tot. Der lag da verkehrt rum. Kopp am Fußende. Ick hab 'nen Nachbarn zu Hilfe jeholt und der holte een Schutzmann. Der jing von einem Unfall aus und meinte, der Fritz sei knülle jewesen und jefallen. Dann hatter doch im Alex angerufen. Da kamen die Beamten der Mordinspektion und danach ein Schreiber von der *Berliner Volkszeitung*.«

»Wie ging es weiter?«

»Der Tote wurde weggeschafft und die Polypen kiekten sich in der Wohnung und im Laden um. Ob was geklaut is. Und dann wurden die Nachbarn befragt. Natürlich haben die erzählt, dass bei Fritze immer was los war. Mit die Mädchen und so. Das wusste hier jeder. Die Feierei ging oft bis spät in die Nacht.«

»Hat sich denn nie jemand beschwert? Ein alter Mann und junge Mädchen, die sich fotografieren lassen?«, fragt Leo. »Hatten die Eltern nichts dagegen?«

»Der Fritze hat die Fotos verkooft und die Mädchen bekamen ihren Anteil.«

»Wer waren seine Kunden?«

»Männer eben. Die janz jungen und aparten Mädchen bekamen ooch mal Arbeit in einem Restaurang, Kino oder als Tischdamen im Tanzlokal. Manche wurden ooch Girls im Kabarett.«

»Also war Ulbrich ein echter Wohltäter«, resümiert Fox. »Gut zu wissen.«

»Na ja ... janz so war dit nicht«, gibt Frieda Seemann zu. »Manche waren ooch seine Bettschlumpen. Aber er hat denen nie was Böses getan, ehrlich.«

Moralisch zu sein ist einfacher, wenn man genug zu essen hat. Die junge Frau ist dem Fuchs zu alt.

Im Pressehaus telefoniert Fox mit der Mordinspektion und erfährt, dass sich bereits ein Gerichtsarzt die Leiche des Uhrmachers angeschaut hat. Zudem haben die Kriminalbeamten weitere Zeugen befragt. Eine junge Frau und zwei Männer sollen die letzten Besucher des Ermordeten gewesen sein.

»Morgen werden sich bestimmt noch weitere Zeugen melden. Mein Artikel wird heute Nacht gedruckt, erscheint morgen ganz früh und geht dann an alle Zeitungen, die uns abonniert haben«, verspricht Fox.

Nach und nach füllt sich das große Büro. Schriftleiter Alois Beckmann wandelt von Schreibtisch zu Schreibtisch, spricht mit den Reportern – in der Hand einen Block, auf dem er sich Notizen macht.

»Herrschaften, in einer Stunde ist Andruck«, ruft er. »Also allez hopp!«

Jetzt ist er am Schreibtisch von Fox angelangt. Der telefoniert schon wieder.

»Fräulein Wolf! Hatten Sie einen erfolgreichen Tag?«, fragt Beckmann.

Leo sitzt Fox gegenüber, vor sich einen Bogen Papier. »Wir haben mit der Zeugin gesprochen, die die Leiche des Uhrmachers gefunden hat«, berichtet sie. »Das war sehr aufschlussreich. Der Tote war dafür bekannt, dass er von vielen sehr jungen Mädchen erotische Fotos gemacht und sie verkauft hat. Manche Mädchen landeten auch im Bett des Alten. Alle wussten das und niemand hat was dagegen unternommen.«

Beckmann nickt. »Moral können sich nur die leisten, die sich nicht darum kümmern müssen, dass sie was zu fressen haben. Der Krieg hat uns viel gekostet. Nicht nur Menschen-, sondern auch Seelenleben. Der Young-Plan ist uns vor einem Jahr aufgezwungen worden, danach muss Deutschland sechsunddreißig Milliarden Reichsmark als Reparationsschuld an die Siegermächte zahlen.«

»Finden Sie das etwa ungerecht?«, fragt Leo. »Immerhin hat Deutschland diesen schrecklichen Krieg mit heraufbeschworen!«

»Ich finde es ungerecht, dass das Volk diese Schuld begleichen muss und nicht die, die den Krieg angezettelt haben.«

Fox telefoniert nicht mehr. »Es war ein Raubmord«, stellt er fest. »Der Mann wurde mit dem eigenen Kopfkissen erstickt. Außer Bargeld in noch unbekannter Höhe fehlen siebzehn Ringe mit bunten Steinen, eine goldene Uhr im Wert von fünfzig Mark und mehrere Damenarmbanduhren. Und: Es wurde eine Belohnung von tausend Mark ausgesetzt.«

»Gut gemacht«, lobt Beckmann. »Dann mal los! Ich warte auf den Bericht. Lassen Sie Fräulein Wolf auch einen Teil schreiben, Fox. Bin gespannt, ob ich erkenne, wer was verfasst hat.«

»Danke!«, freut sich Leo. »Gibt es eine Schreibmaschine für mich?«

Beckmann zeigt auf einen freien Tisch. »Auch einen eigenen Schreibtisch. Da finden Sie alles, was Sie brauchen – sogar ein Telefon.«

Beckmann zieht weiter. Fox macht ein mürrisches Gesicht.

»Ist was?«, fragt Leo.

»Ich hab noch nie mit jemandem zusammen was geschrieben«, mault er. »Und mit einer Frau schon gar nicht.«

»Was soll mir das jetzt sagen?«, fragt sie zurück. »Dass Sie was gegen ehrgeizige und selbstbewusste Frauen haben?«

»Was wollen wir denn als Signatur unter den Artikel schreiben?«

»Fox Schrägstrich Leo.«

»Klingt lustig.« Er hat sich wieder im Griff. »Ein Fuchs und ein Löwe. Ich schreibe über die Polizeiermittlungen und Sie über Ulbrichs Vorlieben. So könnte es gehen.«

»Ja, das hört sich gut an«, lächelt sie. »Sollen wir uns eine vertrauensbildende Maßnahme gönnen?«

»Und die wäre?«

»Sagen Sie Leo zu mir, dann sage ich Lukas zu Ihnen.«

»Einverstanden.« Er mustert sie. Leo hat sich inzwischen hingesetzt, die Beine damenhaft übereinandergeschlagen. Den Topfhut hat sie abgelegt. Der Schein der Schreibtischlampe lässt ihre Haare glänzen.

Sie hat schöne dunkle Augen, denkt Lukas. Ihre Lippen sind wohlgeformt und ihr Teint fein und blass. Auch die Figur gefällt ihm: feingliedrig und an den richtigen Stellen weiblich. Aber sie ist schon um die dreißig, also zu alt für ihn.

Er ist ganz nett, aber ein bisschen ungehobelt, denkt Leo. Hat Probleme mit selbstbewussten Frauen, die sein Ego nicht hofieren. Die hellbraunen lockigen Haare stehen ihm und die schlaksige Gestalt gibt ihm etwas Jungenhaftes. Er könnte ein guter Freund werden, mehr nicht. Er ist höchstens fünfundzwanzig, also zu jung für mich.

»Wäre es vermessen, dich zu fragen, ob du mir einen Kaffee kochen würdest?« Er grinst.

»Wenn es deinen Geist beflügelt, mache ich das«, gibt Leo zurück. »Aber gewöhn dich nicht daran.«

»Ich hab schon verstanden, dass du kein Dienstmädchen bist.« Fox zeigt zur offenen Tür. »Rechts den Flur runter und die letzte Tür links. Auf dem Tisch unterm Fenster steht die Kanne mit dem Filter. Wasser gibt es an dem Hahn daneben und Tassen stehen auch da. Kaffee ist in der schwarzen Dose.«

Er spannt Papier in seine Schreibmaschine, zündet sich eine Zigarette an, nimmt ein paar Züge und tippt: *Der Mann, der fotografierte – das Geheimnis um den Uhrmachermord im Wedding – fünfzig Mädchen trauern um ihren Gönner.*

Warum ein hoher Polizeibeamter von einer Witzfigur als »Isidor« beschimpft wird. Schwarzer Kaffee und der Beginn einer Freundschaft.

In der winzigen Kaffeeküche trifft Leo auf Alma Wuttke. Die Frauen beäugen sich. »Kommst du aus dem Schreibbüro?«, fragt Alma und gießt kochendes Wasser in den Filter.

»So ähnlich.« Leo weiß, dass im Schreibbüro mehrere Frauen die Artikel abtippen, die ihnen von Mitarbeitern vorgelegt werden. Entweder treffen diese die Tasten der Schreibmaschine nicht oder es ist unter ihrer Würde, eigenhändig zu tippen.

»Ich schreibe aber nichts ab, sondern verfasse die Texte selbst«, erklärt Leo. »Und du?«

»Ich sitze im Sekretariat vom Chef. Alfringhaus. Find ich mutig von dir, dass du dich so was traust. Ich bin übrigens Alma.«

»Leonore, genannt Leo.«

»Ich hab von dir gehört«, lächelt Alma. »Du kommst aus Wien und alle dachten, dass du ein Mann bist. Stimmt es, dass du die Nichte von unserem Vizepolizeipräsidenten bist?«

Leo nickt und seufzt leise.

»Der hat es gerade nicht leicht«, plappert Alma weiter. »Die Nazis hassen ihn und beleidigen ihn, wo sie nur können. Ich sage nur: Isidor!«

»Isidor?«

»Der Schmähname für die Juden. Der Goebbels nennt ihn so und dehnt das O. Also: Isidoooooor. Dabei ist der Kerl selbst eine Witzfigur.«

»Alles klar. Humpelstilzchen«, nickt Leo.

Alma lacht und streicht sich die blonden Locken aus dem Gesicht. Sie wirkt wie ein Gegenentwurf zu Leo: klein, mollig, mit großem Busen und ausladendem Becken. Die beiden Grübchen machen ihr Lachen ansteckend.

»Dann auf gute Zusammenarbeit.« Alma nimmt die Kaffeekanne und verschließt sie mit einem Deckel.

»Kannst du mir einen Becher abgeben?«, fragt Leo. »Mein Kollege Fox braucht Koffein für sein Hirn. Wir waren am Nachmittag im Wedding.«

»Der Mord an dem Uhrmacher?«

»Ja.«

Alma gießt Kaffee in einen Becher und reicht ihn Leo. »Lass uns mal was zusammen unternehmen. Kino, tanzen oder wir fahren raus ins Grüne. Und grüß den Foxi! Er ist einer der Nettesten in diesem Laden.«

Gierig greift Lukas Fox nach dem Kaffee, lehnt sich zurück und legt die Füße auf den Tisch. »Der Beginn des Artikels liegt auf deinem Schreibtisch. Guck dir das an und schreib weiter.«

Leo greift nach dem ersten Blatt und liest:

Im Wedding wurde ein 56-jähriger Mann in seiner Wohnung in der Drontheimer Straße 5 erwürgt aufgefunden. Der Tote, der als Uhrmacher ein kleines Geschäft führte, war nebenbei Agent für Varietés und Kabaretts, denen er junge Artistinnen zuführte. Das geheimnisvolle Doppelleben des Sonderlings wird jetzt von der Mordinspektion aufgerollt. Auch unsere Kriminalreporter waren am Ort des Geschehens.

»Und jetzt?«, fragt Leo.

»Jetzt bist du dran. Schreib einfach auf, was wir beobachtet haben«, fordert Fox. »Und ich schreib dann, was ich im Präsidium erfahren habe … und schon ist der Bericht fertig.«

In Leos Magen grummelt es. Das ist meine Chance, denkt sie und spannt das halb beschriebene Papier in die Schreibmaschine.

Fox lässt sie nicht aus den Augen. Leo ist irritiert. Will er mich scheitern sehen?, fragt sie sich.

»Wenn du nicht weiterkommst oder dir ein Wort nicht einfällt, frag mich einfach«, bietet er an.

Leo atmet durch, holt ihre Aufzeichnungen aus der Handtasche und tippt:

> In der Gegend nannte man ihn »Onkel Fritz«. Er handelte mit allerlei Arten von Uhren, aber auch mit silbernen Löffeln, Halsketten und Fingerringen mit billigen Steinen und weiterem Tand. Und der Mann hatte noch eine andere Passion: Er machte erotische Fotos von jungen Mädchen, angeblich, um ihnen Stellungen als Tänzerinnen, Tischdamen und lebende Marmorfiguren zu verschaffen. Die Wahrheit ist jedoch: Die meisten Nacktbilder verkaufte er unter der Hand an interessierte Kunden. Ungefähr fünfzig Mädchen bekamen so im Laufe der Jahre Geld oder Geschenke. Eins seiner früheren Modelle, inzwischen verheiratet, betont, dass Onkel Fritz den Mädchen »nie etwas Böses getan« habe.
>
> Die ganze Gegend wusste von den Fotos. Die Leute lachten über Fritz und nannten ihn den Don Juan von der Drontheimer Straße.

Leo reicht Fox das Papier, der nach der Lektüre meint: »Famos! Dein Stil passt zu meinem: kurz und präzise.«

Er schreibt weiter:

Der Mord wurde am Morgen entdeckt. Ulbrich lag auf seinem Bett, der Kopf war in einem Kissen vergraben, der Kiefer ausgerenkt – wie der Gerichtsarzt später feststellte.
Wenn sich auch äußerlich keine Würgespuren zeigen, so fand man doch im Halsinneren starke Blutungen, die nur durch Gewaltanwendung hervorgerufen sein können. Verletzungen an Mund und Kinn hat der Mann vermutlich im Kampfe davongetragen. Die leichte Abschürfung auf dem Scheitel kann von einem Schlag oder Stoß herrühren, der aber nicht tödlich war.
Onkel Fritz wurde also erwürgt oder erstickt. Nachbarn haben der Kriminalpolizei von einer feuchtfröhlichen Feier in der Nacht berichtet.
Schallplattenmusik, Mädchenlachen und Männerstimmen seien zu hören gewesen. Die Polizei sucht jetzt diese Gäste. Sie dürften die letzten Menschen sein, die Ulbrich lebend gesehen haben. Vielleicht sind sie aber auch die Mörder.

»Fertig!«, ruft Fox. »Jetzt kommt nur noch unser gemeinsames Kürzel drunter. Fox und Leo. Und dann ab zu Beckmann zum Gegenlesen!«

Ein Regierungsrat schlägt Jungen und über die Stränge – und kommt ganz groß in die Zeitungen.

Im Keller des Pressedienstes rattern Rotationsdruckmaschinen. An diesem Abend sollen insgesamt zweiunddreißig Seiten erscheinen. Der Artikel über den Mord an dem Uhrmachermeister wird in die Rubrik *Aus aller Welt* gestellt – hier werden kriminelle, skurrile und manchmal auch schlüpfrige Themen behandelt.

Der Pressedienst hat in allen europäischen Hauptstädten

Korrespondenten und Mitarbeiter, die alle relevanten Informationen an die Berliner Zentrale übermitteln. Dabei spielen Telefon, Telegramme und Funksprüche eine wichtige Rolle, aber auch Expressbriefe.

Leo ist in die Druckerei gegangen, um zu genießen, wie ihr erster Artikel tatsächlich gedruckt wird. Die Maschinen machen einen ziemlichen Lärm, doch das scheint die Arbeiter nicht zu stören. An den Wänden hängen die Wahlplakate der Sozialdemokratischen Partei von der letzten Reichstagswahl vor einem Monat. Die hat die SPD mit 24,5 Prozent gewonnen, gefolgt von der NSDAP mit 18,3 Prozent. Die Zentrumspartei und die Kommunisten sind mit 14,8 und 13,1 Prozent in den Reichstag eingezogen. Innerhalb von zwei Jahren steigerte sich die NSDAP bei der Wahl 1928 von 810.000 Stimmen auf 6,4 Millionen im September 1930.

Ein Arbeiter legt einen Stapel fertige Zeitungen auf eine Sackkarre. Leo nimmt sich ein Exemplar und schaut hinein.

Der Ulbrich-Mord hat es im *Aus aller Welt*-Teil fast ganz nach vorne geschafft – nur noch getoppt von der Affäre um den ehemaligen Regierungsrat Lübben, einen homosexuellen Nazi, der sich in einem Marinesportklub an junge Kerle herangemacht hat.

DIE LIEBESAFFÄREN DES HAKENKREUZHÄUPTLINGS

Seine Opfer waren Jungen im Alter von 16, 17 und 18 Jahren. Eine Spezialität des tüchtigen Klubchefs waren stundenlange Strafübungen seiner Jünglinge, die – nur mangelhaft bekleidet – auch bei kältestem und unfreundlichstem Wetter exerzieren und Kniebeugen machen mussten. Die Ansicht der Polizei, dass es sich bei dem Klub um eine getarnte Fortführung des verbotenen Wikinger-Bundes handele, wurde durch die Tatsache bestätigt, dass 650 Abzeichen des verbotenen Bundes gefunden und beschlagnahmt wurden. Bei den Verhören stellte sich Bemerkenswertes heraus: Herr Lübben, dieser ausgezeichnete Repräsentant des kommenden »Dritten Reiches«, hatte zu seinen jungen Untertanen in geschlechtlichen Beziehungen gestanden. Wir berichten weiter. (Fox)

Leo legt die Zeitung auf den Stapel zurück. Sündenbabel Berlin. So wird die deutsche Hauptstadt in ganz Europa genannt. Viele, die sich bisher zu ihrer Neigung nicht bekennen durften, fühlen sich hier frei und wohl unter Gleichgesinnten. Doch dieser Prozess gegen einen führenden Nazi hat keine moralische, sondern nur eine kriminelle Dimension.

»Noch Lust auf einen Abstecher ins *Josty*?«, fragt Lukas Fox, als Leo wieder im Büro ist und ihre Sachen packt.

»Ich bin müde«, lehnt Leo ab. »Onkel Bernhard und seine Frau erwarten mich zum Abendessen. Ich muss mich in meiner Pension noch frisch machen. Gibt es hier in der Nähe einen Blumenladen?«

»Wohnst du nicht bei Dr. Weiß?« Fox ist überrascht.

»Nein, ich wohne in einer kleinen Pension am Alex.«

»Warum das?«

»Ich will Berlin kennenlernen und nicht jeden Abend im Kreise der Familie verbringen.«

»Ich verstehe«, grinst Fox. »Dabei kann ich dir gern helfen. Ich kenne jede schummrige Ecke in Berlin.«

»Ich fange erst mal mit einer Stadtrundfahrt an.«

»Wie langweilig!«

Alma Wuttke erscheint im Büro, winkt und steuert eilig auf Leo und Fox zu.

»Da ist ein Polizeiwagen im Hof«, berichtet sie aufgeregt. Geschickt vom Vizepolizeipräsidenten. Er soll Fräulein Wolf abholen.«

»Ich komme schon«, flötet Leo, greift nach ihrer Tasche und verschwindet.

Alma ist neugierig. »Hey, Lukas, hat Leo was angestellt?«

»Nein. Nicht mehr als du. Hast du Lust, mit mir auf ein Bier ins *Josty* zu gehen?«

»Wenn du bezahlst.«

»Mach ich doch immer, schöne Alma.«

Eine vergoldete Jugend tanzt auf dem Vulkan. Ein Jude ist dem Herrenmenschen zu tapfer.

Klein-Hilde ist schon im Bett, als der schwarze Wagen Leo Wolf vor dem Haus absetzt. Bernhards Frau Lotte begrüßt Leo und ist völlig aus dem Häuschen. »Wir haben was zu feiern!«, ruft sie aus.

»Hat Onkelchen wieder einen Prozess gegen Humpelstilzchen gewonnen?«

»Aber nein! Bis vor einer halben Stunde hatten wir einen bekannten Maler zu Besuch. Ernst Fritsch. Wir haben ihm ein Bild abgekauft.« Sie deutet auf ein Bild, das vor einer Wand auf dem Boden steht.

Das Gemälde zeigt eine Szene aus einem Tanzlokal. Im Vordergrund links sitzt ein dunkel gekleideter Mann mit dem Rücken zum Betrachter an einem weiß gedeckten Tisch, vor sich ein Glas Wein. Er beobachtet die Tanzpaare auf dem Parkett. Die Frauen sind à la mode gekleidet, allerdings wirken die Frisuren eher hausfraulich. Die Männer tragen Anzüge und Krawatten. Die Hände der Tanzenden sind miteinander verbunden. Niemand lächelt, die Gesichter sind leer und puppenhaft erstarrt, wenngleich errötet, vermutlich wegen der Anstrengung des Tanzens. Der gezeigte Bildausschnitt wirkt fotografisch. Dieser Eindruck wird dadurch verstärkt, dass am rechten Rand des Bildes ein halber Kellner mit Serviette zu sehen ist. Die Unsichtbarkeit der zweiten Hälfte ist dem Bildausschnitt geschuldet.

Das Gesicht des Sitzenden ist den Tanzenden zugewandt, darum kann der Betrachter des Bildes seinen Ausdruck nicht erkennen. Die Kopfhaltung und eine Rotfärbung seiner rechten Wange erwecken den Eindruck, dass der Mann von dem, was er sieht, erregt ist. Die zentrale Dame, auf die sich vermutlich der Blick des Betrachters richtet, ist nur von hinten zu sehen. Ihre Frisur ist anders als die der anderen: ein tief sitzender Dutt; die Frau trägt ein rosafarbenes Kleid. Wahrscheinlich gehört sie zu dem sitzenden Herrn, denn auf seinem Tisch liegt ein passender rosafarbener Schal neben einer Tasse Kaffee. Der zweite Stuhl ist leer, über der Lehne hängt eine blaue Jacke. ihr Tanzpartner hat sie wohl von dem Tisch weg aufgefordert. Ein kleines Eifersuchtsdrama?

»Der Titel lautet *Jeunesse dorée*. Vergoldete Jugend«, informiert Lotte. »Gefällt es dir?«

»Ich finde es merkwürdig«, gibt Leo zu. »Der Titel passt irgendwie nicht zur Realität in Berlin. Ich habe zu viele arme Leute gesehen, die bestimmt kein vergoldetes Leben haben.«

»Dann warst du noch nicht in den einschlägigen Etablissements, liebe Nichte«, entgegnet Lotte. »Da findest du die Jugend, die zur reichen Oberschicht gehört, ein Leben in Luxus führt und sich zu Tode amüsiert. Ernst Fritsch hat mehrere Bilder zu dem Thema gemalt. Die Serie heißt *Tanz auf dem Vulkan*.«

»Jetzt verstehe ich auch den Gesichtsausdruck der Tänzer und die leeren Augen.«

Bernhard Weiß tritt zu den Frauen. Er ist klein, gedrungen, schwarzhaarig, hat eine große Nase und volle Lippen. Sein Aussehen bedient das Klischee eines Juden. Leo kennt die Karikaturen in der Hasszeitschrift der NSDAP, dem *Stürmer*, der auf fast jeder Seite die Losung »Juden sind unser Unglück« zelebriert, ihren Onkel als »Judenschwein« und »Isidoooor« beleidigt.

Weiß umarmt seine Nichte. Sie ist die Tochter seiner Schwester, die in Wien mit einem Pathologen verheiratet ist. »Lasst uns zu Tisch gehen.«

Das Esszimmer ist mit wertvollen Mahagonimöbeln ausgestattet, die aus der Zeit um 1910 stammen. Deutsche Gemütlichkeit und deutscher Mief. Die Frauen schnürten sich damals die Taillen ein, trugen lächerliche ausladende Hüte, durften nicht wählen und befehligten einen Trupp von Hausangestellten. Natürlich nur die Reichen. Für die Armen war und ist es egal, welche Marotten gerade angesagt sind, sie kämpfen gegen Arbeitslosigkeit und Hunger, die durch den verlorenen Krieg noch verschlimmert werden.

Auch Onkel Bernhard hat für Deutschland gekämpft und ist hochdekoriert aus dem Krieg heimgekommen – mit dem Eisernen Kreuz Erster Klasse. Ein Ärgernis für viele Nazis, dass ausgerechnet ein Jude wegen Tapferkeit vor dem Feind ausgezeichnet worden ist.

Keine großen Sprünge ohne Beine. Die junge Frau bekommt einen Mann nicht mehr aus dem Kopf.

Die Köchin trägt auf. Im Hause Weiß gibt es nicht unbedingt koscheres Essen, aber auf Schweinefleisch wird verzichtet. Heute gibt es Coq au Vin mit Rosmarinkartoffeln.

»Die Köchin hat eine Maispoularde ergattert«, erzählt Lotte. »Sie war bei ihren Eltern in Brandenburg und hat den Vogel mitgebracht. Wirklich ein großer Unterschied zu den rachitischen Berliner Flattermännern.«

Bernhard Weiß lacht. Er liebt seine Frau und ihr lebhaftes Wesen. Doch er macht sich auch Sorgen. Wie lange wird sie die immer frecher werdenden Diffamierungen der Nazibande gegen Juden noch aushalten?

Die Köchin serviert eine Bouillon, danach die Poularde; zwei Flaschen Bordeaux runden den Hauptgang ab.

»Wie war dein erster Tag bei den Sozis?«, fragt Bernhard Weiß. »Musstest du einen Eid auf Brüning ablegen?«

»Noch nicht. Ich bin aber zufrieden. Es ging raus zum Wedding. Da ist ein Uhrmacher ermordet worden, der junge Mädchen nackt fotografiert und die Fotos verkauft hat. Noch hat man den oder die Mörder nicht.«

»Ja, den Fall hatten wir heute in der Dienstbesprechung. Buddha wird's schon rauskriegen.«

»Buddha« oder »Der Dicke vom Alexanderplatz«. Ernst Gennat, der die Aufklärungsquote der Berliner Kriminalpolizei in die Höhe katapultiert und die Mordinspektion gegründet hat. Der seinen Beamten verboten hat, Verdächtige körperlich zu misshandeln, um an ein Geständnis zu kommen. Dadurch ist er über die Grenzen Deutschlands hinaus berühmt geworden.

»Sehr gut!« Zufrieden schiebt Bernhard Weiß den Teller von sich. »Und du hast einen Artikel geschrieben über den Fall?«, fragt er. »Hoffentlich hast du die Polizei gut aussehen lassen.«

Leo schildert ihre Eindrücke und erwähnt den beinamputierten Bettler.

»Diese Menschen sind wirklich zu bedauern«, nickt Weiß. »Die meisten haben zwar als Kriegsversehrte eine kleine Rente, aber damit kann man keine großen Sprünge machen.«

»Dieser Bettler bestimmt nicht – ohne Beine«, gibt Leo zu bedenken.

»Pardon! Der Vergleich war nicht besonders zartfühlend«, räumt Weiß ein. »Aber dieser Mann kann sich wenigstens noch nach draußen trauen. In Berlin gibt es Heime, in denen ehemalige Kämpfer für Kaiser und Vaterland dahinvegetieren – mit weggeschossenem Gesicht, ohne Arme und Beine, durch Giftgas Hirnverletzte und andere Krüppel. Niemand darf diese Heime besuchen und den Verwandten dieser Männer hat man erzählt, dass sie im Krieg gefallen sind.«

»Bernhard! Musst du uns das Dinner verderben?«, schimpft Lotte.

»Das tut er nicht, liebe Tante«, sagt Leo. »Als Journalistin muss ich den Tatsachen ins Gesicht sehen.«

Das Dessert ist ein Vanillepudding mit gequetschten Pflaumen. Den Kaffee nimmt die Familie im Herrenzimmer. Weiß steckt sich eine Zigarre an.

»Kennst du einen Mann namens Valentin Winterstein?«, fragt Leo.

»Warum fragst du das?« Weiß pustet eine Rauchwolke in die Luft.

»Ich hab ihn zufällig kennengelernt. Ist er in Polizeiakten schon mal aufgetaucht?«

»Das kann ich dir nicht sagen, liebe Leo.«

»Auch nicht im Vertrauen?«

»Auch nicht im Vertrauen«, bestätigt Weiß ernst.

Lieschen kann nicht schweigen: Sie packt aus und die Mordinspektion packt zu. Gewaltfantasien eines Naziführers.

Eigentlich haben Lieschen Neumann, Richard Stolpe und Erich Benzinger nach dem Raubmord an Fritz Ulbrich eine gemeinsame Flucht geplant. Doch das Mädchen bleibt in Berlin und kehrt ins Elternhaus zurück. Die Beute von achtzig Reichsmark, etwas Schmuck und die Uhren werden von den beiden Männern mitgenommen und versetzt. Sie flüchten nach Stettin. Von dort wandern sie zu Fuß in ein Dorf namens Redel.

Lieschen kann den Mund nicht halten. Ganz Wedding spricht von dem brutalen Mord. Einer Bekannten erzählt sie, dass sie über den Mord einiges weiß, was nicht in der Zeitung steht. Die informiert die Polizei. Dem Verhör hält die Sechzehnjährige nicht stand: Sie gesteht den Mord und nennt ihre Komplizen. In der Wohnung der Eltern findet die Mordinspektion einen Koffer, der Stolpe gehört. Lieschen hat ihn hier deponiert, nachdem sie aus Stolpes Wohnung in Pankow Beutestücke aus dem Uhrmacherladen mitgenommen hat. Die Polizeiwachen in der Umgebung erhalten per Telegramm eine Beschreibung von Stolpe und Benzinger. Die Männer werden verhaftet. Die Mordinspektion kann einen weiteren Ermittlungserfolg verbuchen.

Leo Wolf darf die Mordsache Ulbrich inzwischen allein bearbeiten. In einer guten Woche hat sie gezeigt, dass sie nicht lockerlässt, belastbar ist und ordentlich schreiben kann. Lukas Fox hat sich weiterhin des ehemaligen Regierungsrates Dr. Karl Lübben angenommen, der wegen fortgesetzter Sittlichkeitsverbrechen und gefährlicher Körperverletzung vor dem Schöffengericht Berlin-Charlottenburg steht.

Fox geht nicht zimperlich mit Lübben um, nennt ihn einen »Hakenkreuz-Sadisten«, »wahnsinnigen Regierungsrat«, »rechtsradikalen Agitator« und »völkischen Sittenstrolch«.

»Geht es dir um seine Homosexualität oder um seine politische Nähe zu den Nazis?«, fragt Leo. Sie und Fox machen Mittagspause im Café *Josty*.

»Wie rum der Kerl gepolt ist, interessiert mich nicht«, behauptet Fox. »Dieser Sittlichkeitsverbrecher tut so, als wolle er harmlose Jugendliche mit den Segnungen des Dritten Reichs bekannt machen, lebt dabei aber nur seine eigenen Gewaltfantasien aus, um sich zu befriedigen. Er hat die Jungen bis aufs Blut geschlagen. Seine Spezialität an Grausamkeit war das sogenannte Rollen. Der Richter hat sich das genau beschreiben lassen. Einige Zuschauer mussten den Saal verlassen, andere blieben. Wenn ein Junge was ausgefressen hatte, wurde er zum Rollen abkommandiert. Lübben und das Kind wälzten sich auf dem Boden und der Nazi verprügelte den Jungen auf grausamste Weise, bis er halbtot liegen blieb. Dann hat er ihn missbraucht. Die anderen mussten dabei zusehen. Vor Gericht stellte Lübben seine Gemeinheiten als Abhärtung und militärische Ertüchtigung der Revanchejugend dar. Und solche Leute fühlen sich berufen, Deutschland zum Erwachen zu führen.«

Fox winkt der Kellnerin und bezahlt. Der Laubfrosch bringt sie zum Belle-Alliance-Platz. Dort wartet Alois Beckmann.

»Lieschen Neumann hat ausgepackt«, verkündet er. »Sie hat alles geplant und die beiden Jungen dazu gebracht, mitzumachen. Die Mordinspektion hat eine Depesche geschickt. An die Arbeit, Fräulein Wolf.«

Die Femme fatale droht mit einem griffbereiten Beil und der Fotograf braucht eine Stunde zum Sterben. Anwälte streiten sich um ein Mandat.

Nachdem sie mit der Mordinspektion telefoniert hat, haut Leo in die Tasten.

VERHAFTUNG DER UHRMACHERMÖRDER: EIN 16-JÄHRIGES HOCHSCHWANGERES MÄDCHEN IST DIE ANSTIFTERIN

Die Mordkommission der Berliner Kriminalpolizei hat in kurzer und anstrengender Arbeit das Verbrechen, dem vor acht Tagen der Uhrmachermeister Ulbrich aus Berlin-Wedding zum Opfer fiel, erfolgreich aufgeklärt. Die 16-jährige Luise Neumann hat gestanden, die Anstifterin gewesen zu sein. Die beiden Mittäter, der 22-jährige Kutscher Richard Stolpe und der ebenso alte Zeitungsausträger Erich Benzinger, wurden in Hinterpommern ergriffen und verhaftet.

DIE GIER NACH GELD

Der Uhrmacher Ulbrich war ein Sonderling, im Nebenberuf Aktfotograf. 1.500 Bilder soll er gemacht haben. Diese verkaufte er an Kunden, bot »seine« meist sehr jungen Mädchen auch Kleinbühnen, Kabaretts und Varietés zur »Verwendung« an. Bei dieser Tätigkeit lernte er Luise, genannt Lieschen, kennen, die sich ihm hingab und der er sexuell hörig wurde. Immer wieder gab er ihr Geld und beschenkte sie. Doch Lieschen genügte das nicht. Die 16-Jährige entwickelte einen mörderischen Plan.

ALS DAS LICHT VERLOSCH ...

Am Abend des 28. Oktober kündigte Lieschen ihren Besuch bei Ulbrich an. Der Uhrmacher kaufte Teegebäck und Weintrauben. Nachdem sich die beiden ins Bett gelegt hatten, ging Lieschen zur Tür, öffnete sie und lehnte sie nur an. Das Licht verlosch. Nach wenigen Minuten schlichen sich die Mörder lautlos in die Wohnung.

GRAUSIGES ENDE EINER LIEBESNACHT

Es gab einen harten Kampf. Ulbrich versuchte, aus dem Bett zu springen und das Licht einzuschalten. Er wurde gepackt, machte sich wieder frei, wurde abermals gepackt. Fast eine Stunde währte das Ringen mit den beiden jungen Männern. Die hatten den Mut längst verloren und wollten fliehen. Da griff Lieschen zu einem Beil und drohte, Ulbrich den Schädel zu zertrümmern, falls ihre Kumpane ihn nicht ersticken würden. Die jungen Männer warfen den Uhrmacher aufs Bett und drückten ihm ein Kissen auf das Gesicht. Als Ulbrich kein Lebenszeichen mehr von sich gab, nahmen die drei Geld und andere Wertsachen an sich und flüchteten.

Inzwischen hat der Pressedienst einige Fotos vom Haus in der Drontheimer Straße gekauft, die von Hobbyfotografen gemacht worden waren. Ein Reporter der *Vossischen Zeitung* hat Luise Neumanns Eltern besucht, die völlig verstört sind. Gegen eine Aufwandsentschädigung gelingt es ihm, ein Foto von Lieschen zu bekommen. Sie sieht nicht aus wie eine Femme fatale, ihre Gesichtszüge sind grob, sie hat aufgeworfene Lippen, einen dicken Hals und ihre Gesichtshaut glänzt fettig.

Auch andere Zeitungen streben nach exklusiven Informationen. Die *Berliner Volkszeitung* hat sich ein Foto von Fritz Ulbrich beschafft. Er posiert vor seinem kleinen Laden. Ältlich, mit herabhängenden Schultern und einer Schlägermütze, die er immer trug, um seinen Kahlkopf zu verbergen – so hat das Blatt erfahren.

Die Abendausgaben der größten Berliner Zeitungen werden den Verkäufern aus den Händen gerissen. Noch in der Nacht machen die bekanntesten Rechtsanwälte in Berlin mobil. Wer die Verteidigung dieser drei Mörder übernimmt, wird viel Aufmerksamkeit bekommen. Also bemüht man sich um das Mandat.

Leo Wolf weiß, dass das ihre Chance ist, sich als Kriminalreporterin zu profilieren. Die Kombination von Gewalt und Sex hat schon immer für große Auflagen gesorgt.

Schriftleiter Alois Beckmann hofft insgeheim darauf, dass sie die verwandtschaftlichen Beziehungen zum Vizepolizeipräsidenten nutzen kann.

»Schwimmer« und »Nichtschwimmer« im »Romanischen Café«. Der schöne Mann bezahlt eine Rechnung, doch die falsche Frau ist schwanger.

Leo Wolf, Alma Wuttke und Lukas Fox gönnen sich am Tag der Festnahme des mörderischen Trios ein Abendessen im *Romanischen Café* in der Nähe der Gedächtniskirche. Das

Publikum ist gemischt: Hier treffen sich die, die es in der Malerei, in der Musik oder im Journalismus geschafft haben, hemmungslos bewundert von denen, die darauf warten, eine Chance zu bekommen. Wasser gibt es gratis, aber daran halten sich nur diejenigen fest, die auf eine Möglichkeit zum Aufstieg hoffen. Wem es etwas besser geht, der hält sich zehn Stunden bei einer Tasse Kaffee auf und riskiert, dass ihm der Kellner einen sogenannten Ausweis neben die Tasse legt mit dem Text: *Sie werden gebeten, unser Etablissement nach Bezahlung Ihrer Zeche zu verlassen und nicht wieder zu betreten.* Überwacht wird das Lokalverbot allerdings nicht.

Das Essen im *Romanischen Café* gilt als schlecht. Den Besitzer stört dieser Ruf nicht. Die Stammgäste, die Geld haben, essen woanders und die ohne Geld und Erfolg halten sich in einem großen Raum neben dem Eingang auf, der »Bassin für Nichtschwimmer« genannt wird.

Da müssen Leo, Alma und Lukas nicht sitzen. Sie können sich jeweils zwei Buletten mit gemischtem Gemüse und Kartoffeln für achtzig Reichspfennige leisten, das Bier dazu kostet fünfzehn Pfennige.

»Darf ich die Damen zu den Getränken einladen?«, fragt Fox. Er hat inzwischen seine Beziehung zu Alma Wuttke sehr viel persönlicher gestaltet und schwebt in elysischen Gefilden.

Die drei lassen es sich schmecken. Leo lehnt sich zurück und wedelt ab und zu Zigarettenqualm von sich weg. Sie nimmt sich vor, am Wochenende einen langen Spaziergang an der frischen Luft zu machen – am besten in der Drontheimer Straße. Dann kann sie die Luftnot bekämpfen und weitere Informationen zum Uhrmachermord sammeln.

»Gefällt es dir hier?«, fragt Alma.

»Ich weiß noch nicht«, antwortet Leo. »Jedenfalls ist es ganz anders als in Wien. Viel hektischer, voller und lauter.«

»Berliner Ambiente halt«, lächelt Alma. »Wirst dich schon gewöhnen. Interessante Leute kannst du hier immer sehen. Da hinten sitzt zum Beispiel Gabriele Tergit, die Chefredakteurin der *Vossischen Zeitung*. Sie spielt Schach mit dem Maler Max Slevogt.«

Leo betrachtet das Duo. Frau Tergit ist eine bekannte Größe in Berlin – allein dadurch, dass sie eine große Zeitung leitet. Sie ist vertieft ins Spiel und scheint nichts und niemanden zu beachten. Der Maler, ein weißhaariger älterer Mann mit Vollbart, macht einen Zug und wartet. Tergit schubst die Schachfiguren um. Slevogt hat sie besiegt. Beide heben das Bierglas, stoßen an und lachen.

»Die Tergit schreibt gerade einen Roman über Berlin«, weiß Fox zu erzählen. »Ich hatte mal das verbale Vergnügen mit ihr. Wenn das Buch erscheint, kann die sich hier nicht mehr blicken lassen.«

Die Frauen verstehen nicht.

»Na ja, sie schreibt, dass das *Romanische Café* sehr schmutzig ist, die Fensterscheiben angeräuchert und dass die Manieren der Besucher zu wünschen übrig lassen, weil sie die Überreste ihrer Qualmerei auf den Fußboden werfen. Recht hat sie!«

Tatsächlich ist der Boden mit Kippen und Asche übersät.

Plötzlich Unruhe. Drei Gäste können ihre Zeche nicht zahlen. »Wir erwarten noch jemanden und der hat Geld. Der bezahlt dann …«

Der Kellner lässt sich nicht darauf ein.

»Sie kennen uns doch. Wir sind doch öfter hier. Wir bezahlen später.«

Der Kellner bleibt hart.

»Sollen wir Ihnen ein Pfand dalassen?«

»Ich bezahle für die Herrschaften. Geben Sie mir die Rechnung«, sagt plötzlich jemand.

Leo starrt den Mann an. Es ist Valentin Winterstein!

Der Verleger bezahlt und bekommt Applaus. Er lächelt, sein Blick fällt auf Leo, die regungslos die Szene verfolgt. Winterstein deutet eine Verbeugung an und wendet sich ab.

»Das war doch dieser dubiose Winterstein«, begreift Lukas. »Er spielt gern mal den großzügigen Gönner.«

»Den Leuten hat er geholfen«, entgegnet Leo. »Das ist doch die Hauptsache. Solche großzügigen Menschen sind heutzutage selten.«

»Du magst ihn, oder?« Alma hat ihre Schlüsse aus Leos Gesichtsausdruck gezogen.

»Ach, was«, wehrt Leo ab. »Ich hab ihn erst einmal gesehen – zusammen mit unserem Chefredakteur im Pressehaus.«

»Die beiden sind gut befreundet«, erklärt Alma. »Ich finde Winterstein ziemlich attraktiv.«

Lukas verzieht das Gesicht, Alma feixt.

»Da! Er geht schon wieder«, beobachtet Lukas. »Guck mal, Alma, ist das etwa seine Frau?«

»Keine Ahnung. Nach meinen Informationen ist er nicht verheiratet.«

Leo schaut auch. Am Arm von Winterstein hängt eine junge blonde Frau, die ihren hochschwangeren Bauch mit der Hand schützt. Die beiden lachen sich an und verlassen das *Romanische Café*.

Leo trinkt ihr Bier aus und erhebt sich. »Mir ist nicht gut. Die Luft ist zu schlecht. Ich nehme ein Taxi nach Hause. Seid mir bitte nicht böse.« Sie legt Münzen auf den Tisch und geht.

Die strenge Wirtin gibt einen aus. Goebbels Truppe schlägt Isidors »Nachwuchs« zusammen.

Ein Taxi bringt Leo zu ihrer Pension am Alexanderplatz. In dem gepflegten Gebäude bringt die Mordinspektion die jungen Kollegen unter, die sich einen Arbeitsplatz bei der Polizei erhoffen, wenn sie mit ihrer Ausbildung fertig sind. Paula

Pawlowski ist mittleren Alters, die Witwe eines Kriminalkommissars. Sie achtet in ihrem Haus auf Zucht und Ordnung, unterbindet jeglichen Frauenbesuch bei den Kommissaranwärtern und den ungehemmten Konsum von Alkohol.

»Sollen wir uns noch einen Grog gönnen?«, fragt Pawlowski und schaut spitzbübisch.

»Und wenn uns einer der Herren Anwärter dabei erwischt?«, fragt Leo. »Dann ist es aus mit Ihrem Alkoholverbot.«

»Die Herren sind außer Haus«, erklärt die Vermieterin. »Männerabend im *Winterjarten*. Die Kerls haben ihre Prüfung bestanden. Da wird wohl morjen viel wegzuwischen sein. Gehen Sie schon mal in den Frühstückraum, Fräulein Wolf. Ick mach eben den Grog und bin gleich wieder da.«

Leo hat zwar keine Lust auf Rum, ist aber folgsam. Sie möchte es sich mit der Wirtin nicht verderben. Der Onkel hat ihr erzählt, dass Pawlowskis Mann vor einem halben Jahr bei einem Straßenkampf mit den Kommunisten verletzt wurde und an den Folgen gestorben ist.

Die Unruhen nach der ungenehmigten KPD-Demonstration wurden als »Blutmai« bezeichnet und bildeten den Tiefpunkt für den Ruf der Berliner Polizei. Dreiunddreißig Menschen wurden getötet und zweihundert verletzt. Eine amtliche Untersuchung der Polizeiübergriffe gab es nicht, kein Polizist wurde angeklagt.

»Jetzt machen wir zwei beide mal auf Jemütlichkeit.« Frau Pawlowski hat zwei Gläser in der Hand. Der heiße Rum duftet.

Leo nippt nur. »Ich muss morgen früh raus«, entschuldigt sie sich. »Recherche auf dem Wedding.«

»Der Uhrmachermord«, nickt die Wirtin. »Ick hab dit jelesen. Der Knülsch, der die Mädchen ohne alles abfotografiert hat, der Deibel.«

Leo berichtet, dass die Täter verhaftet worden sind. In ihre Erzählung platzen ein heftiges, langes Klingeln und aufgeregte

Stimmen. Pawlowski läuft durch den Flur zur Tür. Die frischgebackenen Kommissare haben ihre Feier frühzeitig beendet.

»Wir sind überfallen worden«, berichtet einer. Er hat einen Verband um den Kopf und trägt ein zerrissenes Hemd. Die anderen sehen nicht viel besser aus: Gesichtsprellungen, Schürfwunden und verkrustetes Blut.

»Wer war das?«, fragt Leo.

»Goebbels Truppe«, antwortet ein anderer. »Die prügeln sich seit Wochen durch die Straßen. Der Nazi-Hinkefuß ist nicht zu stoppen.«

»Woher wisst ihr, dass es Nazis waren?«

»Weil sie braune Uniformen trugen und uns empfohlen haben, uns bei Isidor zu bedanken. Und wer das ist, weiß ja inzwischen jeder!«

Die schönsten und jüngsten Mädchen für die Nazi-Feste. Eine Zeugin will sich nicht in die Nesseln setzen.

Die Drontheimer Straße kommt Leo düsterer und schmutziger vor als bei ihrem ersten Besuch. Vielleicht liegt das am Wetter. Es ist kalt geworden, ein eisiger Wind pfeift um die Ecken der Häuser und bläst Laub und Papierfetzen in die Eingänge der Innenhöfe. Auf der Straße haben sich Pfützen gebildet. Ein bis aufs Skelett abgemagerter Hund schnüffelt im Rinnstein nach Futter. Ein Kind schlägt mit einem Ast auf den Hund ein. Der jault und macht sich davon.

Was für ein trauriges Leben, denkt Leo. Fast schämt sie sich ihres privilegierten Daseins. Sie ist behütet aufgewachsen und kennt kein Elend. Der Vater ist ein anerkannter Mediziner im Institut für gerichtliche Medizin mit dem Spezialgebiet »Pathologie des plötzlichen Todes«. An das Institut ist das Gerichtsmedizinische Museum angeschlossen, in dem die gruseligen Tatwerkzeuge präsentiert werden, mit denen Menschen getötet worden sind. Als Kind hat Leo zwischen den Ausstellungsstücken gespielt und sich vom Vater die dazu passenden Geschichten erzählen lassen. Besonders beeindruckt hat sie die Feile, mit der Kaiserin Elisabeth, genannt Sisi, im September 1898 in Genf ermordet worden ist.

Da ist das Schild *Milch & Gemüse*. Das Geschäft ist geöffnet. Frieda Seemann lädt gerade Obstkisten von einer Karre und schleppt sie in den Laden.

»Guten Morgen, Frau Seemann«, beginnt Leo. »Erinnern Sie sich noch an mich?«

»Na klar. Die Journalistin vom Pressedienst.« Sie wischt sich die Hände an der Schürze ab. »Hab alles jelesen. Das Lieschen war's – zusammen mit Richard und Erich. Dolle Jeschichte.«

»Kennen Sie Luise Neumann?«

»Hier kennt jeder jeden. Lieschen is 'ne janz Ausjekochte. Hat den Fritz kirre gemacht. Eine Zeit lang war sie seine Lieblingsschnalle für die Fotos. Die anderen Mädchen waren schon am Meckern. Aber kommen Sie mal rin in die jute Stube.«

Drinnen fragt Leo: »Wie lief das denn genau mit den Fotos? Wie hat der Ulbrich euch rumgekriegt?«

Frieda erzählt, dass der Uhrmacher die Mädchen erst bekleidet abgelichtet hat, ihnen Geld gegeben und irgendwann vorgeschlagen hat, ihnen aufgrund ihres schönen Aussehens eine Arbeit zu verschaffen.

»Da konnten die meisten nicht Nein sagen«, vermutet Leo.

»Sind ja alles arme Schlucker hier«, bestätigt Frieda. »Bei manchen ist dit sogar jutjegangen. Dann kamen immer neue und immer jüngere zu ihm, fast noch Kinder. Die hat er dann einjeteilt in die Gruppen.«

»Welche Gruppen?«

»A-, B- und C-Ware.«

Leo versteht noch immer nicht.

»In der A-Gruppe waren die janz jungen, so zehn bis fünfzehn Jahre alt, oft noch unschuldig, zart und hübsch, in der B-Gruppe die älteren bis zwanzig, die schon einiges erlebt hatten mit Männern, und in die C-Gruppe wurde der Rest sortiert – die weniger schönen, aber brauchbar als Dienstmädchen oder mal fürs Bett, wenn Not beim Kerl war.«

»Was machte er mit den Mädchen aus der A-Gruppe?«

»Verscherbelt hat der die! An reiche alte Säcke oder Perverse. Manche kamen wieder, entjungfert und ooch schwanger. Einige sind ins Wasser jegangen. Andere im Puff jelandet. Dit hat der mit denen jemacht.«

»Als wir uns das erste Mal gesprochen haben, sagten Sie wörtlich, dass Ulbrich den Mädchen nie was Böses getan hat«, wendet Leo ein. »Haben Sie Ihre Meinung inzwischen geändert?«

Frieda Seemann wird verlegen. »Nee, ick weiß nur heute mehr als damals. Er war ja ooch janz nett, solange dit Jeld reinkam.«

Leo atmet tief durch. »Diese Kinder hatten doch Eltern. Warum haben die das alles zugelassen?«

»Wat weeß ick?« Frieda Seemann hebt die Schultern. »Habense vielleicht nicht jewusst oder so. Hat eener Rabatz jemacht, bekam er Jeld vom Ulbrich und war dann stille.«

»Wer waren denn die reichen Säcke?«

»Politiker, Fabrikanten und so. Wenn die ihre Feste hatten, brachte Fritz die A-Mädchen vorbei und kassierte. Die besten Kunden waren die Kerls von der NSDAP. Die feiern gern und oft!«

»Weiß die Polizei davon?«

»Nee. Die wollten nur wissen, ob ick den Mörder jesehen hab.«

»Aber Sie müssen noch eine Aussage dazu machen, Frau Seemann!«

»Nee. Ick setze mir nicht in die Nesseln! Die Polente will den Mord abhaken und dit habense ja jetzt jeschafft. Lieschen und die Jungs sind im Bau.«

»Darf ich das schreiben, was Sie mir gesagt haben? Ihren Namen nenne ich natürlich nicht. Wäre das in Ordnung für Sie?«

Alois Beckmann ist von Leos Recherche angetan – besonders der Hinweis auf die Nazis gefällt ihm. »Da wird sich Gauleiter Goebbels freuen«, frohlockt er. »Wer weiß, vielleicht hat Humpelstilzchen sein eigenes Stilzchen auch in Position gebracht?« Er lacht dröhnend.

Lukas Fox sitzt an seinem Schreibtisch und verdreht die Augen. Leo lächelt betreten und macht sich an die Arbeit.

SPAZIERGANG IM MILIEU

Die Drontheimer Straße ist typischer Berliner Norden, eine der äußeren des Wedding. Die großen Fabrikgebäude der AEG werfen einen unsichtbaren Schatten über Menschen und Gebäude. Die kargen Auslagen der kleinen Geschäfte enthalten nur das Notwendigste, die Kinder haben blasse und hungrige Gesichter, es sind die Kinder der Arbeitslosen. Die Umwelt formt ihre Menschen. An der Fassade des Mordhauses bröckelt die Farbe. Hier fristete der Tote sein verschrobenes Dasein.

Ulbrich lebte zurückgezogen und suchte keinen Kontakt zu den Leuten. Nein, das stimmt nicht ganz. Wenn zu einer Familie ein hübsches und sehr junges Mädchen gehörte, war sein Interesse geweckt. Doch er wurde nicht offensiv, sondern baute sich ein Netz auf, das eine Spinne gewebt haben könnte. Er brauchte nur ein Mädchen und hatte sie alle. Er lockte sie mit Keksen und Limonade, machte zunächst harmlose Bildchen von ihnen und es dauerte einige Zeit, bis er das vorschlug, was er eigentlich wollte: erotische Fotos.

MÄDCHEN FÜR DIE NSDAP?

Es gibt Mädchen, die aussehen wie Elfen, andere wie Mägde und manche schon wie kleine Frauen. Ulbrich hatte an allen Interesse. Er teilte seine Fotomodelle in die Kategorien A, B und C ein, wobei A die edelste Kategorie war. Fotografiert wurden sie alle, aber ihre weiteren Betätigungen unterschieden sich.

Ein früheres Mädchen Ulbrichs, dem durch eine frühe Ehe das Schlimmste erspart geblieben ist, weiß mehr und erzählt freimütig, dass die jüngsten und schönsten Kinder im Wedding Männern zugeführt wurden und ihnen zu Willen waren – gegen Geld. Besonders eifrig beim Missbrauch sollen die Bonzen der NSDAP – auch die in höherer Stellung im Gau Berlin – sein. Alles echte Ehrenmänner! Oder wollen sie den verderbten Mädchen nur Zucht und Ordnung im Sinne eines völkischen Weltbildes angedeihen lassen und sie auf den – buchstäblich – rechten Weg führen? Die Mordinspektion hat zu dieser Sache keine Ermittlungen aufgenommen. Warum auch? Sie haben die drei Mörder des Uhrmachers gefunden. Die Aufdeckung der Hintergründe würde politischen Wirbel auslösen und das will offenbar niemand.

Alois Beckmann liest den Artikel und lacht sich ins Fäustchen. »Der eine Nazi verprügelt Jungs und missbraucht sie und die anderen Nazis lassen sich kleine Mädchen zuführen. Aber immer die großen Töne spucken und sich als Hüter der Moral und Volksgesundheit aufspielen! Diese braunen Gesellen haben die Justiz wohl im Griff. Ihre Formulierung ›Ehrenmänner‹ hat eine schöne Ironie! Gute Arbeit, Fräulein Wolf. Das kommt in die Abendausgabe.«

Ganz zufrieden ist Leo jedoch nicht. Reicht die Aussage von Frieda Seemann wirklich aus, um politische Unruhe zu stiften?

Ich muss ein Mädchen aus der A-Gruppe finden, denkt sie und schreibt noch einen Satz unter den Artikel: *Wir suchen*

Mädchen, die von Ulbrich vermittelt wurden. Diskretion garantiert. Schreiben Sie uns oder rufen Sie uns an.

Lieschen plappert über einen Mord und nervt einen gutmütigen Kriminalkommissar.

Am Morgen vernehmen Kommissar Thomas und ein Polizeischüler Luise Neumann, die noch immer als Anstifterin für den Raubmord an Fritz Ulbrich gilt. Der junge Polizist protokolliert die Aussage für die Zentralkartei für Mordsachen der Mordinspektion.

Die Sechzehnjährige ist willig, ihre Geschichte zu erzählen, hat zwischendurch aber Wortfindungsprobleme. Den Fragen zum genauen Tathergang weicht sie aus, widerspricht sich dann und schweigt letztendlich. Kommissar Thomas lässt sich viel Zeit und bleibt freundlich, er hilft ab und zu bei der Formulierung, vermeidet es aber, der Verdächtigen Worte in den Mund zu legen. Als erfahrener Beamter weiß er, dass es im Prozess ohnehin noch weitere Versionen der Tatbeschreibung geben wird.

Der Protokollant, Kriminalsekretär Smetona, schreibt:

> *Ich, Luise Neumann, bin am 27.8.14 zu Bautzen geboren. Mein Vater heißt Paul Neumann, meine Mutter Anna Neumann, geborene Müller. Ich bin als jüngste Tochter zur Welt gekommen. Ich besuchte von sechs bis vierzehn Jahren die Gemeindeschule und wurde aus der zweiten Klasse entlassen. Mit meinem vierzehnten Lebensjahr begann ich in einer Schneiderwerkstatt, von da aus ging ich in die Buchbinderei und blieb bis April 1930. Dann lernte ich eine gewisse Friedel kennen. Wir gingen*

die Drontheimer Straße entlang. Auf einmal sah ich, dass der Herr aus dem Uhrenladen uns grüßte. Daraufhin gingen wir in den Laden von Ulbrich und ein paar Tage später ging ich allein zu ihm und da fragte er mich, ob ich mich nicht fotografieren lassen will. Ich sagte: Na, da ist ja nichts dabei. Ich ließ mich auch gern fotografieren und Ulbrich versprach mir Geld. Als ich das vierte Mal zu Ulbrich kam, gab er mir zwei Mark. Mit den zwei Mark bin ich dann getürmt.

Lieschen braucht eine Pause. Ihr Gesicht ist gerötet und sie hält sich den schwangeren Bauch. Sie bekommt ein Glas Wasser. Ihre Lippen zittern und sie friert. Der Kommissar drückt die Zigarette aus und schließt das Fenster. Hoffentlich kriegt die keinen Abgang, denkt Thomas, die Schweinerei kann ich in meinem Büro nicht gebrauchen.

Doch Lieschen erholt sich. »Ick bin dann wieder hin und wir haben uns vertragen«, berichtet sie.

»Ab wann hatten Sie Geschlechtsverkehr mit dem Uhrmacher?«, fragt Thomas.

»Dit kam schnell. Ick war da aber schon von Richard schwanger, sodass nichts passieren konnte. Mein Bräutigam hatte den Jedanken, den Ulbrich auszurauben. Und als sein Kumpel, der Erich, abends kam, beratschlagten wir, wie wir vorgehen sollten. Und dann haben wir den Plan gemacht.«

»Und dann?«, fragt Thomas.

Lieschen fährt mit ihrer Aussage fort, verhaspelt sich und will nicht mit der Sprache raus. Protokollant Smetona nimmt ein neues Blatt Papier. Bevor er schreibt, liest er jeden Satz laut vor und wartet auf ihre Zustimmung.

Ich sollte zunächst hingehen und Ulbrich fragen, ob ich bei ihm schlafen kann die Nacht. Also war es ausgemacht, dass ich um drei viertel acht zu Ulbrich gehe und bis zehn Uhr Grammofon spiele und dann mit Ulbrich schlafen gehe. Um zehn Uhr ging ich dann in den Laden und öffnete die Tür, lehnte sie an und legte mich wieder ins Bett. Um Mitternacht hörte ich etwas klirren. Zu dieser Zeit hatte ich gerade geschlechtlichen Verkehr und da stürmten mein Bräutigam und sein Kumpel auf Ulbrich ein und nahmen ihn beim Hals. Da der Ulbrich aber schrie, packten sie ihn fester am Kopf, bis er stille war. Aber er kam immer wieder zu sich und wehrte sich gegen die beiden Jungs. Indessen zog ich mich an. Am Ende sahen wir, dass der Ulbrich tot war. Da gingen wir und machten die Ladentür fest zu.

Die beiden Mittäter Stolpe und Benzinger werden ebenfalls angehört. Beide stellen Lieschen als Drahtzieherin dar und reden ihre eigene Schuld klein. Stolpe erzählt von seinem desolaten Leben in Armut, von gescheiterten Lehren und Beziehungen. Das klingt larmoyant und wird das Gericht nicht beeindrucken, weiß der Kommissar. Benzinger ist kaum in der Lage, gerade zu denken. Er widerspricht sich ständig, lacht unmotiviert und scheint alles auf die leichte Schulter zu nehmen. Dann weint er, um einen sensiblen Eindruck zu erregen. Er ist der dümmste der drei Mordverdächtigen und schiebt die Schuld komplett von sich. Kommissar Thomas lässt ihn zwar reden, doch er hat kein Verständnis für Gejammer und Schuldzuweisungen. Er mag es auch nicht, wenn die aktuellen sozialen Verhältnisse an allem schuld sein sollen. In dieser Zeit, in der die Moral längst vor die Hunde gegangen ist, kämpfen die meisten gegen Armut und Hartherzigkeit. Doch ein bisschen Anstand sollte jeder noch im Leib haben.

Mädchenhandel in großem Stil und niemanden stört es. Der Gauleiter bedroht die junge Frau.

Die Morgenausgaben der wichtigsten Berliner Tageszeitungen enthalten Leo Wolfs Artikel über die Verstrickung der NSDAP in den Mädchenhandel von Fritz Ulbrich. Mit einer nicht zu überlesenden Häme werden dem Missbrauch von jungen Mädchen die schönen Worte des Parteiprogramms gegenübergestellt.

Die *Vossische Zeitung* kommentiert dazu:

> Wenn es nach den Nazis geht, soll die Frau Mutter sein, stählerne und kampfbereite Nachkommen produzieren und das hochwertige Erbgut der arischen Rasse weitergeben. Sie ist Quelle der Nation, Hüterin der Kraft und der ewigen Größe der Nation. Gauleiter Joseph Goebbels formuliert die Stellung der Frau in seinen zahlreichen Reden so: Den ersten, besten und ihr gemäßesten Platz hat die Frau in der Familie und die wunderbarste Aufgabe, die sie erfüllen kann, ist die, ihrem Volk Kinder zu schenken. Frauen haben also nicht das Recht, über ihren Körper selbst zu entscheiden, und sind dem Manne untertan. Gilt das auch für minderjährige Mädchen, die durch unerwünschten Geschlechtsverkehr ins völkische Moralgeflecht gezwungen werden sollen?

Doch die Hinweise auf weitere Opfer des Mädchenhandels halten sich in Grenzen.

»Wir hatten nur etwa zehn Anrufe«, berichtet Alma Wuttke. »Davon waren drei unbrauchbar, weil die Informanten keine Identität angeben wollten. Ich hab dir eine Liste mit den anderen gemacht und kurz dazugeschrieben, was sie zu erzählen hatten. Liegt alles auf deinem Schreibtisch.«

Leo bedankt sich und will vom Flur zu ihrem Schreibtisch gehen. Alma hält sie zurück. »Warte mal eben.«

Sie hat die Lautstärke ihrer Stimme gesenkt. »Gauleiter Goebbels hat beim Chef angerufen und ihn bedroht. Er würde ein paar junge Kerls vorbeischicken, wenn die Beleidigungen und Lügen gegen die NSDAP nicht aufhören. Und er hat gefragt, was das Kürzel ›Leo‹ bedeutet.«

»Hat Herr Alfringhaus es verraten?«

»Nein, aber es ist wohl kein Problem, das rauszukriegen. Dann haben die dich auf dem Kieker!«

»Ich habe keine Angst«, lügt Leo mit weichen Knien. »Aber ich möchte Herrn Alfringhaus sprechen. Kannst du das organisieren?«

Alma verspricht, sich zu melden.

Leo sieht sich die Liste an, die Alma zusammengestellt hat. Da suchen Eltern ihre Tochter, die auf die schiefe Bahn geraten ist und sich seit Monaten nicht mehr bei der Familie gemeldet hat, ein junger Mann vermisst seine Verlobte und vermutet sie in einem Bordell, das von Nazis besucht wird. Eine Frau behauptet, Opfer einer Massenvergewaltigung geworden zu sein, will aber ihren Namen nicht nennen.

Leo seufzt. Im sittenlosen Berlin gibt es viele Spielarten der sexuellen Unmoral. Jeder mit jeder oder jedem, Gruppensex, masochistische oder sadistische Formen von Geschlechtsverkehr. Natürlich ist die Verführung Minderjähriger ein Straftatbestand, doch das interessiert niemanden. Die Nachfrage bestimmt das Angebot. In einer Zeitung hat sie neulich gelesen, dass sich junge Mädchen mittags nach der Schule im Hinterzimmer einer Destille angeboten haben. So hat ein Bankdirektor plötzlich mit heruntergelassener Hose vor einem Diwan gestanden, auf dem ein elfjähriges Schulmädchen saß – seine Tochter.

Alma meldet sich am Telefon und bittet sie zu Alfringhaus. Leo streicht ihre Hose glatt, fährt sich mit der Hand durch die dunklen Haare und geht eine Etage höher.

In der Chefetage liegen Teppiche in den Fluren, die die

Schritte nicht klappern lassen. An den Wänden Wahlplakate der SPD.

Frauen! Gleiche Rechte – gleiche Pflichten – wählt sozialdemokratisch. Bahn frei für Liste Sozialdemokraten! Mutter, deine Stimme entscheidet unsere Zukunft – Liste 1 Sozialdemokraten.

Neben der Tür zum Gemach des Chefredakteurs zeigt ein Plakat ein Skelett, das mit einer bekleideten Frau tanzt. Darüber große Lettern: *Berlin halt ein! Besinne dich. Dein Tänzer ist der Tod.*

Leo schaudert, fängt sich aber wieder und klopft an die Tür des Chefbüros. Sie hört »Herein« und drückt die Tür auf.

Alfringhaus thront hinter einem riesigen Schreibtisch. Darauf stapeln sich Zeitungen.

»Darf ich Sie stören, Herr Chefredakteur?«

»Fräulein Wolf, setzen Sie sich.«

Setzen? Wohin? Auf der Lehne des Besucherstuhls liegt eine Strickweste aus roter Wolle und auf der Sitzfläche ein schwarzer, breitkrempiger Hut. Leo nimmt beides und bugsiert die Sachen auf einen Zeitungsstapel, den sie erreichen kann.

»Wir haben Ärger mit dem Gauleiter Dr. Goebbels. Er hat uns mit Gewalt gedroht, wenn wir die Sache mit dem Kinderpuff der Nazis weiterverfolgen.«

»Und was bedeutet das? Pfeifen Sie mich zurück?«

Alfringhaus schraubt sich aus seinem Stuhl, dehnt den massigen Körper und stöhnt leise. »Rheuma«, erklärt er. »Ich habe Goebbels wegen Bedrohung angezeigt. Jetzt hat er noch einen weiteren Prozess am Hals«, kichert der Chefredakteur dann. »Ihr Onkel hat mir versichert, mit aller Härte gegen Wotans Micky Maus zu ermitteln.«

Leo ist amüsiert. »Den Spitznamen kannte ich noch nicht.« Sie wird wieder ernst. »Glauben Sie, dass Goebbels die Redaktion des Pressedienstes angreifen wird?«

»Ja, das ist im Bereich des Möglichen.«

»Und deshalb wollen Sie, dass ich nicht weiter nachforsche?«

»Ganz falsch. Sie sollen weitermachen, Fräulein Wolf!« Alfringhaus nimmt die Weste und zieht sie an. »Ziemlich frostig hier in Berlin. Ich bitte Sie um eins: Passen Sie auf sich auf. Wenn Sie Probleme bekommen oder Hilfe brauchen, melden Sie sich. Finden Sie weitere Mädchen und weitere Täter.«

Ein guter Rat von einem schlechten Grafen. Ein guter Schlag von einer guten Wirtin.

Am Abend nimmt Leo wieder ein Taxi zu ihrer Pension. Ab und zu schaut sie sich um. Nein, sie kann keinen Verfolger erkennen.

Frau Pawlowski begrüßt sie und teilt ihr mit, dass ein Herr im Frühstückraum auf sie wartet. Leo legt Mantel, Hut und Tasche ab und folgt der Wirtin.

Da steht ein Mann im Licht der Stehlampe und betrachtet das Bild an der Wand. Ein Seestück mit aufgepeitschten Wellen und ein Dreimaster in Seenot. Darüber kreisen die unvermeidlichen Möwen.

Der Mann geht auf die Frauen zu. Er ist groß, jung und konservativ gekleidet.

»Fräulein Wolf?« Seine Augen sind sehr blau und die Zähne sehr weiß. Die blonden Haare sind an den Seiten kurz, fast abrasiert. Das ist der arische Mann, denkt Leo, ein Prachtexemplar.

»Darf ich mich vorstellen? Kilian Graf Schmettow.« Er verbeugt sich kurz und zackig.

»Ich lasse Sie beide dann mal allein«, sagt Pawlowski und verschwindet.

»Was kann ich für Sie tun?«, floskelt Leo.

»Es geht um Ihren Artikel über die fotografierten Mädchen im Wedding.«

»Sie meinen den Mord an dem Uhrmacher.«

»Ja.«

»Wollen Sie sich nicht setzen?«, fragt Leo, um Zeit zu gewinnen.

»Danke sehr, aber ich bleibe nicht lange.«

»Um was geht es denn nun? Ich habe gearbeitet und bin müde.«

Kilian Graf Schmettow lächelt. »Ich soll Sie von Gauleiter Dr. Goebbels grüßen. Er will Ihnen einen gut gemeinten Rat geben, der da lautet: Lassen Sie die Verleumdungen gegen unsere Partei! Sonst könnte das übel für Sie ausgehen.«

»Sie bedrohen mich?«

»Wie gesagt, es ist nur ein gut gemeinter Ratschlag.« Er tritt auf Leo zu und verbeugt sich. »Ich empfehle mich.«

Sie sieht ihm nach. Im Türrahmen dreht er sich um. »Wir werden dich schon kriegen, du Judenhure!«

»Was haben Sie gesagt?« Leo merkt, wie ihr der Zorn in den Kopf steigt.

»Sie leben hier in diesem Bordell mit den Polizeischülern Ihres Onkels Isidor«, lächelt der Blonde böse. »Machen Sie abends die Beine breit für die jungen Polypen?«

»Hauen Sie ab!«, brüllt die Wirtin, die plötzlich wieder aufgetaucht ist. »Du dummes Nazigesicht!« Sie greift nach einem Kerzenleuchter und pfeffert ihn in das arische Gesicht des Grafen. »Raus hier!«, schreit sie. Ihre Haltung drückt unbändige Wut aus. Sogar die Blumen auf ihrer Kittelschürze bekommen böse Gesichter.

Kilian Graf Schmettow fasst sich an die Stirn und trollt sich. Aber sein Blick signalisiert, dass dies erst der Anfang einer ernsten Auseinandersetzung ist, in der Leo keine guten Karten hat. Und Frau Pawlowski auch nicht.

Leo schläft schlecht. Über Gewalt zu schreiben oder sie selbst zu erfahren, sind zwei Paar Schuhe.

Alte Girls und ein arischer Herrenmensch. Goebbels will seinen Namen ändern. Der Laubfrosch leidet.

Am nächsten Morgen ruft Leo im Polizeipräsidium an und verlangt, ihren Onkel zu sprechen. Doch der ist in Konferenzen. Sie erzählt Lukas Fox von den Goebbels-Drohungen und beschreibt deren arischen Überbringer Kilian Graf Schmettow.

»Glückwunsch! Da hast du ja das absolute Prachtstück der nationalsozialistischen Verdummung kennengelernt. Dieser dekadente Saubermann macht auf national-völkisch, lungert jede Nacht bei den Tauentzien-Girls rum und verprasst Papas Erbe.«

Leo schaut fragend. »Tauentzien?«

»Sumpfblumengebiet«, klärt Fox auf. »Alles ist möglich und alles wird gemacht. Was früher als unmoralisch galt, ist jetzt ein Gewohnheitsrecht der weiblichen Jugend. Obwohl – manche der Mädchen sind schon in die Jahre gekommen, aber das sieht man im Schummerlicht der Lampen nicht. Jung auszusehen ist jedenfalls wichtiger, als jung zu sein. Hier holen sich Raubtiere wie Schmettow ihre Beute.«

»Woher weißt du das alles?«

»Ick bin een Balina!«

Fox kramt in einer Schreibtischschublade. »Mir hat Goebbels auch schon Ansagen gemacht. Auslöser war eine Glosse, die von fast allen anständigen Zeitungen in Berlin übernommen worden ist. Hier – lies mal!«

Er reicht Leo eine aufgeklappte *Berliner Volkszeitung*.

PAULCHEN DER ERSTE

Herr Joseph Goebbels ist ein sehr eitler Mann. Es ärgert ihn, dass man sein Profil nicht für rein nordisch hält, es ärgert ihn, dass er das Gegenteil einer Siegfriedsgestalt ist, es ärgert ihn die Form seiner Nase, die Farbe seines Haares und vor allem ärgert ihn, dass er Joseph heißt. Joseph! Man weiß, so hieß der Mann aus Ägypterland. Der war zwar keusch, aber nichts weniger als nordisch. Auf das Erstere legt Herr Goebbels keinen besonderen Wert, dafür umso mehr auf das Zweite. Aber Joseph, ausgerechnet Joseph, das ist bitter! Herr Goebbels versucht deshalb, still und leise von diesem anrüchigen Vornamen wegzukommen. Nichts einfacher in einer Zeit, in der man zwei Vornamen für den letzten Chic hält. Man nennt sich statt Joseph nun Paul Joseph Goebbels. Dann schreibt man nach amerikanischem Vorbild den zweiten Namen nicht mehr aus, sondern gibt ihn nur noch mit dem Anfangsbuchstaben wieder. Und wenn das ein J ist, kann man daraus ein großes lateinisches I machen und einen Punkt dahintersetzen. So sieht man denn zur allgemeinen Überraschung unter neueren Bildern von Herrn Goebbels die Unterschrift: Dr. Paul I. Goebbels. Wer denkt da noch an Joseph, den Mann aus dem Ägypterland? Paul I. kann heißen: Paulus Imperator, aber auch Paulchen der Erste. Heil seiner künftigen Majestät!

Leo grinst in sich hinein. »Gut gebrüllt, Löwe«, meint sie. »Wie war denn die Reaktion?«

»Die Nazifressen haben meinen kleinen Laubfrosch malträtiert. Zum Glück war die Polente schnell da und hat das Schlimmste verhindert.«

»Gab es einen Strafprozess?«, fragt Leo.

Fox verneint. »Die Kerle waren schnell weg. Da konnte man keinen vor den Richter schleppen.«

Leos Telefon klingelt. Sie wird mit Onkel Bernhard verbunden. Sie berichtet kurz von Schmettows Besuch.

Weiß schnaubt wütend. »Willst du Polizeischutz?«

Leo lehnt ab. »Wie soll ich arbeiten ... mit Polizisten im Schlepptau? Das geht nicht.«

»Ja, das verstehe ich. Ich werde dem Gauleiter eine deutliche Warnung zukommen lassen. Im Moment ist er kleinlaut, weil ich fast alle Prozesse gegen ihn wegen Beleidigung und Bedrohung gewonnen habe.«

»Mit welchen Konsequenzen?«

»Er droht nicht mehr selbst, sondern schickt seine Vasallen«, antwortet Weiß. »Seine Nazi-Anwälte behaupten, es handele sich um übereifrige Volksfreunde und Goebbels habe von nichts gewusst. Die Richter verhängen dann – wenn überhaupt – eine kleine Geldstrafe gegen die Schläger, die aus der Parteikasse der Nazis bezahlt wird. Wie wirst du mit dieser Drohung umgehen, liebe Nichte?«

»Ich werde sie ignorieren.«

»Tapfer bist du ja«, stellt Weiß fest. »Frau Pawlowski ebenfalls. Ich wäre gern dabei gewesen, wie sie dem Schmettow eins drübergibt. Ab sofort werde ich die Pension beobachten lassen. Außerdem werde ich diesen Nazi-Grafen vorladen. Und du solltest abends nicht allein durch Berlin streifen.«

Männerrollen und Frauenaufgaben.

Alois Beckmann will den Vorfall in der Pension zum Thema eines Kommentars machen, doch Leo ist dagegen. Sie möchte nicht im Mittelpunkt eines Berichtes stehen, weil dann ihr Kürzel »Leo« kein Geheimnis mehr wäre.

»Hat unser Zeugenaufruf Neuigkeiten gebracht?«, fragt der Schriftleiter.

»Ich konnte noch nicht alles überprüfen, mache mich aber sofort an die Arbeit.«

»Dann lesen Sie das mal.« Er reicht Leo eine Zeitung. Es ist der nationalsozialistische *Angriff*, die Zeitung des Nazi-Gaus Berlin. »Die drucken in jeder Ausgabe ein paar Seiten aus Goebbels' Tagebuch ab. Können Sie vielleicht gebrauchen, wenn Sie die Geschichte von Ulbrichs Mädchenhandel weiterverfolgen.«

Leo macht sich einen Kaffee, setzt sich an ihren Schreibtisch und vertieft sich in das nationalsozialistische Frauenbild.

> Die Frau hat die Aufgabe, schön zu sein und Kinder zur Welt zu bringen. Die Vogelfrau putzt sich für den Mann und brütet für ihn die Eier aus. Dafür sorgt der Mann für die Nahrung, steht auf der Wacht und wehrt den Feind ab. Die Frau ist Geschlechts- und Arbeitsgenossin des Mannes. Sie ist das immer gewesen und wird das immer bleiben. Auch bei den heutigen wirtschaftlichen Verhältnissen muss sie das sein. Ehedem auf dem Felde, heute auf dem Büro. Der Mann ist Organisator des Lebens, die Frau seine Hilfe und sein Ausführungsorgan. Diese Auffassungen sind modern und heben uns turmhoch über alles deutschvölkische Ressentiment.

Der Vergleich mit den sich putzenden Vogelweibchen ist selten dumm, denkt Leo, zumal die Wahrheit anders aussieht. Es sind die Vogelmännchen, die sich für die Vogelweibchen herausputzen und sie anbalzen.

Leo schaut die Notizen an, die ihr Alma Wuttke auf den Tisch gelegt hat. Ganz unten liegt eine Mitteilung des Landgerichts III. Der Beginn des Ulbrich-Prozesses ist für Ende Januar terminiert worden.

Bis Prozessbeginn muss ich weitere Zeuginnen finden, sagt sich Leo. Aber wie?

Das Telefon klingelt. Sie wird verbunden. Eine Männerstimme fragt: »Fräulein Wolf?«

»Wer will das wissen?«

»Hier ist Valentin Winterstein. Wir sind uns vor Kurzem vorgestellt worden. Störe ich Sie gerade? Ich würde Sie gern treffen.«

Leo ist etwas verwirrt und antwortet nicht.

»Sind Sie noch da?«

»Ja. Gibt es einen Grund, mich treffen zu wollen?«, fragt sie.

»Ich möchte Ihnen helfen. Sie suchen doch junge Mädchen, die in den Frauenhandel um den Uhrmacher Ulbrich verwickelt waren und im Berliner Nazi-Hauptquartier verkehrten? Da könnte ich Ihnen behilflich sein.«

»Schön! Auch, wenn es etwas schwieriger geworden ist.«

»Schwieriger?«

»Ich hatte gestern Abend Besuch von einem Kameraden des Nazi-Gauleiters Goebbels.«

»Hat der Mann Sie bedroht?«

»Das war der Sinn seines Besuches.«

»Das müssen Sie mir genauer erzählen«, sagt Winterstein. »Darf ich Sie zu einem Abendessen ins *Adlon* einladen?«

Leos erster Gedanke ist: Ich muss mich umziehen. Sie trägt einen schmalen braunen Hosenanzug, der eher zu einem Mann passt, einen Pullover mit weißem Kragen und flache Schuhe.

»Er wollte nicht druffjehen.« – Mildernde Umstände sehen anders aus.

Kommissar Thomas hat Richard Stolpe vor sich sitzen.

»Erzähl mir mal dein Leben«, fordert der Kommissar. »Vielleicht gibt es ja entlastende Momente, die das Gericht überzeugen. Sprich einfach frei von der Leber weg.« Er reicht Stolpe eine Zigarette und gibt ihm Feuer.

Stolpe zieht gierig ein paar Züge in sich hinein. Die Entspannung kommt rasch, Stolpe erzählt und der Protokollant zeichnet auf.

Vom ersten Schuljahr an wurde mir vom Lehrer ein sorgenloses Leben versprochen. Er machte mir und auch meinen Mitschülern klar, dass wir nur lernen müssten, um es später ausnutzen zu können. So ging es Jahr für Jahr und ich kam immer weiter. Die Schuljahre waren für mich die besten Jahre. Wenn die Schule aus war, hatte ich freie Zeit zum Spielen bis zum Abend. Es ging aufwärts bis zur zweiten Klasse. Von da an ging ich zum Unterricht zu Pastor Pankina, der mich auch ein Jahr später einsegnete. Nun war für mich die Zeit gekommen. Ich hatte mir schon vorher einen Beruf erwählt und so fing ich an zu lernen bei der Großbäckerei Rudnick in Pankow, Berliner Straße, und ich ging mit meiner Mutter zum Vorstellen und wurde auch gleich eingestellt.
Es vergingen drei, vier Wochen, da hatte ich noch nichts vom ganzen Hantieren in der Bäckerei weg. Ich beklagte mich bei meiner Mutter darüber. Sie wollte sich mal bei der Meisterin erkundigen, ob ich keine Lust hätte zu lernen. Meine Mutter erfuhr, dass die Meisterin sehr zufrieden mit mir war, jetzt bekam ich die wirkliche Zustimmung zum Bäckerhandwerk. Diese Freude hielt aber nicht lange. Ich arbeitete mit einem Kollegen zusammen, der nicht viel schlauer war als ich. Es fehlte jeden Tag etwas Butter und Zucker und Schokoladenzeug, ich wurde verdächtigt, es entwendet zu haben. Ich lief von der Lehrstelle weg, wurde aber dann durch meine Mutter wieder hergebracht. Es wurde aber nicht besser und so gab ich die Lehrstelle auf.
Ein paar Wochen war ich dann zu Hause, dann be-

kam ich durch das Jugendamt eine Stelle als Kuhhirt bei einem Gutswirt. Da verbrachte ich ein halbes Jahr. Ich kam zurück und habe dann Arbeit als Laufjunge gefunden. Über den Winter arbeitete ich, zum Frühjahr wurde ich arbeitslos. Ich bummelte den ganzen Sommer. Es zog mich dann wieder in die Fremde und so ließ ich mich wieder vom Jugendamt verschicken nach Köslin zum Kühehüten. Das machte ich von April bis zum März im Jahr danach. Dann fuhr ich nach Hause. Arbeit war nicht mehr zu kriegen.

»Kommen wir doch mal zum Mord an Ulbrich«, schlägt Kommissar Thomas vor. »Lieschen sagt, dass du ihn mit dem Kissen erstickt hast.«

»Die olle Töle«, ärgert sich Stolpe.

»Du sprichst aber hart über deine Braut«, entgegnet Kommissar Thomas. »Denkst du gar nicht an das Kind, das ja deins sein soll?«

»Weiß ich das sicher? Kann auch von dem Alten sein oder irgendwem.« Er zieht an seiner Zigarette.

»Hattest du gar kein Mitleid mit dem alten Mann?«, fragt Thomas.

Stolpe schweigt.

»Ihr habt doch oft mit ihm gefeiert und er hat dir Geld gegeben. Da kann man ja fast meinen, dass ihr mit dem Ulbrich befreundet wart.«

»Er wollte einfach nicht druffjehen. Ist immer wieda aufjestanden und dann dit Jejammer. Da musst ick was tun.«

Thomas und Smetona wechseln Blicke. Beide denken das Gleiche: Das gibt keine mildernden Umstände!

Elefanten im Goethegarten. Eine Poularde wirft mit Kaugummi. Die junge Frau zahlt selbst.

Valentin Winterstein holt Leo am Pressehaus ab. Ein Fahrer sitzt am Steuer des großen schwarzen Wagens mit dem Mercedesstern.

»Nun fahre ich zu meinem ersten Rendezvous in Berlin«, gesteht Leo, als sie neben dem Verleger im Auto sitzt.

»Und? Schlimm?«

»Abwarten«, antwortet sie. »Der Abend fängt ja erst an.«

»Machen Sie sich keine Sorgen. Bisher haben alle Frauen, mit denen ich mich traf, überlebt«, behauptet Winterstein.

»Wie erfreulich. Aber wir haben ja auch etwas Dienstliches zu besprechen. Hilfe bei der Zeugensuche in Sachen Ulbrich. Sie erinnern sich?«

Winterstein lacht. »Aber natürlich.«

Am Hotel angelangt, übernimmt ein Hotelangestellter und fährt das Auto auf den Parkplatz.

Im großen Empfangssaal des *Adlon* wartet man schon auf sie. »Guten Abend, die Herrschaften. Ihr Tisch ist bereit. Kennen Sie den Weg?«

»Aber ja, danke.«

Leo sieht sich um. Hier ist alles teuer ausgestattet, die Lederfauteuils sind vom Allerfeinsten, die Tischchen aus Mahagoni, auf dem Boden riesige Orientteppiche, geschnitzte Stelen tragen ein Rundgewölbe, das mit Stuck und Malereien geschmückt ist.

Winterstein reicht ihr den Arm. Leo betrachtet sich und ihn in den zahlreichen hohen Spiegeln an den Wänden.

Sie hat keine Zeit mehr gehabt, zur Pension zu fahren und sich umzukleiden. Alma Wuttke hat ihr bei den Haaren geholfen, der dunkelbraune Bubikopf liegt oft nicht so, wie er sollte, schlägt freche Wellen in unterschiedliche Richtungen und angeborene Wirbel sind auch vorhanden.

Es passt aber doch, denkt sie, Winterstein ist nicht so geschniegelt und gestriegelt, wie es zurzeit Mode ist. Seine Kleidung ist zwar elegant, doch er trägt sie mit einer gewissen Nachlässigkeit.

»Und? Gefällt Ihnen unser Anblick?«, fragt er.

»Es hätte mich schlimmer treffen können«, kontert sie.

»Nichts bewahrt uns mehr vor Illusionen als ein Blick in den Spiegel«, sagt er.

»Das tut mir leid«, lächelt sie. »Ich hätte doch noch zum Friseur gehen sollen.«

»Sie sind perfekt, Fräulein Wolf«, schmeichelt er und küsst ihre Hand.

Leos Herz klopft. Ich bin nicht so, wie ich dachte, dass ich sei, denkt sie. Ich dachte, ich sei eine emanzipierte Frau, die sich sehr überlegt, mit wem sie sich einlässt. Eine Frau, die ihre Gefühle zu kontrollieren weiß und nicht beim ersten attraktiven Mann weiche Knie bekommt.

Sie nehmen an einem perfekt gedeckten Tisch Platz. Leo schaut sich um, bleibt aber stumm.

»Beeindruckend, nicht?«, erkundigt sich Winterstein.

»Posh, einfach posh«, erwidert Leo.

»Posh?«

»Ja und wie. Das ist hier doch alles unglaublich luxuriös. Die Gewölbedecken, die Beleuchtung, alles vergoldet, der Fußboden. Man traut sich ja kaum, die Schuhe anzubehalten. Gibt es hier nicht auch diesen berühmten Brunnen?«

»Den Elefantenbrunnen, ja. Der steht draußen im Goethegarten. Übrigens ein Geschenk für Herrn Adlon. Von einem Gast, der sehr beeindruckt war von dem Hotel hier.«

»Ich hab davon gelesen«, sagt Leo. »Der Maharadscha von Patiala im indischen Punjab.«

»Sie beschämen mich. Sie wissen ja mehr über Berlin als ich selbst. Wie kann das sein?«

Leo lächelt. »Wien ist bekannt für seine Kaffeehäuser. Da

haben wir enorm viele Zeitungen. Ungefähr so wie im *Romanischen Café*. Nur nicht so posh wie hier.«

Winterstein runzelt die Stirn. »Jetzt sagen Sie das schon wieder. Posch. Was heißt das und was ist das für ein Wort?«

Leo erklärt: »Das ist Englisch und eigentlich ist es eine Abkürzung. Und es hat mit Indien zu tun.«

»Ich bin ganz Ohr.«

»Viele Engländer fahren nach Indien und zurück. Das ist eine beschwerliche Reise. Wer ordentlich Geld hat, bucht seine Kabine so, dass sie bei Hin- und Rückreise auf der nach Norden zeigenden Seite des Schiffs liegt und somit nicht direkt von der Sonne beschienen wird. Hinreise backbord, Rückreise steuerbord. Englisch *portside out*, *starbord home*. *P-o-s-h*, *posh*. So haben die Reedereien die Buchung dieser Art zu reisen auf den Tickets vermerkt. Daraus ist das Wort entstanden. Dieses Hotel ist jedenfalls in höchstem Maße *posh*.«

»Mir gefällt es weniger *posh* auch besser«, gesteht er. »Aber jetzt sind wir nun mal hier. Sollen wir uns dem Essen zuwenden?«

Sie studieren die Speisekarte und der Kellner fragt nach der Bestellung.

»Das Abendmenü ohne den Fisch, sondern mit der französischen Poularde vom Rost auf amerikanische Art, dazu den Salat Romaine und die Pfirsiche auf Halbgefrorenem«, wünscht sich Leo.

»Wie gebärdet sich denn eine französische Poularde auf amerikanische Art?«, fragt Winterstein amüsiert. »Wirft sie mit *chewing gum* um sich?«

Der Kellner wird verlegen. »Das weiß ich leider nicht, mein Herr«, entschuldigt er sich. »Aber ich frage gern in der Küche nach.«

»Nicht nötig. Ich nehme all das, was die Dame nimmt, aber kein Dessert, sondern einen Kaffee«, bestellt er. »Und Champagner.«

Der Kellner verbeugt sich und verschwindet.

»Warum heißt dieses Restaurant *Goethegarten*?«, fragt Leo. »Hat Goethe etwa hier gespeist?«

»Das wird er kaum geschafft haben. Er ist – soviel ich weiß – der Lieblingsdichter des Besitzers«, erläutert Winterstein.

»Und Sie? Welche Dichter gefallen Ihnen? Auch Goethe?«

»Goethe ist mir zu deutsch«, gesteht Winterstein. »Sein Satz ›Der Mensch ist nicht geboren, frei zu sein‹ aus dem *Torquato Tasso* wurde immer von Tyrannen missbraucht. Ich mag die revolutionären Teile des Schiller-Werks lieber – oder zeitgenössische Autoren wie Mann, Kästner und auch Döblin.«

»Apropos Schreiben. Sie wollten mir bei meiner Recherche helfen«, ergreift Leo die Initiative. »Haben Sie Informationen, die ich verwenden kann?«

Winterstein lächelt über ihren Eifer. Schon beim ersten Treffen im Haus des Pressedienstes hat er sie hinreißend gefunden. Sie ist keine Pussi, sondern eine Frau. Gebildet, intelligent, mutig und empathisch. Und schön.

»Ich komme viel herum in Berlin und gebe einige Zeitschriften heraus, wie Sie ja wissen«, erklärt er. »Dass Berlin ein Sündenbabel ist, wird Ihnen nicht verborgen geblieben sein. Ich finanziere einen Verein, der sich um gefallene Mädchen kümmert. Junge Frauen, die in die Prostitution abgerutscht sind – durch Not, Armut und Gewalt. Oder auch aus Dummheit oder zu viel Vertrauen in die falschen Menschen. Diese Mädchen leben zusammen mit Betreuerinnen in einem großen Haus am Liepnitzsee in Brandenburg und werden auf ein neues Leben vorbereitet und ausgebildet. Das Heim trägt den Namen *Haus Seelenschatz*.«

Er schenkt Champagner nach. Seine Hände sind schmal, leicht gebräunt mit gepflegten Fingernägeln. Er trägt keinen Ehering. Leo hat plötzlich das Bild wieder vor sich: Winterstein verlässt zusammen mit einer schwangeren Frau das *Romanische*

Café. Aber man muss nicht verheiratet sein, um Kinder zu zeugen.

Sie hebt ihr Glas und prostet Winterstein zu. »Wie kommt es, dass Sie gefallene Mädchen aus dem tiefen Sumpf retten?«

»Höre ich da Ironie?«, lächelt er und hebt ebenfalls das Glas.

»Ich habe als Journalistin gelernt, nichts zu glauben, bis ich es selbst überprüft habe«, erklärt Leo. »Aber ich gehe davon aus, dass Ihr Motiv die reine Menschenfreundlichkeit ist.«

»Danke, dann hab ich ja Glück gehabt«, seufzt Winterstein. »Kommen wir zur Sache. In dem Haus leben zwei Mädchen, die Ihnen schildern können, wie die Feste der Goebbels-Getreuen ablaufen. Das sind keine schönen Geschichten.«

»Ich brauche keine schönen Geschichten, sondern wahre«, ruft Leo. »Wann kann ich die Mädchen sprechen?«

»Ich werde das gerne für Sie organisieren«, verspricht Winterstein. »Und jetzt will ich wissen, wie sich dieser stramme Graf Schmettow Ihnen gegenüber aufgeführt hat.«

Leo schildet den Vorfall, lässt besondere Sorgfalt bei der Schilderung von Pawlowskis Attacke mit dem Kerzenleuchter walten. Sie behauptet, keine Angst gehabt zu haben, macht ihre Rolle größer als sie war. Ihre Augen blitzen, die Hände versuchen den verwirbelten Bubikopf zu bändigen. Ihre Wangen glühen.

Die Poularde ist zart und lecker. Der Kellner bringt das Dessert und den Kaffee. Leo stürzt sich auf die Pfirsiche mit dem Halbgefrorenen. »Köstlich«, schwärmt sie.

Winterstein kann sich nicht sattsehen an ihr, muss an sich halten, ihr nicht zu sagen, wie erfüllt er ist von einem Gefühl, das weit über Gefallen hinausgeht. Sein Blick kettet sich an ihren Mund, die vollen, ungeschminkten rosafarbenen Lippen, die gar nicht à la mode sind, weil die Damen jetzt eher sehr dunklen Lippenstift bevorzugen. Wie es wohl wäre, diesen Mund zu küssen?

Zum Glück holt ihn der Kellner aus seinen Gedanken. »Ich

habe gefragt, mein Herr, was an der französischen Poularde amerikanisch ist.«

»Und?«

»Sie ist mit einer Masse aus kalifornischen Erdnüssen gefüllt und mit Whisky flambiert worden.«

»Danke. Die Poularde war köstlich. Richten Sie dem Koch mein Kompliment aus.«

»Danke, mein Herr. Darf ich abräumen?«

Er darf.

»Nebenan gibt es die *American Bar* mit musikalischen Darbietungen«, sagt Winterstein und nimmt Leos Hand. »Sollen wir uns dahin zurückziehen?«

»Kann man dort auch tanzen?«, fragt Leo leicht beschwipst. »Ich hab ewig nicht mehr das Tanzbein geschwungen. Bin wahrscheinlich eingerostet.« Sie sieht an sich herunter. »Ach, wie dumm, ich habe eine Hose an und kein wippendes Kleid.«

»Ich stelle Sie mir in einem Kleid vor«, schlägt Winterstein vor. »Meine Fantasie ist sehr ausgeprägt.«

Er winkt den Kellner heran. »Welcher Künstler tritt heute in der *American Bar* auf?

»Heute Abend haben wir den Sänger Curt Bois auf der Bühne, Herr Winterstein. In fünf Minuten beginnt sein Auftritt.«

»Er nennt Sie beim Namen. Sie sind wohl öfter hier«, stellt Leo fest.

»Nein, aber er hat sich wohl nach meinem Namen erkundigt. Kommen Sie!« Winterstein nimmt Leos Arm. Wie selbstverständlich hakt sie sich bei ihm ein.

Die Bar ist spartanisch eingerichtet. Hölzerne Stühle und runde Tische für zwei, vor dem langen Tresen sind hohe Hocker nebeneinander platziert und in den Regalen posieren jede Menge Flaschen.

Winterstein ordert Champagner und Wasser, ein Kellner teilt ihnen einen Zweiertisch zu.

Es ist ordentlich voll, Curt Bois ist ein bekannter Sänger der leichten Musik. Die Frauen sind in der Überzahl. Sie thronen an der Bar auf hohen Hockern, fixieren die neuen Gäste und tuscheln.

Winterstein bemerkt Leos überraschten Blick.

»Für Frauen ist es heutzutage chic, allein oder mit einer gleichgesinnten Freundin Amüsement zu suchen«, erklärt er. »Natürlich auf gehobenem Niveau – das *Adlon* ist kein billiger Bumsschuppen.«

»Dann haben die anwesenden Herren ja die freie Auswahl«, meint Leo trocken.

Die Kapelle beginnt, der Sänger erscheint. Er ist klein, korrekt gekleidet und wenig auffällig, das leicht schüttere Haar zurückgekämmt und mit Pomade behandelt.

Guck doch nicht immer nach dem Tangogeiger hin –
Was ist schon dran an Argentinien?

Jubel braust auf. Die Gäste kennen das Lied.

Du siehst ja gar nicht mehr, dass ich noch bei dir bin.
Ich hab doch auch ganz schöne Linien! …

Aus der Gruppe der Musiker drängelt sich ein junger Mann nach vorn, schwarze Haare, gebräuntes Gesicht, enge Hosen, Bolerojacke. Auf seiner Geige spielt er Tangotöne an, wird aber von Curt Bois mit einer Handbewegung zum Verstummen gebracht.

Der Junge wirkt auf dich wohl spanisch,
Jedoch aus dir macht der sich gar nischt!
Also bitte, guck doch nicht immer nach dem Tangogeiger hin –
Was ist schon dran an Argentinien?

Sicher ist es bloß die olle Uniform.
Die wirkt wie Chloroform auf jede Frau.
Zöge ich mir so 'ne Affenjacke an,
Fängt sie mit mir was an, ich weiß genau!

Der Geiger versucht es wieder mit ein paar Tangotönen und wird wieder unterbrochen. Das Publikum hat seinen Spaß, lacht, macht Zwischenrufe und applaudiert. Auch Leo amüsiert sich gut. Eine junge Frau wirft dem Geiger eine Rose hin. Applaus, Bois küsst der Frau galant die Hand und schon geht es wieder los:

Guck doch nicht immer nach dem Tangogeiger hin –
Was ist schon dran an Argentinien?
Du siehst ja gar nicht mehr, dass ich noch bei dir bin.
Ich hab doch auch ganz schöne Linien!

Er streichelt mehrmals sein Bäuchlein.

Der Tangogeiger schüttelt den Kopf, spielt den Betrübten und verzieht sich hinter die Bühne.

»Das war sehr spaßig. Mit Pfiff und Witz«, meint Leo.

»Ja, wir Deutschen können manchmal auch Selbstironie«, nickt Winterstein. »Nicht nur Marschmusik und völkisches Liedgut. Die Musik stammt übrigens von Friedrich Hollaender.«

Die Kapelle spielt einen Tanz, der die Töne des Tangogeigers aufgreift.

»Wollen wir?«, fragt Winterstein.

»Ich werde Ihnen auf die Füße treten«, warnt Leo. »Ich kann keinen Tango.«

»Das ist doch nur ein angedeuteter Tango. Wenn Sie mich führen lassen, schaffen wir das unfallfrei. Darf ich bitten?«

Leo zögert, doch er zieht sie vom Stuhl und legt den Arm um sie. Gleich wird er merken, dass ich ein ungelenker Dorftrampel bin, denkt sie, aber er hat sich sein Schicksal selbst ausgesucht.

Leo legt ihren Kopf in seine Halsbeuge und konzentriert sich auf seine Schrittkombinationen. Ein guter Führer, denkt sie, doch beim Wort »Führer« hat sie plötzlich einen schlechten Geschmack im Mund.

Winterstein drückt Leo an sich und atmet schwer. Die Musik endet mit einigen schwülstigen Geigenklängen. Der Tanz ist ohne schwere Verletzungen und ohne einen Kratzer zu Ende gegangen.

Winterstein will Leo am liebsten nicht mehr loslassen. Ihr Körper ist weich und unbeugsam zugleich. Sie weiß sich nicht erotisch zu präsentieren, kein Vergleich mit den raffinierten Frauen, die ihre Reize immer auf die gleiche Art darbieten: verführerisch lächelnd, schnurrend wie Kätzchen und dabei eiskalt ihre Ziele verfolgend.

Die Musik wird langsamer und lasziver. Die tanzenden Paare kommen sich näher, Küsse werden ausgetauscht, Arme umklammern sich.

Winterstein will das aber nicht, weil es alles verderben könnte. Zu schnell, zu platt und zu austauschbar, das hatte er lange genug. Leo Wolf ist etwas Besonderes. Ich bin zu verdorben, denkt Winterstein, und sie hat es nicht verdient, an mir zu leiden. Ich muss mich von ihr fernhalten. Noch bevor die Musik endet, lässt er sie los, wendet sich jäh ab.

Leo ist irritiert wegen der plötzlichen Distanz. »Was ist mit Ihnen? Bin ich Ihnen auf die Füße getreten?«

»Nein. Entschuldigen Sie«, murmelt er.

»Wofür entschuldigen Sie sich?«, fragt sie.

»Ich wollte Ihnen nicht zu nahe kommen«, behauptet er. »Wir haben ja nur eine Geschäftsbeziehung.«

Der Satz trifft sie wie ein Schlag in den Magen. »So sehe ich das auch. Das Tanzen hätten wir uns sparen können.« Sie trinkt ihr Glas aus. »Danke für den schönen Abend, Herr Winterstein. Fragen Sie die beiden Mädchen, ob sie mit mir reden würden, und machen Sie einen Termin?«

»Ja, natürlich.«

Leo nimmt ihre Tasche. »Ich muss los. Einen schönen Abend noch.«

»Sie wollen schon gehen?«, fragt er.

»Es ist doch alles geklärt«, lächelt sie frostig. »Ich muss morgen frisch sein. Die Arbeit – Sie verstehen?«

»Darf ich Sie zu Ihrer Pension fahren?«

»Nicht nötig«, lehnt Leo ab. »Ich nehme ein Taxi. Amüsieren Sie sich. Es sind ja genug Damen hier.«

Er sieht ihr nach und hat die stille Hoffnung, dass sie sich umdreht und ihm noch ein Lächeln und einen Gruß schickt. Doch nichts dergleichen geschieht.

Nach einem weiteren Auftritt von Curt Bois verlässt Winterstein die Bar. Sehnsucht ist ein ruhmloses Schlachtfeld, denkt er, Ausbruch unmöglich.

Als er zu zahlen versucht, teilt man ihm mit, dass das gnädige Fräulein ihren Anteil an der Rechnung für das Abendessen bereits bezahlt hat.

Der Gauleiter als Gegenentwurf zum neuen Herrenmenschen: klein, giftig, dunkel und hinkend.

Gegen Mitternacht sitzt Bernhard Weiß in seiner Bibliothek und sortiert Akten und Zeitungsartikel. Frau und Kind schlafen schon. Ihm fällt eine Ausgabe des Nazi-Schandblattes *Der Angriff* in die Hände. Diese Ausgabe ist das Beweisstück in einem Prozess gegen Gauleiter Goebbels gewesen, den Weiß gewonnen hat wie so viele andere.

> Kommt da so ein Jude aus Galizien mit Namen Wacholder Trompetenschleim und nach einem Jahr hat er seinen Vornamen vertauscht und heißt Isidor. Nach einem weiteren Jahr hat er auch seinen Zunamen vertauscht und heißt Weiß. Nach noch weiteren Jahren sitzt dieser Mann im Polizeipräsidium und behauptet, er heiße Bernhard mit Vornamen.

Diese Aussage des damals neuen Gauleiters ist der Beginn einer unfassbaren Verleumdungskampagne gewesen, die sich vor allem auf Äußerlichkeiten bezieht. Ausgerechnet von Goebbels.

Im Mai 1927 hat er eine Rede im Kriegervereinshaus im Wedding gehalten und sich über den neuen Menschentypen ausgelassen: blonde Haare, blaue Augen, ein gesunder Körper, zum Herrschen über alle Menschen bestimmt.

»Ja, ja, und Sie sind ein richtiger germanischer Jüngling!«, hat ein Zuhörer im Saal gerufen. Erst Totenstille und dann eine Saalschlacht, so brutal wie Berlin noch keine erlebt hatte.

Am nächsten Tage hat Bernhard Weiß die NSDAP verboten, was aber wieder aufgehoben worden ist.

Goebbels hat zurückgeschlagen. Weiß wird als »Isidor« bezeichnet, die Polizeibeamten als »Weiß-Gardisten« und »Bernhardiner«. Keine Kundgebung der SA ohne einen Angriff auf Weiß: »Man hört's bis zum Brandenburger Tor: ›Er nennt sich Herr Doktor Bernhard Weiß. Und bleibt doch der Isidor.‹«

Leider wird der Name Isidor inzwischen auch von Polizisten benutzt. Der nichtjüdische damalige Polizeipräsident Zörgiebel hat zwar eine interne Anordnung erlassen, mit welcher der Schmähname verboten wird, doch hinter vorgehaltener Hand rutscht manchem Polizisten, der den Nazis nahesteht, der Name Isidor über die Lippen.

Eines Tages ist im Diensttelefonbuch des Präsidiums der Name des Vizepräsidenten in *Isidor* geändert worden.

Weiß geht zu dem kleinen Mahagonitisch, auf dem immer eine Flasche Sherry und ein sauberes Glas stehen müssen. Vor dem Schlafengehen nimmt er gern einen Schluck. Er schaut sich im Raum um. Es ist still, nur das Geräusch der Standuhr ist zu hören.

Das alles wird übel enden, denkt er, unsere Demokratie ist diesen entmenschten Nazis nicht gewachsen. Und niemand wird dann sagen können, er habe es nicht kommen sehen.

Bereits 1928 sagte Goebbels öffentlich: »Wir gehen in den Reichstag hinein, um uns im Waffenarsenal der Demokratie mit Waffen zu versorgen. Wir werden Reichstagsabgeordnete, um die Weimarer Gesinnung mit ihrer eigenen Unterstützung lahmzulegen. Wenn die Demokratie so dumm ist, uns für diesen Bärendienst Freifahrkarten und Diäten zu geben, so ist das ihre eigene Sache. Wir zerbrechen uns darüber nicht den Kopf. Uns ist jedes gesetzliche Mittel recht, den Zustand von heute zu revolutionieren.«

Goebbels ist ein böser Mensch, denkt Weiß, und wenn sich das Böse mit hoher Intelligenz verbindet, ist die Gefahr tödlich.

Leo schläft nicht gut in dieser Nacht. Das Treffen mit Winterstein hat sie verwirrt. Anfangs lief es doch gut, denkt sie. Hat sie etwas gesagt oder getan, was ihn geärgert hat?

Sie kann sich an nichts dergleichen erinnern.

Winterstein zieht sie in den Bann. Er ist kein offenes Buch wie die Jüngelchen in Wien, vor denen sie sich kaum retten konnte. Das Rätselhafte, Geheimnisvolle und Undurchsichtige hat sie schon immer angezogen. Warum hat Onkel Bernhard sie indirekt vor ihm gewarnt? Was ist los mit diesem Mann? Warum flirtet er erst mit ihr, um dann wenig später zu betonen, dass ihr Treffen rein geschäftlich sei?

Leo beschließt, nicht weiter darüber nachzugrübeln, doch sie weiß schon, dass sie das nicht durchhalten wird. Dieser

Mann verheißt Lust oder gar Glück. Vielleicht aber auch Schmerz oder Unglück.

»Es war nur von Jeld die Rede.« Mörder müssen sich nicht klug verhalten.

Kommissar Thomas hat Erich Benzinger im Verhör. Nach der Grundschule folgt bis zum vierzehnten Lebensjahr die Hilfsschule. Danach Versuch einer vierjährigen Lehre in der Maschinenfabrik Wendt als Schlosserlehrling. Nach drei Jahren macht die Firma pleite. Benzinger bekommt tatsächlich die Chance, die Lehre in einem anderen Betrieb fortzusetzen und schafft die Gesellenprüfung.

»Ick verstritt mich mit dem Meister«, berichtet Benzinger. »Ick sollte wat jeklaut haben, wat aber nicht stimmt.«

Danach wird er arbeitslos, bekommt dann aber eine Anstellung in einer Radiofabrik, wo er es anderthalb Jahre aushält und wieder rausfliegt. Nach einem weiteren Jahr Arbeitslosigkeit jobbt er vier Wochen als Rohrlegerhelfer bei Ufermann in Pankow. Das ist es.

»Dann lernte ick im Oktober Stolpe und dit Lieschen kennen«, berichtet er. »Und die erzählte mir von dem Uhrmacher, dass der Jeld hätte und dass sie ihn ausrauben wollten.«

»Ausrauben oder ermorden?«, fragt der Kommissar.

»Es war nur von Jeld die Rede.«

Benzinger schildert den Kampf mit Ulbrich. »Richard würgte ihn und ick hielt ihn fest. Der kam aber immer wieder hoch. Lieschen schaute zu und zog sich an. Dann bewegte sich der Alte nicht mehr. Ich legte seine Füße ins Bett und deckte ihn zu.«

»Wieso warst du dir so sicher, dass er tot war?«, fragt Thomas.

»Der machte keenen Mucks mehr und hatte die Augen offen.«

Danach suchten die beiden Männer nach Geld. In einer Putzkiste lag ein Portemonnaie mit ein paar Silberstücken und noch eine Schachtel mit Fünf- und Zehnpfennigstücken. »Außerdem nahmen wir einige Armbanduhren und Ringe mit.«

Ulbrichs Tod wurde schon am Tag darauf in der Zeitung gemeldet. Die drei versetzten eine der gestohlenen Uhren und gingen essen.

»Dann kam am nächsten Tag dit Lieschen zu mir und sagte, ich sollte zu Richard gehen. Der sagte, dass wir verschwinden müssen für ein halbes Jahr, dann wär alles vergessen. Wir fuhren Montag los nach Stettin und dann sind wir nicht weitergekommen. Da hat uns der Landjäger festjenommen und so kamen wir nach Berlin zurück.«

Dämlicher kann man sich nicht anstellen, denkt der Kommissar, aber eine Vorschrift, dass sich Mörder klug verhalten müssen, gibt es nicht.

Er hält Benzinger für das harmloseste Mitglied des Trios. Beihilfe zum Mord oder auch Beihilfe zum Totschlag, mehr wird der Staatsanwalt dem jungen Kerl nicht vorwerfen können.

»Und was denkst du heute über eure Heldentat?«, fragt Thomas.

Benzinger schweigt.

»Tut dir der Ulbrich nicht leid?«

»Mir war so schlecht, weil der so schrecklich jestöhnt hat. Hab mir fast in die Buxe jeschissen. Der wollte einfach nicht kaputtjehen. Bis der Richard ihm den Rest jejeben hat.«

Leben, um zu arbeiten? Wie der Kapitalismus eine alte Frau zur Bettlerin macht. Der schöne Mann ist kein laufender Hase.

Leo sitzt an ihrem Schreibtisch am Belle-Alliance-Platz und grübelt. Nicht über den Mord an Ulbrich, auch nicht über Winterstein, sondern über eine alte Frau, die ihr am Morgen bettelnd vor dem Pressehaus aufgefallen ist. Die Frau ist sichtbar arm, hält aber ihre Kleider in Schuss. Die beiden sind ins Gespräch gekommen und das, was die Frau erzählt hat, ist einen Bericht im Pressedienst wert, weil es stellvertretend für Tausende von Menschen ist, die in dieser Zeit leben:

DAS IST KAPITALISMUS: FRAU ARBEITET 50 JAHRE UND MUSS JETZT BETTELN

Im Jahre 1879 trat ein Mädchen im Alter von 22 Jahren in eine Berliner Fabrik ein. Im Jahre 1912 arbeitete sie noch immer in demselben Betrieb, der in eine Aktiengesellschaft umgewandelt wurde. Sie wollte gehen, da ihr eine leichtere, besser bezahlte Stelle angeboten worden war. Sie war damals 55 Jahre alt. Die Direktion bat sie, zu bleiben. Sie erhielt von nun an 210 Mark Monatsgehalt und man versprach ihr außerdem, für ihr Alter zu sorgen. Sie blieb und arbeitete weiter, nochmals 18 Jahre.

DREI MONATE ALTERSVERSORGUNG FÜR 50 JAHRE ARBEIT

Im Jahr 1930, also heute, ist sie 73 Jahre alt. Vor ein paar Monaten wurde ihr gekündigt. Nach einem 51-jährigen Arbeitsleben, das sie in ein und demselben Betrieb verbracht hat! Die Altersversorgung, die man ihr versprochen hat, sieht so aus: drei Monate lang 75 Mark, danach Schluss. Nach einem 51-jährigen Arbeitsleben klagt nun diese Frau mit 73 Jahren vor dem Arbeitsgericht um die Altersversorgung, die man ihr im Jahr 1912 versprochen hat.

HARTHERZIGKEIT, UNMENSCHLICHKEIT UND SCHURKEREI

Die Frau ist heute alt, abgearbeitet und abgekämpft. Sie sitzt arbeitslos und ohne Versorgung auf dem Pflaster. Sie hat sich auf Versprechungen verlassen, die nicht erfüllt werden. Man kann, wenn man dieses Schicksal überdenkt, vom Bruch von Treu und Glauben, von Hartherzigkeit, Unmenschlichkeit, Schurkerei reden – aber alle diese moralischen Kategorien treffen das nicht, was hier vorliegt. Denn das, was sich an dieser Frau vollzieht, ist mit einem Wort benannt: Kapitalismus!

Lukas Fox liest Leos Artikel gegen. »Du bist eine würdige Nachfolgerin von Rosa Luxemburg«, ruft er begeistert aus. »Allerdings bist du viel hübscher.«

»Hoffentlich ende ich nicht ermordet im Landwehrkanal«, meint Leo trocken.

»Apropos: Hast du noch was von deinem blonden Grafen aus Goebbels' Talentschmiede gehört?«

»Bisher nicht. Vielleicht geben die Nazis jetzt Ruhe. Onkelchen hat ihn verwarnt.«

»Und wie geht es weiter mit der Ulbrich-Story? Man hört, dass bald Anklage erhoben wird.«

»Ich bekomme vielleicht Kontakt zu zwei Mädchen aus Ulbrichs Mädchensammlung, die er an die Goebbels-Jünger verkauft hat. Herr Winterstein will mir helfen.«

»Schon wieder Winterstein?« Lukas sieht Leo prüfend an. »Vertraust du ihm denn?«

»Warum nicht?«, fragt sie. »Was hast du nur gegen ihn?«

»Nichts«, behauptet Lukas. »Ich finde ihn ...«, er sucht nach Worten, »... undurchsichtig. Aber meine Meinung zu ihm habe ich dir ja schon gesagt.«

»Ich finde ihn sehr attraktiv, charmant und zuvorkommend.«

»Ach, so läuft der Hase!«, grinst Lukas.

»Da läuft kein Hase«, widerspricht Leo. Natürlich läuft da ein Hase, denkt sie, aber ich werde dafür sorgen, dass er schnell aufgibt, fußkrank wird, stolpert oder ganz einfach die Lust am Laufen verliert. Sie muss laut lachen.

Lukas Fox schaut sie prüfend an. »Ist alles in Ordnung?«, fragt er.

»Wie man es nimmt«, prustet sie. »Ich war übrigens gestern im Hotel *Adlon*.«

»Ohne mich?« Fox tut beleidigt. »Doch nicht etwa mit ... Winterstein?«

»Das war rein dienstlich. Er hat mir von diesen zwei Mädchen erzählt, dann haben wir etwas gegessen, Champagner getrunken und haben dem Sänger Curt Bois gelauscht. Putziges Kerlchen.«

»Winterstein?«

»Curt Bois. Und dann bin ich mit dem Taxi zu meiner Pension gefahren und brav ins Bett gegangen.«

»Allein?«

»Was denkst du bloß von mir!«, empört sie sich. »Winterstein ist im *Adlon* geblieben.«

»Dann hat er sich wohl anderweitig getröstet.«

Und wenn schon, denkt Leo trotzig.

Ein Gutachter packt sein merkwürdiges Frauenbild aus – und schaut sich Hunderte von Nacktfotos an. Natürlich rein beruflich.

Für Dr. Erich Wulffen ist die Frau dumm und wenig empfindsam. Die These vieler Soziologen, Frauen würden allein durch Verelendung und die sozialen Verhältnisse zu Prostituierten, lehnt er ab. Frauen sind Huren, weil es ihre natürliche Veranlagung ist – diese Meinung vertritt er in seinen Stellungnahmen und Gutachten.

Ihre organische Natur ist der Boden, auf dem die Prostitution immer gedeihen wird, solange des Mannes Natur polygamisch unwandelbar bleibt, schreibt er in seinem Buch *Das Weib als Sexualverbrecherin* aus dem Jahre 1923. Seine Theorie: Jedes von einer Frau begangene Verbrechen ist auf sexuelle Faktoren zurückzuführen. Also auch die Diebin und Betrügerin, die Erpresserin und Brandstifterin, die Raubmörderin und Verwandtenmörderin ist letztendlich eine Sexualverbrecherin.

Damit hat sich der Kriminologe bei den modernen Frauen keine Freundinnen gemacht. Erich Wulffen geht inzwischen auf die siebzig zu und seine besten Jahre sind vorbei. Trotzdem interessiert er sich brennend für den Mordfall Ulbrich. Der passt gut in die Überarbeitung seines Buches, herausgegeben vom *Institut für Sexualforschung* in der Berliner Beethovenstraße. In dem Buch hat er eine umfangreiche Sammlung zusammengestellt, die Morde von Frauen ausführlich, ja fast lustvoll, in allen Einzelheiten schildert.

Jetzt ist er an Lieschen Neumann dran. Es gelingt ihm, bei Gericht als Gutachter zugelassen zu werden. Er hat bereits die polizeilichen Aussagen gelesen und sich ein Bild gemacht.

Das bedeutet, dass er die Beweismittel noch vor der Eröffnung des Prozesses begutachten darf. Nun sitzt Wulffen an seinem Schreibtisch und blättert Fotos von jungen Frauen in anzüglichen Posen durch.

Ulbrich hat seine Bilder fein säuberlich in einem Buch durchnummeriert und die Vornamen der Mädchen vermerkt. Abzüge der Bilder hingen im Hinterraum seines Uhrmacherladens und sind kurz nach dem Fund der Leiche beschlagnahmt worden.

Es gibt auch Bilder von Ulbrich selbst: ohne alles, mit einer weißen Perücke, die Arme verschränkt vor einem Vorhang.

Gern hat Ulbrich seine Modelle auch in der freien Natur abgelichtet, nackt, mit erhobenen Armen vor einem Busch oder sich lasziv räkelnd im Herbstlaub.

Vielfältig sind die Klamotten aus dem Kostümfundus des Toten: Perücken, Tücher, die um nackte Hüften geschlungen wurden, jede Menge Halsketten und immer dieselbe Reizwäsche.

Ab und zu durften die Modelle auf Stühlen sitzen und die Beine spreizen, einen kleinen Hund an der Leine führen oder einen blühenden Zweig in der Hand halten.

Einige Male sind die Frauen weiß gepudert und posieren merkwürdig verrenkt zusammen mit anderen nackten Frauen. Diese Bilder sind aus einer Serie, die der Uhrmacher als *Fritz Ulbrichs lebender Marmor – Plastiken in schönster Vollendung* als Postkartenserie verkauft hat. Offenbar sollten sie Szenen aus der griechischen Mythologie nachahmen, die Bilder wirken aber unfreiwillig komisch.

Wulffen notiert seine Gedanken, die später in seinem Gutachten ihren Niederschlag finden werden:

> *Wir verstehen also jetzt, dass Hunderte und vielleicht Tausende von Mädchen, die sich von Ulbrich mit oder ohne Kostüm fotografieren ließen, an weiblicher Gefallsucht, Koketterie und starkem Exhibitionismus litten. Natürlich hatte er keine Modelle der gut behüteten Bürgertöchter, zu ihm kamen Mädchen seiner Straße und seiner Umgebung, wohl meist Proletarierinnen, die eine Kleinigkeit für Kinobesuch und Konditorei verdienen wollten. Ulbrich konnte wohl auch persönliche Zärtlichkeit zeigen, das Blut pulsierte noch warm in dem angehenden Sechziger. Er nahm gern ein Mädchen in den Arm und mit ins Bett. Die Mädchen führten ihm immer jüngere zu und das beweist das Kupplerische im Weib. Das ist nicht ungewöhnlich in dieser Zeit, in der*

Mütter ihre Töchter und Schwestern ihre jüngeren Geschwister anbieten.

Ein krankes Hirn erfindet den Drosseljuden. Ein schwuler Nazi-Häuptling muss in den Knast.

Lukas Fox hat die nazistische Hetzzeitschrift *Der Stürmer* auf dem Schreibtisch liegen. Im Raum sind Alma Wuttke und Leo Wolf, die immer noch auf eine Nachricht von Valentin Winterstein zu den gefallenen Mädchen der Ulbrich'schen A-Ware warten.

»Hört euch das an! Der Streicher hat wieder zugeschlagen!«, ruft Fox und liest vor:

> Juden haben gegenüber alten, gebrechlichen und kranken Angehörigen eine eigentümliche Auffassung. Sie scheuen, um sie zu beseitigen, selbst vor einem Mord nicht zurück. Davon weiß ein Nichtjude zu erzählen, der die Tätigkeit des sogenannten »Drosseljuden« kennt. Nach einer alten jüdischen Anschauung dürfen an jüdischen Feiertagen in jüdischen Häusern keine Leichen liegen. Liegt nun irgendein alter Jude krank darnieder und es geht auf einen jüdischen Feiertag zu und man glaubt, der werde nicht mehr lange leben, so holt man den »Drosseljuden«. Der macht kurzen Prozess, er hält seinem Klienten den Hals zu und der Kranke ist tot.

»Ist das nicht eine widerliche Verleumdung?«, ruft Fox aus.

»Du bist doch Jüdin, Leo«, sagt Alma. »Gibt es diesen Drosseljuden wirklich?«

»Natürlich nicht. Ich bin zwar nicht religiös, aber das hätte ich mitbekommen«, antwortet Leo. »Das ist eine freie Erfindung und eine unglaubliche Unterstellung von diesem Widerling. Ich hoffe, die jüdische Gemeinde stellt das klar.«

»Das machen die nie«, erklärt Alma. »Die haben Angst, dass sich alles noch weiter verschärft.«

»Und selbst wenn«, ergänzt Fox. »Julius Streicher ist schon mehrfach zu Geldstrafen verurteilt worden, aber die zahlt er aus der Hosentasche. Und wenn er persönlich geladen wird, erscheint er nicht. Das hat er sich von Goebbels abgeguckt. Nur selten haben die Richter den Mut, diese Typen von der Polizei vorführen zu lassen.«

Alois Beckmann schlendert herbei – in der Hand ein Papier. »Neun Monate Gefängnis für Dr. Karl Lübben. Heute kam die Urteilsbegründung. Und noch mal drei Monate für ein Vergehen gegen das Sprengstoff- und Schusswaffengesetz. Die Waffen wurden eingezogen und unbrauchbar gemacht. Unser völkischer Sadist wird natürlich Berufung einlegen und erst mal nicht einfahren. Ich hab eine kurze Nachricht dazu geschrieben.«

Leos Telefon klingelt. Das Polizeipräsidium. Dr. Bernhard Weiß bittet seine Nichte, zu einer Zeugenbefragung ins Alex zu kommen.

»Wir haben den Schmettow hier. Es geht um die Drohung gegen dich. Er behauptet, alles sei nur ein Spaß gewesen.«

»Ja, sicher. Ich lasse mich so gern als ›Judenhure‹ bezeichnen. Aus lauter Spaß.«

Weiß lacht. »Ich schicke dir einen Wagen«, kündigt er an.

Eine mutige Wirtin bekommt Angst und die junge Frau erhält Hilfe bei ihrer Arbeit.

Es sind knapp fünf Kilometer vom Belle-Alliance-Platz bis zum Alex. Das Polizeipräsidium ist das drittgrößte Gebäude

Berlins, es wird nur übertroffen vom Reichstag und dem Stadtschloss. Die Menschen nennen das Präsidium auch Rote Burg. Neben dem Polizeipräsidenten befinden sich darin sämtliche kommunale Polizeistrukturen, die preußische Zensurbehörde und das städtische Zuchthaus. Auch die Mordinspektion unter Ernst Gennat hat hier ihren Sitz und es gibt Dienstwohnungen für leitende Polizeibeamte.

Der Wagen hält direkt vor dem Eingang. Leo steigt aus. Sie hat die Rote Burg bisher nur aus der Ferne gesehen, schon so wirkte sie furchteinflößend in ihrer bombastischen Größe. Jetzt, direkt davorstehend, kommt Leo sich winzig klein vor.

Sie geht hinein, um sich anzumelden, bleibt vor einem großen Schaukasten stehen, in dem Fotos von nicht identifizierten toten Personen zu sehen sind. Leo sieht Wasserleichen, halb verweste Gesichter, zertrümmerte Schädel. Auch Kinder sind dabei und viele alte Menschen. Selbstmörder, Unfalltote und Mordopfer.

Sie fragt nach dem Weg zum Vizepolizeipräsidenten.

»Fräulein Wolf?«, will der Beamte hinter der Glasscheibe wissen.

Leo nickt, wird nach ihrem Ausweis gefragt und darf nach dessen Prüfung einem uniformierten Polizisten folgen.

Im hohen Eingangsraum der Roten Burg führen zwei breite Treppen in die erste Etage. Von dort bringt ein Paternoster Menschen und Material in die anderen Stockwerke. Leo springt aus dem Aufzug und wird zu den Arbeitszimmern des neuen Polizeipräsidenten Albert Grzesinski und seines Stellvertreters Bernhard Weiß geführt. Letzterer hat gerade eine Dienstbesprechung. Die Tür ist halb geöffnet und die Wortfetzen, die zu hören sind, klingen aufgeregt und wenig freundlich.

Die Sekretärin bietet Leo einen Kaffee an und weist ihr einen Stuhl weit entfernt von der offenen Tür zu.

Nach kurzer Zeit verlassen mehrere Männer Weiß' Büro. Mordinspektionschef Ernst Gennat, der Schreck aller Berliner

Mörder und Schwerverbrecher, ist aufgrund seiner Körperfülle sofort zu erkennen.

Weiß winkt seine Nichte heran und begrüßt sie. Sie ziehen sich in das Arbeitszimmer zurück.

»Wir haben ein Problem«, beginnt Weiß. »Wir haben deine Wirtin Frau Pawlowski als Zeugin gegen den Nazi-Grafen vernommen. Sie hat die Beleidigungen gegen dich nicht gehört – so sagt sie.«

»Sie hat den Grafen doch angebrüllt und ihn des Hauses verwiesen!«, erinnert sich Leo. »Und dann hat sie ihm mit dem Kerzenleuchter eins übergezogen!«

»Sie hat ausgesagt, dass sie das Gefühl hatte, dass der Kerl dir nicht angenehm war. Das habe sie zu ihrer Handlung gebracht.«

Leo denkt nach. »Sie muss die Beleidigungen gehört haben. Da bin ich mir ganz sicher.«

»Das denke ich auch«, nickt Weiß. »Es wäre nicht das erste Mal, dass die Hakenkreuzleute Zeugen ihrer Straftaten einschüchtern. Und mir schien, Frau Pawlowski war es unangenehm, uns anzulügen. Bleibst du bei deiner Aussage?«

»Aber sicher!«

»Gut. Der Kollege, der dich hierhergebracht hat, wird sie protokollieren. Leider werde ich trotzdem die Ermittlungen wegen Bedrohung gegen Graf Schmettow einstellen müssen«, seufzt Weiß. »Es steht Aussage gegen Aussage.«

Leo gibt den Vorfall zu Protokoll und verlässt die Burg am Alex. Es dunkelt schon. Der Polizeiwagen bringt sie zu ihrer Pension.

Frau Pawlowski wartet auf Leo. Ihr Gesichtsausdruck sagt alles. »Ich konnte nicht anders«, gesteht sie. »Die haben gedroht, mich fertigzumachen und gegen mich Anzeige zu erstatten. Weil ich dem ekligen Kerl den Kerzenleuchter auf die Birne gedonnert hab. Tut mir leid, Fräulein Wolf. Wollen Sie vielleicht einen Grog?«

Leo will.

»Da ist ein Brief für Sie abgegeben worden«, fällt der Wirtin ein. »Ich habe ihn in Ihr Zimmer gelegt.«

Im Zimmer öffnet Leo den Brief.

Verehrtes Fräulein Wolf, ich hoffe, dass ich in Ihrem Sinne handele, denn ich habe für morgen einen Termin mit den beiden Damen ausgemacht, die Ihnen vielleicht bei Ihrer Recherche helfen können. Ich hole Sie gegen Mittag am Belle-Alliance-Platz ab. Falls Ihnen dieser Termin ungelegen kommt, lassen Sie es mich wissen.
Mit vorzüglichen Grüßen
Ihr Valentin Winterstein

Wie und warum man Servietten faltet: Glücksschiff trifft Kardinalshut in einem Heim für gefallene Mädchen.

Goebbels Hetzblatt *Der Angriff* macht am Morgen seinem Namen »Ehre«.

JUDENWEIB VERLEUMDET NATIONALSOZIALISTISCHEN EHRENMANN

Leonore Wolf, neuerdings Journalistin beim Sozialdemokratischen Pressedienst, hat sich innerhalb kurzer Zeit einen Ruf als Verleumderin unserer völkischen Kameraden erarbeitet. Die Jüdin, zugereist aus Wien, bringt unsere Parteimitglieder in Zusammenhang mit dem Mord an dem Uhrmacher Ulbrich aus Berlin-Wedding und dessen Mädchenhandel. Die Frau schreckt auch vor Beleidigungen des Adjutanten des Gauleiters Goebbels, Kilian Graf Schmettow, nicht zurück und behauptet, von ihm als »Judenhure« beleidigt worden zu sein. Der geneigte Leser soll selbst entscheiden, wie man in der deutschen Sprache eine Frau nennt, die in einem Gebäude wohnt, in dem nur Junggesellen hausen und das von einer Kupplerin geführt wird. Und wenn man dann noch weiß, dass diese Jüdin die Nichte Isidors ist, des jüdischen Vizepolizeipräsidenten Weiß, wird daraus eine runde Sache. Die Sozialdemokraten zeigen erneut, dass sie vor keinem Trick zurückschrecken, um deutsche Volksgenossen zu diskreditieren.

Leo liest den Artikel im Büro von Alois Beckmann. Die Verleumdungen lassen sie überraschend kalt. Im Gegensatz zur Wortwahl im *Stürmer* erscheint der Artikel im *Angriff* fast freundlich.

»Wollen Sie, dass ich Sie von dem Thema entbinde?«, fragt Beckmann. »Diese Schmähschrift ist nur der Anfang. Das müssen Sie wissen. Die haben Sie jetzt auf dem Kieker.«

»Auf keinen Fall!«, protestiert Leo mit Nachdruck. »Ich werde heute mit zwei Frauen sprechen können, deren Bilder in Ulbrichs Fotoalbum waren und die als A-Ware den Nazis zugeführt und von ihnen vergewaltigt wurden.«

»Wie sind Sie an diese Zeuginnen gekommen?«, fragt Beckmann.

Leo zögert mit der Antwort. »Darf ich es Ihnen sagen, nachdem ich die Frauen gesprochen habe?«

Er schaut sie skeptisch an. »Ist das alles nicht eine Nummer zu groß für Sie?«

Am Mittag fährt eine schwarze Limousine auf den Hof des Pressehauses. Leo sieht den Wagen kommen. Ihr Herz klopft. Der Fahrer steigt aus und geht zur Pforte. Der Mann ist nicht Winterstein.

Das Telefon läutet. »Ihr Wagen ist da«, sagt der Pförtner.

Der Liepnitzsee, an dem das Haus für die gefallenen Mädchen liegt, gehört zu Brandenburg und ist keine zehn Kilometer von der Berliner Stadtgrenze entfernt. Trotzdem dauert die Fahrt fast eine Stunde. Es herrscht viel Verkehr, wegen etlicher Demonstrationen und Aufmärsche gibt es Stauungen. Unerträgliches Gehupe stimuliert die Aggressionen mancher Verkehrsteilnehmer. Menschen schreien, die Polizei greift ein.

Endlich wird es ruhiger – die Straße zum See führt durch eine Landschaft mit flachen Hügeln, die jetzt im Herbst gebräunt sind von abgestorbenem Laub und abgeernteten Feldern. Letzte Stare sammeln sich, um ins Warme zu starten.

Ein weißes Haus im Stil des letzten Jahrhunderts kommt ins Blickfeld, es sieht fast wie ein kleines Schloss aus.

»Wir sind gleich da«, teilt der Chauffeur mit. Es ist der erste und letzte Satz, den er auf der Fahrt von sich gibt.

Der Wagen hält auf dem Vorplatz. Steinerne Löwen rechts und links des Treppenaufgangs. Eine grau gekleidete, mollige Frau steht im Eingang, sie kommt auf Leo zu.

»Fräulein Wolf? Herr Winterstein hat Sie angekündigt. Mein Name ist Karla Harten, ich leite diese Einrichtung. Er selbst ist leider verhindert. Er meint aber, dass ich Ihnen zunächst die Einrichtung zeigen soll. Kommen Sie!«

Er ist verhindert. Das trifft Leo in den Magen. Aber was habe ich erwartet?, fragt sie sich. Ein romantisches Picknick am See? Und als Beigabe die Informationen, die ich für meine Geschichte brauche?

»Gerne«, lächelt Leo die Frau an. »Ich folge Ihnen.«

»Wir beherbergen zurzeit zehn junge Frauen. Sie stammen meist aus ärmlichen Lebensverhältnissen, sind aus Not und Armut irgendwann auf die schiefe Bahn gerutscht und nicht mehr davon runtergekommen. Einige von ihnen haben seelische Probleme und versucht, sich umzubringen, andere sind schwanger. Wieder andere brechen die Schulungen ab und gehen zurück in die Bordelle. Aber es gibt immer auch Mädchen, die es schaffen, in ein ehrenhaftes Leben zurückzukehren. Für diese Menschenkinder lohnt sich unsere Arbeit.«

Frau Harten zeigt Leo den Gemeinschaftsraum, der zweckmäßig eingerichtet ist. Einige Fauteuils, kleine Tische und einfarbig gepolsterte Stühle, sodass sich die Mädchen in kleinen Gruppen zusammensetzen können. Kein Schnickschnack, dafür aber zeitgenössische Bilder an den Wänden. Leo erkennt Otto Dix, einen der Köpfe der Dada-Bewegung, die Malerin Tamara de Lempicka, die mit ihren lasziven Selbstporträts seit den Zwanzigerjahren Furore macht, und George Grosz, der seit Monaten wegen Gotteslästerung in Berlin vor Gericht steht.

»Wer hat diese Bilder ausgesucht?«, fragt Leo.

»Das war Frau Winterstein.«

Frau Winterstein. Leo schluckt. »Sie hat einen guten Geschmack«, krächzt sie. »Wo sind denn die Mädchen?«

»Im Unterricht. Heute geht es um Serviettenmuster.« Die Heimleiterin bemerkt Leos verdutzte Miene. »Ich zeige Ihnen, was ich meine.«

Harten öffnet die Tür zu einem Zimmer. »Lasst euch nicht stören«, ruft sie der Frau am Lehrerpult zu.

Die Mädchen in dem Raum unterscheiden sich sehr voneinander. Schwangere sitzen neben zierlichen, verhärmten Fastkindern, derbe Bauernmädchen teilen sich die Schulbank mit wahren Schönheiten.

»Wir haben in der letzten Woche über die verschiedenen Serviettenmuster gesprochen und ich hoffe, dass ihr tüchtig geübt habt«, sagt die Lehrerin. »Gertrud, komm bitte nach vorn, zeig uns, wie das ›Glücksschiff‹ gefaltet wird, und erkläre uns die einzelnen Schritte.«

Gertrud ist das Bauernmädchen. Sie greift nach einer glatten Serviette. »Ich falte Vierfach-Quadrat und halte die offenen Seiten unten. Offene Ecken nach oben legen, die oberen Kanten runter zur Mitte. Dann wenden. Überstehende Ecken hochschlagen, der Länge nach knicken und die vier Segel rausziehen.«

Gertrud fummelt an dem Stoff und bringt etwas Schiffähnliches zustande.

Die Lehrerin knurrt. »Eleganz geht dir ab, Gertrud, aber das wird schon noch. Sieglinde, zeig, dass du es besser kannst.«

Sieglinde muss den »Kardinalshut« vorführen. Das Ergebnis sieht genau so arm aus wie das »Glücksschiff«.

»Ich würde jetzt gern mit den Mädchen sprechen, die mir Herr Winterstein angekündigt hat«, raunt Leo Frau Harten zu. »Mein Artikel soll morgen Abend im Pressedienst erscheinen, da drängt die Zeit.«

»Natürlich.«

Die beiden verlassen den Klassenraum.

»Wozu muss man Servietten so kompliziert falten?«, fragt Leo. »Die werden doch sowieso auseinandergenommen.«

»Manche Herrschaften wollen das so und in sehr guten Restaurants ist das Standard«, antwortet Frau Harten. »Wir lehren natürlich auch Manieren bei Tisch, Küchenchemie, Lebensmittellehre und den guten Ton im Kontakt mit anderen Menschen. Also Dinge, die das Leben erleichtern. In der heutigen Zeit ist das bitter nötig.«

Evchen geht mit und kommt nicht wieder. Die Polizei ermittelt nicht: Es ist ja nur ein Mädchen von vielen.

Die Mädchen heißen Lydia Fischer und Anna Rudolf. Sie waren Modelle des Uhrmachers. Lydia ist inzwischen fünfzehn Jahre alt, sehr hübsch mit Grübchen und einer schönen weißen

Haut. Ihre Haare sind rot. Anna ist ein Jahr jünger, dunkelhaarig und temperamentvoll. Beide kommen vom Wedding und kannten sich schon, bevor Ulbrich sie fotografiert hat.

»Fritze war zuerst nett zu uns. Wir haben Jeld bekommen und durften Grammofon hören«, erzählt Lydia. »Er hatte immer neue Schlager da und Essen jab et ooch.«

Leo lässt sie von Ulbrichs Güte schwärmen. Vorgeplänkel, das die Mädchen entspannt.

»Ihr hattet auch Kontakt zu Männern von der Nazi-Partei. Wie kam es dazu?«

Leo macht sich Notizen, während die Mädchen schildern, was ihnen passiert ist. Nach einer Stunde hat sie die Informationen, die sie für den Artikel braucht. Sie verspricht den Mädchen, dass sie unerkannt bleiben.

»Die Eva war ooch dabei«, erinnert sich Anna. »Aber die ist seit dem Fest verschwunden.«

»Eva? Und wieso verschwunden?«

»Weg isse.«

»Wie alt war Eva? Und wie sah sie aus?«

»Dreizehn Jahre, Bubikopf und Sommersprossen.«

»Haben ihre Eltern sie nicht als vermisst gemeldet?«

»Doch, aber die Polente hat nüscht jemacht.«

Wintersteins Fahrer bringt Leo zum Pressehaus zurück. Im Auto ordnet sie ihre Unterlagen. Drei von besoffenen Nazis vergewaltigte Mädchen, von denen eins verschwunden ist.

Leo informiert Schriftleiter Beckmann über die neuen Fakten. Er übernimmt den Anruf in der Vermisstenstelle im Polizeipräsidium. Tatsächlich haben Evas Eltern eine Vermisstenanzeige gestellt. Doch die Polizei hat nichts herausgefunden. Es verschwinden einfach zu viele Mädchen.

Leo schreibt:

MORDOPFER ULBRICH »BELIEFERTE« HAKENKREUZLER MIT JUNGEN MÄDCHEN – SPUR FÜHRT IN EIN SPORTLERHEIM AM WANNSEE

Seit vielen Monaten marodieren Nazihorden prügelnd und grölend durch Berlin. Wer sich ihnen in den Weg stellt, wird brutal niedergeschlagen oder auch getötet. Jüdische Geschäfte werden geplündert, ihre Besitzer verhöhnt. Nach den feigen Angriffen wird die ganze Nacht gefeiert. So auch vor zwei Monaten in einem Sportlerheim am Wannsee. Doch die Männer feiern nicht allein. Drei Mädchen sind dabei. Sehr junge Mädchen, eigentlich noch Kinder. Die Hakenkreuzler, die öffentlich die Verderbtheit der Jugend anprangern, haben sich die Mädchen bestellt – ausgerechnet beim Hobbyfotografen Fritz Ulbrich vom Wedding, der kürzlich in seinem Geschäft in der Drontheimer Straße brutal ermordet worden ist. Die Täter stehen bald vor dem Landgericht.

SUFF, KOTZE UND EIN VERSCHWUNDENES MÄDCHEN

Die drei Mädchen sind noch minderjährig – zwischen 13 und 14 Jahre alt. Zwei von ihnen schildern den Abend. Unsere Kriminalreporterin fasst die Aussagen so zusammen:

»Als wir mit dem Taxi ankamen, war schon die Hölle los. Bier und Schnaps flossen in Strömen. Die Männer waren alle besoffen. Überall Bierlachen und Kotze. Das war uns fies und wir wollten wieder weg. Doch dann entdeckte uns einer und wir wurden gepackt. Eine wurde auf den Tisch gelegt und rangenommen. Dann kam die zweite dran. Ein älterer Mann nahm die Jüngste von uns mit. Als die Kerle mit uns fertig waren, ließen sie uns gehen. Die Kleinste war aber weg. Wir dachten, dass sie weggelaufen ist. Doch sie ist nie wieder nach Hause gekommen und nie hat sie einer noch mal gesehen.« Was ist mit dem Kind passiert? Lebt es überhaupt noch? Eine Vermisstenanzeige blieb bis heute folgenlos. Die Kriminalinspektion sollte endlich ermitteln.

»Gut gemacht, Fräulein Wolf.« Beckmann reibt sich zufrieden die Hände. »Wenn das verschwundene Mädchen tot sein sollte, kommen die Nazis nicht so einfach davon. Ich werde höchstpersönlich mit Ihrem Onkel und Gennat sprechen.«

Die Todesrate steigt und eine Frau kommt allein zurecht. Wer einen Arm verliert, kann sehen, wo er bleibt – und dann wählt er den Tod.

Es ist kalt in Berlin. Plötzlicher Nachtfrost lässt Menschen sterben, die keine Wohnung haben. Sie hausen in selbst zusammengezimmerten Verschlägen, schlafen mit Lumpen zugedeckt auf Bänken oder zusammengekauert in Hauseingängen. Manche halten die Kälte nicht aus und gehen ins Wasser. Am frühen Morgen werden die Leichen auf Anhänger geladen, zugedeckt und weggeschafft. Die Selbstmordrate steigt.

Ein Fall erregt an diesem eisigen Morgen für kurze Zeit die Gemüter: sieben Tote in einem Bauwagen. Der arbeitslose Vater namens Lenz erhängt die fünf Kinder, erwürgt seine kranke Frau und tötet dann sich selbst. Er hat in einer Sägefabrik durch ein Unglück bei der Arbeit den linken Arm verloren und ist entlassen worden. Die Morgenausgaben der Zeitungen berichten über diesen Fall und prangern die mangelhaften Sicherheitsmaßnahmen in Fabriken an. Unter dem Artikel wirbt ein Warenhaus mit dem Slogan *Berlin weiß es, man kauft gut bei Karstadt*.

Auch Leos Artikel bekommt Aufmerksamkeit. Die demokratischen und liberalen Blätter übernehmen den Text. Im Büro des Gauleiters Joseph Goebbels stehen die Zeichen auf Sturm.

Bernhard Weiß und Ernst Gennat sind sich einig, dass sie

das verschwundene Mädchen finden müssen – tot oder lebendig.

Auch Valentin Winterstein liest Leos Artikel mit Interesse. Sie hat mit meiner Hilfe einen Stein ins Rollen gebracht, der sich zu einer tödlichen Lawine entwickeln kann, denkt er. Also bin ich mitverantwortlich.

Gegen Mittag ruft er sie an. »Ich wollte mich entschuldigen, dass ich gestern verhindert war.«

»Kein Problem«, antwortet Leo. »Ich fühlte mich gut betreut. Danke auch für den Taxiservice hin und zurück. Ich durfte sogar in eine Unterrichtsstunde hineinschauen, was mich persönlich sehr viel weitergebracht hat. Ich weiß jetzt, dass es ungefähr dreihundert Möglichkeiten gibt, eine weiße Serviette zu falten. Ich habe mir fest vorgenommen, diese Fertigkeit von heute an zu üben.«

Winterstein lacht. »Ich helfe Ihnen gern auf dem Weg zur perfekten Hausfrau. Geben Sie einfach Bescheid, wenn Sie auch die anderen Schulstunden besuchen wollen. Es gibt viel zu lernen auf diesem Gebiet ... zum Beispiel *Manieren bei Tisch* und *Lebensmittellehre für die denkende Hausfrau*.«

»Wie fortschrittlich, dass Frauen als ›denkend‹ bezeichnet werden«, lobt Leo.

»Ihr Artikel ist der beste Beweis dafür, dass das richtig ist. Die Nationalsozialisten werden sich auf Sie einschießen. Kann Dr. Weiß Ihnen keinen Polizeischutz angedeihen lassen?«

»Onkelchen hat es mir bereits angeboten, nachdem ich im *Angriff* als ›verleumderisches Judenweib‹ bezeichnet worden bin. Aber ich kann mit zwei Polizisten im Schlepptau meiner Arbeit nicht nachgehen.«

»Verständlich«, sagt Winterstein. »Und ich habe Ihnen das alles eingebrockt. Dann werde wohl ich auf Sie achtgeben müssen.«

Pause.

Nein, denkt Leo panisch und sagt: »Das ist sehr freundlich,

aber ich komme schon zurecht, lieber Herr Winterstein.« Sie legt den Hörer auf.

Die Mordinspektion räumt auf: ein breiter Gorillarücken und eine kleine Kinderleiche.

Polizeikräfte haben das Gelände rund um das Sportlerheim am Wannsee abgesperrt. Im Gebäude nehmen Spurensucher die Räume unter die Lupe, reißen Böden auf, entfernen Verkleidungen von den Wänden, zertrümmern eingebaute Schränke. Leichenspürhunde schnüffeln aufgeregt. Am Tennisplatz schlägt ein Schäferhund an. Kommissar Thomas fragt den Hausmeister: »Wie lange gibt es diesen Platz schon?«

»Ziemlich neu isser«, kommt als Antwort.

Thomas winkt die Spurensucher zu sich und deutet auf den roten Platz. »Aufreißen!«, befiehlt er.

Der Hund wedelt mit dem Schwanz und setzt sich. Thomas gibt ihm einen Happen Dörrfleisch.

»Was ist los mit dir?« Lukas Fox schaut Leo prüfend an. Sie steht am Fenster und schaut Richtung Friedenssäule. »Träumst du?«

»Ja«, gibt sie zu, »das tu ich.«

»Und von was oder von wem?«

»Vom Weltfrieden«, lügt Leo.

»Braves Mädchen«, lobt Fox. »Ich dachte schon, es steckt ein Mann dahinter. Warst du gestern nicht bei Winterstein in Brandenburg?«

»Ich war in Brandenburg«, nickt sie. »Aber nicht bei Winterstein.«

Alois Beckmanns Erscheinen verhindert weitere neugierige Fragen. »Ich hatte einen Anruf aus der Burg. Bei diesem Heim für Nazisportler ist eine Leiche gefunden worden. Ein Kind, es soll sich um ein Mädchen handeln. Fahrt bitte sofort dahin – du auch, Lukas. Nehmt die Kamera mit, dann können wir unseren Kunden Bilder anbieten. Hier ist die Adresse.« Er gibt Fox einen Zettel. »Und beeilt euch – noch haben wir die Sache exklusiv.«

Der Laubfrosch bringt Lukas und Leo zum Wannsee. Die Fahrt dauert mehr als eine Stunde. Das flache, weiß getünchte Sportlerheim liegt in einem Wäldchen, nicht direkt am Wasser. Ein großes Hakenkreuz über dem Eingang lässt keinen Zweifel daran, wer hier Körperertüchtigung betreibt.

»Da steht Gennats Mordauto.« Fox deutet auf eine riesige schwarze Benz-Limousine. »Da ist alles drin, was das Mordermittlerherz begehrt.«

Das Auto ist legendär, das weiß Leo. Schon 1926 ist – anlässlich einer Polizeiausstellung – ein Foto des Mordbereitschaftswagens in der Presse gezeigt worden. Gennat hat es nach eigenen Plänen von Daimler-Benz umbauen lassen. Im Auto befinden sich Materialien zur Spurensicherung, Markierungspfähle, Scheinwerfer, Taschenlampen, Fotomaterial und anderes Handwerkszeug, Gummihandschuhe und Gummischürzen für die Spurensucher und Aufbewahrungsmöglichkeiten für Beweisstücke.

»Eine Tippse ist auch immer dabei. Sie schreibt alles auf, was passiert. Moderner geht es nicht«, erklärt Fox.

Sie verlassen den Laubfrosch. Die Tür des Heims ist verschlossen, davor steht ein Polizist.

»Wir wollen zu Herrn Kriminalpolizeirat Gennat«, ruft Lukas Fox.

Der Mann deutet hinter sich. »Jehen Se zum Tennisplatz. Da isser.«

Erst sehen die beiden nur die Rücken der Männer. Einer ist besonders breit. Das muss er sein. »Der Buddha vom Alexanderplatz«.

Fox macht Fotos, verstaut die Kamera wieder in seiner Tasche. Die Männer schauen auf etwas, das auf dem Boden liegt.

Leo geht langsamer. »Wenn das dort die Leiche ist, wird mir übel«, prophezeit sie.

Einer der Männer hat die beiden entdeckt.

»Presse!«, ruft Fox. »Herr Gennat weiß Bescheid.«

Der Angesprochene dreht sich langsam um. Er hat den Oberkörper eines dicken Gorillas. Der Bauch hängt über dem Gürtel und bedeckt einen Teil der Oberschenkel. Ein zeltartiger Wollmantel wärmt das Ganze. Scharfer Wind weht vom See herüber. »Kommen Sie von Beckmann?«, knurrt Buddha und hält seinen Hut fest.

»Ja.«

»Und dit Frolleinchen?«

»Ooch«, ruft Leo.

»Dann kommen Se ma ran.«

Leo und Lukas nähern sich.

Die Leiche liegt in embryonaler Haltung in einem Erdloch. Der Körper ist halb verwest und unbekleidet. Blondes Haar, jetzt verschmutzt und wirr. Die sichtbare Hälfte des Gesichts ist nicht mehr vollständig. Die Wange ist weg, die Lippen sind verschwunden, die Zähne blecken.

»Wurmfraß«, erklärt Gennat. »Dit bleibt nich aus. Die Kleider hat die Dreckstype über dit Kindchen jeworfen. Die liegen schon im Auto.«

»Ist es das verschwundene Mädchen?«, fragt Leo mit belegter Stimme.

»Dit ist Jegenstand unserer Ermittlungen, Frollein. Aber wir jehen davon aus. Wir haben die Eltern am Nachmittag in die Jerichtsmedizin bestellt. Danach kriegen Se eene Depesche.«

»War es Mord?«, fragt Fox.

»Auch dit steht noch nicht fest. Und jetzt lassen Se uns in Ruhe arbeiten. Auf Wiedersehen, die Herrschaften!«

»Nur noch ein Foto vom Mordauto, bitte«, bettelt Fox.

»Ick weeß von nüscht, aber machen Se ma.«

Die Stenotypistin im Mordermittlungswagen erlaubt Fox sogar, ein Foto von den Kleidern des toten Kindes zu machen.

Puppi und Lump sitzen zwischen vielen nackten Mädchen. Ein Gutachter schreibt von zerbrochenen Proletariermädchen.

Der psychologische Gutachter Dr. Felix Abraham ist zum Sachverständigen im Mordprozess Ulbrich berufen worden. Er ist Leiter der sexualforensischen Abteilung des *Institutes für Sexualforschung Berlin*. Er hat den Auftrag, ein Gutachten über die sexuelle Disposition des Mordopfers zu erstellen, das vielleicht dafür sorgen kann, mildernde Umstände für die Angeklagten beim Urteil herauszuschlagen. Er hat die Aufzeichnungen und Briefe des Toten studiert und sich die eintausendfünfhundert Fotos angeschaut, die der Uhrmacher im Laufe der Jahre gemacht hat. Amüsiert hat Abraham sich nur über das Foto der beiden Hunde Puppi und Lump, die leicht dösig in die Kamera schauen.

Ulbrich ist ein sogenannter Hypererotiker. Seine Begabung als Fotograf hält Abraham für mittelmäßig.

Der Gutachter schreibt:

> *Ulbrichs Fotos stehen in starker Beziehung zum Geschlechtlichen, manche sind sittlich neutral, andere grob unzüchtig. Seine Fotos machen ihn kriminologisch zum Erotophotomanen. Er befriedigt seine Geschlechtslust. Dafür spricht die Typizität seiner Modelle. Es ist überwiegend ein bestimmter, gefälliger Frauentyp, den er fotografiert hat. Er ließ sich Mädchen zuführen, die sich*

nicht durch ein hoch entwickeltes Schamgefühl auszeichneten. Luise Neumann ist ihm von einer Freundin vorgestellt worden.
Ulbrich machte aber auch selbst Jagd auf geeignete Mädchen. Unsere Gesellschaftsordnung ist fatal. Die durch Not und Elend zerbrochenen Proletariermädchen fielen auf seine billigen Schmeicheleien herein, wenn er ihnen eine glanzvolle Karriere als Bühnen- oder Filmdiva in Aussicht stellte. Vor allem hatte er es auf Mädchen zwischen dreizehn und zwanzig Jahren abgesehen, die theoretisch viel über geschlechtliche Dinge wussten, die süchtig danach waren, erotische Abenteuer zu erleben, bei denen aber die Urteilsfähigkeit bezüglich der Bedeutung und Tragweite sexueller Erlebnisse erstaunlich gering entwickelt ist. Ulbrich war keinem der Mädchen sexuell hörig, er benutzte sie alle. Er war kein Wachs in den Händen seiner Mädchen – so wie es die Presse formulierte –, das Gegenteil war der Fall: Die Mädchen hatten sich nach seinen Anweisungen zu richten. Luise Neumann war für ihn nichts Besonderes, sie war eine von vielen.

Felix Abraham legt den Bleistift zur Seite. Irgendetwas fehlt, denkt er. Welche Beziehung hatte Ulbrich zu seinen Kunden? Wie hat er sie gefunden? Wie hat er sie für diese – im Grunde simplen – Seelen interessiert? An manchen Stellen in Berlin warten viel schönere, viel raffiniertere und viel willigere Frauen auf ihren Einsatz. Die Mädels aus Ulbrichs Postkartensammlung sind – gelinde gesagt – Dorftrampel.

Aber das zu untersuchen, ist nicht Abrahams Aufgabe. Und an der zweifelt er, seitdem er gelesen hat, dass Ulbrich seine Modelle in drei Gruppen eingeteilt hat: A-, B- und C-Ware.

Luise Neumann ist C-Ware – da ist sich der Gutachter sicher. Die ist für ein Essen oder eine Karussellfahrt mit jedem mitgegangen. Sie hat schon früh gelernt, dass Frauen in diesen Zeiten nur ein Kapital haben: ihren Körper. Und auch das nur für eine begrenzte Zeit.

Die Eltern wissen angeblich von nichts, doch der Vater weint. Die junge Frau lernt die Herrenrasse genauer kennen.

Evas Leiche liegt aufgebahrt in der Gerichtsmedizin. Man hat sie gewaschen und das Gesicht bedeckt. »Schauen Sie sich das nicht an«, bittet der Gerichtsmediziner.

Die Mutter erkennt ein Armband aus Glasperlen, der Vater greift nach dem Kleidchen. Es ist weiß mit orangefarbenen Blumen. »Dit Kleidchen hab ick ihr jekooft für drei Mark.«

Die Mutter bricht zusammen, der Vater weint.

»Wussten Sie, dass Ihr Kind bei dem Uhrmacher Ulbrich verkehrte?«

»Sie hat oft Grammofon bei ihm gehört«, antwortet er. »Dit hat ihr jefallen. Evchen wollte später zur Bühne. Hübsch jenuch war se ja.«

»Und dabei wollte Ulbrich ihr helfen?«

»Ja, er hat Fotos von Evchen gemacht. Schöne Fotos. Die hatter rumjezeigt.«

»Ihre Tochter war erst dreizehn Jahre alt und schulpflichtig«, sagt Thomas. »Der Uhrmacher hat die Mädchen nackt fotografiert! Warum haben Sie das nicht unterbunden?«

»Dit wussten wa nicht«, behauptet die Mutter.

»Und das Geld, das Ulbrich dem Evchen gegeben hat? Davon wussten Sie auch nichts?«

Thomas bekommt keine Antwort. Der Vater ist arbeitslos,

die Mutter geht putzen. Zu Hause im Wedding gibt es weitere vier Kinder.

»Die Eltern haben das tote Kind als ihre Tochter identifiziert!« Alma Wuttke bringt die Depesche ins Redaktionsbüro. Darauf haben Leo und Fox gewartet.

Sie überfliegen das Papier. Der Gerichtsmediziner hat bei der Leiche einen Genickbruch und schwere Prellungen festgestellt.

»Also Mord!«, ruft Fox. »Jetzt kriegen die Nazis richtig Kloppe! Machen wir Arbeitsteilung?«

Leo stimmt zu. Sie ist angeschlagen, der Anblick vom verwesenden Leichnam des kleinen Mädchens sitzt ihr noch in den Knochen.

»Fang du an«, bittet sie. »Ich brauch erst einen Kaffee.«

»Für mich auch!«, ruft Fox und spannt Papier in die Schreibmaschine.

Leo geht langsam durch den Flur Richtung Kaffeeküche. Sie setzt sich auf den Stuhl. Ihr ist schummrig. Sie hat seit dem Morgen nichts mehr gegessen, ihr Magen ist ein schmerzendes Loch. Sie lehnt sich zurück, atmet tief ein und wieder aus, versucht, an nichts zu denken. Der Versuch geht schief.

Wie lange musste das Mädchen leiden? Hat es sich gegen die Vergewaltigung gewehrt? Hat es überhaupt realisiert, was mit ihm geschieht?

Sie kocht Kaffee und kehrt ins Büro zurück. Alma Wuttke ist noch da. »Ich hab dir zwei Buletten, Brot und Gurken auf den Tisch gelegt. Aus der Destille nebenan. Die Soleier waren aus.«

»Du bist ein Schatz«, lächelt Leo.

»O weia. Die Buletten sind vom Schwein«, fällt Alma ein. »Darfst du die überhaupt verdrücken?«

»Ich darf«, sagt Leo und beißt hinein.

Zwei Stunden später ist der Artikel in der Abendausgabe des Pressedienstes zu lesen. Die Zeitungsjungs schwärmen aus und beliefern die Kunden. Fox hat die Fotos vorher telefonisch angekündigt und fast alle haben zugegriffen. Gennats Mordauto geht immer. Auch das Gruppenbild mit dem Dicken vom Alex vor dem Fundort der Kinderleiche wird angekauft.

KINDERLEICHE IM NAZI-SPORTLERHEIM ENTDECKT – WER TÖTETE EVCHEN (13)?

Die Mordinspektion der Berliner Kriminalpolizei unter höchstpersönlicher Leitung von Polizeirat Ernst Gennat hat am Mittag auf dem Gelände des Nazi-Sportlerheims am Wannsee die Leiche eines Mädchens entdeckt. Es handelt sich um die 13-jährige Eva S., genannt Evchen. Die Eltern hatten die traurige Pflicht, ihr Kind zu identifizieren. Der Gerichtsmediziner stellte schwere Prellungen und Genickbruch fest.

VERBINDUNGEN ZUM MORDFALL ULBRICH IM WEDDING

Evchen war eins der Mädchen, die der ermordete Fritz Ulbrich fotografierte. Er gaukelte dem Kind und seinen Eltern vor, Evchen könne aufgrund ihres Aussehens eine Karriere auf der Bühne erreichen. Welche Bühne das sein sollte, bleibt sein Geheimnis. Tatsache ist, dass der selbst ernannte Kunstfotograf noch weiteren 1.500 Mädchen »helfen« wollte, indem er sie in anzüglichen Posen ablichtete. Die Kriminalpolizei hat die Fotos beschlagnahmt. Sie sind Beweise im Prozess gegen die Ulbrich-Mörder, der im Januar vor dem Landgericht III in Moabit beginnt.

WIE KAM DAS TOTE MÄDCHEN INS NAZI-HEIM AM WANNSEE?

Die Hakenkreuzler feiern gern. Besonders, wenn sie müde und erschöpft von einer Schlägerei und anderen Straftaten zurückkommen. Ob es Angriffe auf jüdische Geschäfte oder Prügeleien mit politisch Andersdenkenden sind – da ist der arische Mann

nicht wählerisch. Hauptsache, es fließt Blut und die Angegriffenen bekommen Angst.
Nach den Taten braucht man Bier, Schnaps, Essen und ... Mädchen. An dem Abend, als Evchen getötet wurde, lieferte Fritz Ulbrich drei Mädchen, die fast noch Kinder waren.

100 REICHSMARK BELOHNUNG
Wie bereits berichtet, sagten zwei Zeuginnen aus, dass ein älterer Nazi mit Eva S. verschwand. Er könnte der Mörder des Mädchens sein. Die Mordinspektion sucht diesen Mann und setzt eine Belohnung von 100 RM für seine Ergreifung aus. Man hofft auch auf Hinweise aus nationalsozialistischen Kreisen.

Isidors Nichte wird überfallen. Was macht der schöne Mann nachts auf der Straße?

Leo nimmt den Bus nach Hause. Er hält rund dreihundert Meter von ihrer Pension entfernt. Sie sehnt sich nach dem Bett. Morgen ist Sonntag und dann kann sie ausschlafen.

Der eisige Wind, der am Morgen den Wannsee so ungemütlich gemacht hat, hat in der Stadt keine Chance. Die vielen Laternen erleuchten die Trottoirs. Aus den Kneipen dringen Musik und schlechte Luft. Autos hupen, Menschen lachen und fliegende Händler bieten ihre Ware an.

Leo biegt in die Straße ein, in der die Pension liegt. Die Atmosphäre verdunkelt sich und es ist mit einem Schlag still. Noch hundert Meter bis zum Ziel. Unwillkürlich geht sie schneller. Irgendetwas stimmt nicht.

»Da bist du ja endlich.« Ein großer Schatten tritt aus einem Hauseingang auf sie zu.

Leo bleibt stehen, greift ihre Tasche und wartet.

Der Mann kommt näher.

»Darf ich dir meine Kameraden vorstellen?«

Zwei weitere Männer tauchen aus dem Dunkel auf. Einer richtet den Strahl einer Taschenlampe auf sie. »Hübsch isse ja, die Nichte vom Isidor.«

»Hauen Sie ab!«, fordert Leo und will das Licht mit dem Arm abwehren.

»Na, na, Judenhuren sollen ja was Geiles haben«, sagt der Dritte, kommt näher und streckt die Hand aus.

Leo schlägt sie weg. Ihre Wut ist größer als ihre Angst. Mit dem Metallbügel ihrer Handtasche zielt sie weiter nach dem Mann. Der weicht aus und lacht dreckig. Sein Kumpan packt Leo von hinten und hält sie fest, sodass sie kaum atmen kann. Sie tritt rückwärts und trifft. Der Mann flucht und schlägt ihr ins Gesicht. Leo sieht Sterne und taumelt.

Autoscheinwerfer richten sich auf die Gruppe. Ein großer schwarzer Wagen ist unbemerkt herangerollt und hupt.

Die Nazis wirken irritiert. »Weg hier!« Und zu Leo gewandt: »Wir sehen uns wieder, Judensau.«

Noch völlig benommen sucht Leo an einer Hauswand Halt. Die hintere Tür des Autos öffnet sich, ein Mann steigt aus und kommt auf sie zu. Hilfe oder eine weitere Attacke?

Sie will flüchten, stolpert jedoch. Ihr Schuh hat keinen Absatz mehr, das bringt sie aus dem Gleichgewicht. Der Mann fängt sie auf.

»Keine Angst«, sagt eine Stimme. »Sie sind in Sicherheit.«

Leo findet sich auf der Rückbank des Autos wieder. Mit ihrer Contenance ist es vorbei, sie schluchzt und stöhnt. Ihr Gesicht schmerzt, Blut rinnt aus einer Platzwunde auf der Stirn in den Mundwinkel. Eine Hand mit einem Taschentuch tupft es weg.

Als eine Laterne etwas Licht gibt, erkennt Leo endlich, in wessen Auto sie sitzt: Es ist Valentin Winterstein, der sie gerettet hat.

»Ich lade Sie da vorn ab, bei Ihrer Pension«, kündigt er an und nennt dem Fahrer die Hausnummer.

»Was machen Sie denn hier?«, fragt sie verdattert.

»Auf Sie aufpassen.«

»Ich habe Ihnen doch gesagt, dass ich keinen Aufpasser brauche.«

»Stimmt«, sagt er trocken. »Den Wahrheitsbeweis haben Sie soeben angetreten.« Er lacht leise und zieht Leo an sich. »Ich bin so froh, dass ich rechtzeitig da war.«

Leo wehrt sich nicht. Sie ist einfach verstört und am Ende.

Vor der Pension ein Mannschaftswagen der Schutzpolizei. Winterstein und Leo steigen aus. Vor dem Gebäude spricht die Wirtin Frau Pawlowski mit einem Polizisten.

Sie erkennt Leo, stürzt auf sie zu und bemerkt die Verletzungen. »Mädchen, was ist passiert? Wo kommt dit Blut her?«

»Ich hatte ein Gespräch mit ein paar Nationalsozialisten.« Leo bemüht sich um einen lockeren Ton.

»Die Stinker waren ooch hier. Haben die zwei Polizisten zusammenschlagen, die aufpassen sollten, und ihnen die Waffen weggenommen.«

»Die hatte Onkel Bernhard abgestellt. Zum Schutz.«

»Hat ja jut jeklappt.«

»Ich würde Fräulein Wolf gern auf ihr Zimmer bringen«, sagt Winterstein. »Sie braucht jetzt Ruhe.«

»Wer sind Sie denn?«

»Mein Retter«, geht Leo dazwischen. »Das ist schon in Ordnung, Frau Pawlowski.«

Winterstein stützt Leo, die versucht, auf ihren unegalen Schuhen das Haus zu betreten.

»Zieh die Schuhe besser aus«, rät er.

»Nein.«

»Dann stolperst du. Am besten trage ich dich.«

Er duzt mich, denkt sie.

»Ich bin zu schwer. Ich hab zwei Buletten gegessen. Und Brot.«

Er hebt sie hoch. »Geht doch.«

»Wart mal, bis die Treppe kommt.«

»Dann lass ich dich einfach fallen«, verspricht er.

Sie erreichen Leos Zimmer unfallfrei. Er stellt sie auf die Beine und drückt die Tür auf.

Ihr Zimmer ist unaufgeräumt. Kleider liegen auf dem Bett, Zeitungen und anderes Papier auf dem Tisch, Blumen vertrocknen in einer Vase auf der Fensterbank und eine angebrochene Flasche Wein wartet neben dem Bett.

»Hübsch hast du es hier«, lügt er. Er führt sie zum Sofa. »Bleib sitzen. Ich kümmere mich um deine Wunde.«

Er geht zum Waschbecken und nimmt ein sauberes Tuch. Damit wischt er das Blut von ihrer Wange. Er ist vorsichtig und sanft, sieht ihr immer wieder in die Augen. Sie lässt es geschehen und Tränen laufen ihr die Wangen hinunter. Ihr ist schwindelig und sie zittert.

»Das ist der Schock, der langsam nachlässt«, sagt Winterstein leise. »Lass die Tränen raus.«

»Ich bin so wütend!«, schluchzt sie. »Diese widerlichen Kerle haben mir wirklich Angst gemacht.«

»Ganz ruhig«, sagt er und drückt sie erneut an sich. »Es ist ja vorbei. Morgen solltest du einen Arzt aufsuchen. Vielleicht muss die Wunde genäht werden.«

Leo schließt die Augen. Sie spürt die Wärme seiner Haut durch den Stoff seines Hemdes. »Ach was! So eine Narbe ist der Ritterschlag für mutige Journalisten.«

»Alles klar, du Heldin. Möchtest du etwas trinken?«, fragt er.

Sie blickt ihn an. »Nein, ich möchte wissen, warum du plötzlich aufgetaucht bist. Das kann doch kein Zufall gewesen sein.«

»Ich wollte jemanden besuchen.«

Leo runzelt die Stirn. »Wen denn?«

»Kannst du nicht einfach mal den Mund halten?« Der Ärger in seiner Stimme ist nicht zu überhören.

»Ich will doch nur …«

Weiter kommt Leo nicht, denn Winterstein küsst sie. Ein Kuss, der sie zum Schweigen bringen soll, der aber stattdessen weitere Fragen aufwirft. Doch Leo ist zu aufgewühlt, sich diesen Fragen zu stellen. Sie erwidert den Kuss, hört seinen schweren Atem und lauscht den Worten, die von merkwürdigen Vokabeln bestimmt sind, die gar nicht in diese Zeit passen wollen. Sehnsucht, Liebe, Begehren, aber auch Schuld, Schande und Versagen. Leo begreift die Zusammenhänge nicht, will sie auch nicht begreifen.

Winterstein zieht sie aus und streift ihr das Nachthemd über. Dieser Körper ist ein besonders schönes Werk, denkt er, bleibt aber distanziert. Er deckt sie zu und löscht das Deckenlicht. Sie schläft ein.

Der schöne Mann bleibt, das Fräulein bleibt unberührt. Eine Wirtin schimpft und spricht von Kuppelei.

Winterstein schickt seinen Fahrer nach Hause und verbringt die Nacht in einem Ohrensessel. Er hat eine kleine Lampe brennen lassen, um Leo im Schlaf betrachten zu können. Wenn sie den Kopf bewegt, stöhnt sie leise. Ihre Wange ist geschwollen, der Riss hat sich geschlossen und blutet nicht mehr.

Im Morgengrauen schläft auch der Verleger ein. Die nächtlichen Gespenster tauchen wieder auf und quälen ihn. Er hat gedacht, dass es irgendwann vorbei sein oder schwächer werden würde. Vierzehn Jahre sind eine lange Zeit, um zu vergessen. Doch die Toten sind laut und herausfordernd.

Ein Klopfen an der Tür schreckt ihn hoch.

»Fräulein Wolf? Sind Sie wach? Wie jeht es Ihnen?« Die Pensionswirtin kümmert sich.

Winterstein geht zur Tür und öffnet sie.

Frau Pawlowski fällt alles aus dem Gesicht. »Was machen Sie denn im Zimmer von det Fräulein Wolf?«, schnauzt sie ihn an.

»Bis eben habe ich noch geschlafen«, antwortet er, macht die Tür weiter auf und deutet auf den Sessel. »Und Fräulein Wolf liegt in ihrem Bett – allein.«

»Sie Strolch können ma viel erzählen!« Die Wirtin stürmt ins Zimmer. »Ich hab Sie doch wegfahren jesehen!«

»Das war mein Fahrer«, erklärt er. »Fräulein Wolf schläft noch, aber nicht mehr lange, wenn Sie so weiterschimpfen.«

Die Wirtin mustert das Bett. Es ist zwar zerwühlt, sieht aber nicht so aus, als habe eine Liebesnacht darin stattgefunden. Sie mustert nun auch Winterstein. Er ist korrekt angezogen.

»Wollen Se mir ins Jefängnis bringen?«, macht Pawlowski trotzdem weiter. »Kennen Se nicht den Parajraf 181 Reichsstrafjesetzbuch?«

»Doch. Kuppelei«, antwortet er brav. »Das bringt Zuchthaus bis zu fünf Jahren.«

»Na, sehen Se!«, triumphiert die Wirtin.

»Glauben Sie wirklich, dass immer etwas Sexuelles passieren muss, wenn ein Mann und eine Frau allein in einem Zimmer sind? Und Fräulein Wolf trauen Sie zu, dass sie mit einem Mann, den sie kaum kennt, ins Bett springt? Ich muss mich über Ihr Frauenbild sehr wundern, gnädige Frau!«

»Wer wundert sich über wen?« Leo sitzt aufrecht im Bett. »Was ist los, Frau Pawlowski?«

»Alles is jut, Fräulein Wolf. Ich hab mir nur über den Herrn jewundert und dass er über Nacht hier war.«

»Herr Winterstein hat mich gestern Abend vor den Nazis gerettet und meine Blessuren versorgt«, beruhigt Leo die Wirtin.

Die Klingel macht sich bemerkbar.

Pawlowski eilt aus dem Zimmer und öffnet die Tür. Bernhard Weiß will seine Nichte sehen. Als er Winterstein gegenübersteht, muss er um seine Fassung kämpfen. »Sie hier?«, fragt er.

»Es ist alles gut, Onkelchen«, sagt Leo schnell. »Herr Winterstein ist mein Retter und er hat nicht in meinem Bett gelegen.«

Winterstein kann sich ein Lächeln nicht verkneifen. »Ihre Nichte sagt die Wahrheit. Aber jetzt hat sie ja Polizeischutz und ich kann mich verabschieden.«

Eine leichte Verbeugung und weg ist er.

Leo rappelt sich hoch. »Bleib liegen!«, befiehlt der Onkel.

Die Wirtin schiebt einen Stuhl an Leos Bett.

»Wie geht es dir?«

»Ganz gut. Es hätte schlimmer ausgehen können.«

»Dein Gesicht sah mal hübscher aus«, stellt Weiß fest. »Ich lasse schon nach den Kerlen suchen, die dich angegriffen haben.«

»Dann bin ich ja beruhigt. Aber es war dunkel und die Nazis sahen aus, wie alle Nazis aussehen – soweit ich sie erkennen konnte. War das hilfreich?«

»Danke für deine Ironie«, seufzt er. »Die Polizei kommt mit dieser völkischen Meute nicht mehr klar. Es werden immer mehr. Jetzt möchte ich aber erst mal von dir hören, was genau gestern Abend geschehen ist.«

Leo berichtet und sagt zum Schluss: »Herr Winterstein tauchte plötzlich auf und hat mich vor dem Schlimmsten bewahrt.«

»Ich wusste, dass dich jemand gerettet hat, aber ich wusste nicht, dass er es war«, nickt Weiß. »Weißt du, warum er genau zu dem Zeitpunkt auftauchte, als du angegriffen wurdest?«

»Zufall? Schicksal? Eine glückliche Fügung?«, fragt Leo.

»Ich glaube nicht an solche Zufälle«, sagt Weiß.

»Warum bist du so misstrauisch ihm gegenüber?«

»Ich bin nur vorsichtig«, behauptet er.

»Das bin ich auch«, entgegnet Leo. »Wenn du gegen Herrn Winterstein etwas einzuwenden hast, solltest du es mir sagen.«

»Es gibt nichts zu sagen«, versetzt Weiß. »Und wenn es etwas gäbe, das von polizeilicher Tragweite wäre, müsste ich schweigen – das weißt du doch.«

»Gibt es eigentlich eine Frau Winterstein?«

»Kein Kommentar. Ist dein Interesse an ihm denn auch privater Natur?«

»Ich bin Journalistin und neugierig. Das ist alles.«

Weiß glaubt ihr kein Wort. »Ich werde dir meinen Hausarzt schicken, damit er sich deine Verletzungen anschaut«, kündigt er an. »Gute Besserung, liebe Leo.«

Der hohe Polizist hat eine Akte »Winterstein« angelegt, doch die ist fast sauber – trotz der wilden Anita.

Dr. Bernhard Weiß ist außer sich vor Wut. Dass sich seine Beamten von ein paar Nazis verprügeln und entwaffnen ließen, grenzt an einen Skandal und wirft ein schlechtes Licht auf seine Leute. Und er hatte Leo Polizeischutz versprochen! Er wird seiner Schwester einen Brief schreiben. Sie soll Leo über Weihnachten nach Wien zurückholen.

Auch Leos Kontakt zu Winterstein macht ihm Sorgen. Weiß hat eine Akte angelegt, in der er Informationen über ihn gesammelt hat. Vor vierzehn Jahren, im Mai 1916, hat der Verleger die Katastrophe von Douaumont überlebt, bei der mehr als achthundert deutsche Soldaten elendiglich ums Leben kamen – nicht durch gegnerisches Feuer, sondern durch die verheerende Explosion eines riesigen Munitionsdepots. Die Hintergründe sind nie abschließend geklärt worden, da alle möglichen Verursacher bei der Explosion starben. Achthundert Leichen wurden in Granattrichtern gesammelt und später in zwei Kasematten eingemauert. Wie Winterstein diesem Inferno entkommen konnte, weiß niemand. Außer ihm haben nur wenige andere überlebt.

Auch woher Wintersteins Vermögen stammt, ist unklar. Den Börsencrash vom Oktober 1929 hat er offensichtlich unbeschadet überstanden. Die Zeitungen und Zeitschriften, die er herausgibt, sind zwar erfolgreich, aber keine Goldgruben. Wegen des Namens Winterstein hat Weiß seine Abstammung überprüfen lassen. Nein, er ist kein Jude, sein Vater heißt von Winterstein und seine Vorfahren waren Preußen.

Seine Beziehung zu Frauen ist undurchsichtig. Der Verleger nimmt sich sein Vergnügen, wo und mit wem er will.

Es klopft an die Bürotür.

Ernst Gennat tritt ein. »Es jibt einen neuen Mord im Zusammenhang mit dem Tod des kleinen Mädchens. Kilian Graf Schmettow, Goebbels Adjutant. Er wurde erschossen in seiner Unterkunft jefunden. Keen netter Anblick.«

»Und wieso besteht da ein Zusammenhang mit dem Mädchenmord?«

»Auf Schmettows Stirn klebte ein Foto der Kleinen. Ulbrichs Foto. Es sieht nach einer Hinrichtung aus.«

»Brauchen Sie mehr Leute, Gennat?«

»Noch nicht. Aber ick melde mir.«

Die Zuchtvorlage für den neuen arischen Herrenmenschen hat Lücken.

Alois Beckmann ist ins Büro gefahren. Die halbe Belegschaft ist – obwohl Sonntag – an Bord, denn in der Montagsausgabe gibt es einiges zu berichten. Lukas Fox schreibt einen Artikel zum Tod des Grafen Schmettow, Beckmann kommentiert den Angriff auf Leo Wolf.

SIE LAUERTEN IM DUNKELN – HAKENKREUZLER VERLETZEN KRIMINALREPORTERIN
Ein besonderes herausragendes Beispiel arischen Mutes bildete der Angriff dreier Nazigesichter auf eine junge Mitarbeiterin unseres Pressedienstes. Sie warteten vor der Pension auf die Reporterin, um sie persönlich davon zu überzeugen, auf kritische Berichte über das Benehmen völkischer Heldengestalten zu verzichten.

BELEIDIGUNGEN UND EIN SCHLAG INS GESICHT
Die Journalistin wies das Ansinnen zurück, wurde körperlich angegriffen, durch einen Schlag ins Gesicht verletzt und als »Judenhure« beleidigt. Die Angreifer erfüllten dabei die Vorgaben der NSDAP zum neuen Herrenmenschen: Sie führten den Kampf offen, mit Wagemut und dem selbstbewussten Einsatz ihrer rassischen Kraft.

UNBEKANNTER KOMMT ZU HILFE – NAZIS FLÜCHTEN
Als ein Auto auf der Straße anhielt und ein Mann ausstieg, um der Frau zu helfen, nahmen die tapferen Burschen die Beine in die Hand. Die Verantwortlichen des Pressedienstes werden dafür sorgen, dass die Reporterin weiterhin ohne Angst und Druck ihrer Arbeit nachgehen kann. Fazit: Durch feige Prügelangriffe rückt das Ziel einer nationalsozialistischen Revolution in weite Ferne. Wie sagte Gauleiter Goebbels in einer Rede? »Wir sind ein Volk, gestaltet in körperlicher Kraft und Gesundheit, erfüllt von der stolzen Stärke tapferer Männer.« Weiß Goebbels nicht, dass er das genaue Gegenteil der von ihm propagierten Zuchtvorlage des neuen Herrenmenschen ist? Sollte ihm das verborgen geblieben sein, sollte man es ihm möglichst schnell mitteilen.

»Mein Text kommt unter den Artikel von Fox«, erklärt Beckmann und gibt Alma Wuttke das Papier. »Ich mache jetzt das Layout und dann ab in die Druckerei. Gucken Sie mal, wie weit Ihr Freund ist. Und: Er soll meinen Kommentar gegenlesen.«

»Da hat der Alte aber richtig zugelangt«, bewertet Fox den Beckmann-Text. »Der hat noch richtig Feuer unterm Hintern, wenn's sein muss.«

»Hoffentlich bist du in dem Alter auch noch so.« Alma setzt sich auf die Schreibtischkante und schlägt die Beine übereinander. »Beckmann will wissen, wie weit du bist.«

»Ich bin fertig.« Er legt seine Hand auf ihr Knie. »Fix und fertig.«

Alma lächelt. »Ich habe Sekt kalt gestellt. Sollen wir heute einen gemütlichen Abend bei mir zu Hause verbringen?«, fragt sie und pflückt seine Hand von ihrem Bein. »Ich bringe deinen Text zu Beckmann und dann …«, sie küsst ihn auf die Wange, »… machen wir uns davon.«

Die Wirtin kocht Kaffee, während der schöne Mann die junge Frau heilen will und selbst um Rettung bittet.

Der Arzt hat bei Leo eine leichte Gehirnerschütterung festgestellt und sich die Platzwunde angesehen. Kein Grund zur Sorge. Die blaue Färbung unter dem Auge und auf der Wange bekommt schon einen gelben Schimmer – der Beleg für einen normalen Heilungsverlauf.

Leo bleibt im Hausmantel, kuschelt sich aufs Sofa und liest den Bericht von Lukas Fox zum Tod des Grafen Schmettow:

GOEBBELS-ADJUTANT HINGERICHTET – VERBINDUNG ZUM MORDFALL ULBRICH?

Kilian Graf Schmettow war ein strammer Nazi und im Gegensatz zu seinem Vorgesetzten, Gauleiter Goebbels, sah er auch wie einer aus: groß, blond, eisblaue Augen und ein gesunder, athletischer Körper – also ein Herrenmensch in Reinkultur. Dieser Hoffnungsträger ist tot. Er wurde erschossen in seiner Wohnung gefunden. Auf seiner Stirn lag ein Foto aus dem Mädchen-Katalog des ermordeten Uhrmachers Ulbrich vom Wedding. Es zeigt ein 13-jähriges Mädchen namens Eva, dessen Leiche kürzlich auf dem Gelände eines Nazi-Sportlerheims gefunden wurde.

MISSBRAUCHTE SCHMETTOW DAS KIND NACH EINER NAZI-FEIER?

Zwei weitere Mädchen aus Ulbrichs Kollektion haben den Mann gesehen, der Eva S. auf einer Feier in dem Sportlerheim an die Hand nahm und mit ihr verschwand. War der Graf dieser Mann? Zu einer Gegenüberstellung mit den Zeuginnen ist es jedoch nicht mehr gekommen – Schmettow ist schneller tot als gedacht.

WAR SCHMETTOW EINE BELASTUNG FÜR GAULEITER GOEBBELS?

Die Mordinspektion unter Leitung von Ernst Gennat ermittelt in alle Richtungen – auch in den Reihen der NSDAP-Anhänger. Kinderschänder sind für die Herrenmenschen-Partei kein gutes Aushängeschild. Man darf gespannt sein, ob dieser Mordfall jemals aufgeklärt wird.

Es klopft an der Tür. Frau Pawlowski steckt den Kopf durch die Tür. »Fräulein Wolf, da ist der Herr von jestern. Sind Sie auf eenen Krankenbesuch einjerichtet?«

»Aber ja!«, ruft Leo und springt vom Sofa. »Und einen Kaffee würde ich dem Herrn gern anbieten.«

»Hab ick schon verstanden.« Pawlowski lässt Winterstein ins Zimmer und zieht sich dezent zurück.

Da steht er und da steht sie. Schauen sich an. Er mit einem läppischen Blumengebinde, das er auf der Straße ergattert hat. Sie hat ein schiefes Gesicht in Regenbogenfarben und wirre Haare.

Leo geht auf Winterstein zu. »Schön, dass du da bist.«

Er lässt die Blumen fallen und nimmt sie in den Arm. »Wie geht es dir? Hast du noch Schmerzen?«

»Mein Kopf fühlt sich an, als habe jemand mit ihm Fußball gespielt.«

»Lass mich mal schauen.« Er kommt näher. Doch er schaut nicht auf die Verletzungen, sondern liebkost ihre Augen.

»Meine Küsse haben heilende Wirkung«, raunt er. »Hast du noch andere Stellen, die behandelt werden sollten?«

Sie kommt nicht dazu, die Frage zu beantworten. Frau Pawlowski zerbombt mit einem lauten »Hier kommt det Käffchen, Herrschaften« den Zauber des Moments und drückt die Tür auf. Da sind Leo und Winterstein schon voneinander abgerückt.

Sie trinken brav den Kaffee, tauschen belanglose Sätze aus, lachen unmotiviert und schweigen minutenlang.

Er stellt sich vor, sie zu packen, zum Tisch zu schieben, ihren Hausmantel zu öffnen, sie hinzulegen und seine Hose zu öffnen.

Doch nichts davon wird real. Real ist die Wirtin, die nicht gehen will, die verwelkenden, nach Wasser dürstenden Blumen auf dem Parkett, eine halb leere Kaffeekanne und ein paar kaputte Riemchenschuhe vor dem Kleiderschrank.

Endlich verschwindet Frau Pawlowski. Doch die Stimmung ist dahin.

»Ich muss in die Redaktion«, sagt Leo.

»Du willst arbeiten? Mit dem Gesicht?«, fragt er.

»Meinst du, der Pförtner erkennt mich nicht?«

»Du solltest deinen Personalausweis mitnehmen«, frotzelt er.

Er hilft ihr in den Mantel, kommt ihr wieder nah, kann nicht an sich halten und drückt seinen Mund an ihr Ohr.

»Du musst mich retten«, sagt er. »Bitte rette mich.«

Er klammert sich an sie, saugt ihren Duft ein.

»Wovor soll ich dich retten?«, fragt sie.

Er antwortet nicht.

Die junge Frau sehnt sich nach einem schönen Sommer.

Leo hat Wintersteins Angebot abgelehnt, sie zur Arbeit zu fahren. Ein überfüllter Omnibus bringt sie zum Belle-Alliance-Platz. Schneegraupel und starke Windböen fegen durch die Straßen. Die Bettler und die fliegenden Händler sind aus dem Straßenbild nahezu verschwunden. Es ist einfach zu kalt. Die Scheiben des Busses sind vom Atem der Menschen beschlagen. Kinder verstecken ihre Hände in viel zu dünnen Jäckchen, Mütter haben ihre Babys in ihren Mänteln vergraben und eine alte Frau versinkt in einem Pelzmantel, der ihr viel zu groß ist.

Junge NSDAP-Kerle in braunen Uniformen fordern den Busfahrer auf, schneller zu fahren. Der reagiert nicht, aber man sieht ihm die Angst an, von den Typen angegriffen zu werden.

Der Bus stoppt, die Tür öffnet sich. Eiswind fegt Schnee in die ersten Reihen.

Leo steigt aus. Wie sich Berlin wohl im Sommer anfühlt? Sie hat Fotos gesehen von Biergärten im Freien, badenden Menschen an Seen und jungen Leuten auf begrünten Dächern, die Radio hören und Bier trinken. Sie würde das gern erleben, doch sie rechnet damit, dass ihre Zeit in diesem Land bald abläuft. Die Bedrohungen durch völkische Politik, Elend und Aggression sind an jeder Ecke der Stadt zu spüren. Diese Zeit hat keine Empathie und kennt keine Gnade. Jeder ist auf sich allein gestellt und sich selbst der Nächste.

Den Ulbrich-Mordprozess wird sie noch bearbeiten und dann die Entscheidung treffen, ob sie nach Wien zurückkehrt.

»Ich dachte, du bist krank!« Lukas Fox springt auf, zieht Leo ans Fenster und mustert sie. »Die Germanenbrut hat dich aber ziemlich verunziert. Hast du Schmerzen?«

»Ich kann es aushalten.«

»Tapferes Mädchen.«

»Was liegt heute an?«

»Die Völkischen machen Theater«, berichtet Fox. »Am Donnerstagabend gab es im Mozartsaal am Nollendorfplatz die Premiere eines Films nach dem Buch von Remarque *Im Westen nichts Neues*. Hier, lies mal die *Vossische*. Gabriele Tergit höchstpersönlich hat in die Tasten gehauen.«

EIN MEISTERWERK GEGEN DEN KRIEG: PREMIERE DES FILMS »IM WESTEN NICHTS NEUES«

Hanns Brodnitz, Direktor des Mozartsaals, ist zufrieden. »Man riss den Händlern die Karten aus den Händen und wir haben schnell noch weitere Vorstellungen angeboten.«

Kein Wunder bei der Prominenz: Innenminister Severing, der rote Verleger Münzenberg, aus der Kultur die Herren Döblin, Zuckmayer, Kisch und Grosz. Und die Vorführung? Grandios. Brodnitz: »Das Publikum, das noch in der Mitte des Films einigen Dialogen, die sich gegen den Krieg richteten, demonstrativ Beifall gespendet hatte, verließ zum Schluss das Haus still und im Innersten aufgewühlt, unfähig, Beifall zu äußern.«

»Da war die *Vossische* schneller als wir«, stellt Leo fest.

»Das musste so sein, denn die *Vossische* hat den Roman vor

zwei Jahren als Vorabdruck gebracht. Tergit hat beste Verbindungen zu den Amerikanern. *Universal Pictures* hat die Rechte gekauft und den Film produziert.«

»Ich kenne das Buch«, sagt Leo. »Gab es nicht schon bei Erscheinen vor zwei Jahren Ärger deswegen?«

»Ja, und der geht nun weiter. Am Freitag haben die Nazis gepöbelt und die Polizei hat den Saal geräumt. Goebbels organisiert weitere Störungen auch in anderen Berliner Kinos. Hugenbergs Hetzpresse veröffentlicht die Aufführungstermine und die germanische Herrenrasse steht Gewehr bei Fuß. Und heute Abend bin auch ich dabei.«

»Möchtest du auch verprügelt werden wie ich?«, fragt Leo.

Wer sich erwischen lässt, ist bald tot. Im Wedding ist alles wie immer, doch einige machen sich Sorgen um ein neues Kind.

Gegen Mittag meldet die Polizei, dass die beiden Mädchen Lydia Fischer und Anna Rudolf den Grafen Schmettow als den Mann identifiziert haben, der Evchen nach der Nazi-Feier mitgenommen hat. Die Ermittlungen werden eingestellt, die Leiche des Kindes wird zur Beerdigung freigegeben. Die Nachricht macht Leo traurig.

Sie schreibt einen Artikel.

ZEUGINNEN BESCHULDIGEN TOTEN NAZI-GRAFEN DES MORDES

Der gewaltsame Tod der 13-jährigen Eva ist aufgeklärt. Zwei Freundinnen des Kindes identifizierten Kilian Graf Schmettow als den Mann, der mit Eva von einer Feier verschwand. Die Leiche des Mädchens wurde jüngst in der Nähe eines Sportlerheims ge-

funden – dem Ort, an dem die Nazis ihre abendlichen Straftaten in der Stadt mit viel Alkohol zu feiern pflegen.
Eva wurde Opfer sexueller Gewalt. Man verkaufte sie an einen Kinderschänder, der sie durch Genickbruch und Schläge tötete. Sie gehörte zu den Modellen, die der Fotograf Fritz Ulbrich vom Wedding an interessierte Kunden lieferte – wir berichteten.

DER MÖRDER HAT SEINE STRAFE BEKOMMEN

Der vermutete Täter ist der Adjutant des Gauleiters Goebbels. Zackig, arisch, deutsch bis zum Erbrechen – ein Statthalter des Dritten Reiches, von dem die selbst ernannte Herrenrasse träumt und in dem sie alles Warme, Schöne, Sanfte und Schwache unterdrücken und vernichten möchte. Graf Schmettow hat die Regeln verletzt, gegen das Reichsstrafgesetzbuch verstoßen und damit den offiziellen Zielen der NSDAP geschadet. Das hat er jetzt wohl büßen müssen – nicht, weil er ein widerliches Verbrechen begangen hat, sondern weil er sich hat erwischen lassen.

KEIN SCHUTZ DURCH STAAT UND FAMILIE

Der Traurige ist: Ein kleines Mädchen ist tot. 13 Jahre alt. Die Eltern beschützten sie nicht, der Staat schützte sie nicht und auch sonst war niemand da, der sich verantwortlich fühlte, dass das Kind unbeschwert und in Liebe aufwachsen konnte. Armut und Verwahrlosung beschleunigten das Ende eines jungen Lebens.

Leo verabschiedet sich für diesen Tag. Die Kopfwunde pocht und die Gesichtsmuskeln schmerzen. Sie verlässt das Pressehaus und geht Richtung Taxistand. Der Schneeregen hat nachgelassen, dafür ist es noch kälter geworden. Bibbernd steigt Leo ein und nennt das Ziel – die Drontheimer Straße 5 im Wedding. Dort bittet Leo den Taxifahrer zu warten, doch der lässt sich nicht darauf ein und verschwindet im Grau des Nachmittags.

Den Uhrmacherladen von Fritz Ulbrich gibt es nicht mehr. Der Hausbesitzer hat die beiden Räume weitervermietet, jetzt bietet eine Damenschneiderei ihre Dienste an. Ein Pappschild im Fenster kündigt die Eröffnung in drei Tagen an.

Obst-und-Gemüse-Frieda kommt Leo entgegen. Mühsam zieht sie einen Bollerwagen mit Rüben und Kartoffeln hinter sich her. Leo hilft ihr.

»Janz schön frostig isses«, schnaubt Frieda Seemann. »Jibbet wat Neues?«

Im Laden ist es warm. Ein Ofen knistert. Leo erzählt, dass der Prozess gegen die Ulbrich-Mörder Ende Januar stattfinden wird.

»Ick weeß. Bin als Zeujin jeladen. Janz offiziell, mit Stempel und so. Zeujenjeld krieg ick ooch.«

»Das steht so im Gesetz. Hat der Staatsanwalt Sie vernommen?«

»Hatter. Ick weeß jetzt, was ick sagen soll«, grinst sie. »Und was nicht.«

Leo stutzt. »Was sollen Sie denn nicht sagen?«

»Na ja, die Chose mit der A-, B- und C-Ware. Dit sei nicht relevant, weil der Ulbrich ja schon hin ist.«

Oder weil man niemandem auf die Füße treten will, denkt Leo.

»Wat wird denn mit dem Kindchen vom Lieschen? Wann isses denn da? Armet Wesen. Die Mama wegen Mordes anjeklagt. Dit ist nicht schön.«

An diesen Aspekt hat Leo noch gar nicht gedacht. Was wird mit Lieschens Kind, wenn die Mutter ins Zuchthaus muss oder gar hingerichtet wird? Sie verspricht, sich zu erkundigen.

»Wollen Se eenen Tee?«, fragt Frieda Seemann.

Leo nimmt den Becher und wärmt sich die Hände.

»Kommt Lieschens Familie mit all dem zurecht?«, fragt sie. »Was reden die Leute?«

»Die Schwester von dem Lieschen verhält sich plötrich.

Macht dit Lieschen madich, dabei isse selbst ’ne Schlumpe. Piesackt ihre Eltern und is frech, dabei jeht se selbst mit jedem uffen Matratzenball.«

»Ich will mal weiter«, sagt Leo. »Wir sehen uns im Prozess, ich sitze auf der Pressebank.«

Der kriegsversehrte Soldat ohne Beine braucht kein Bier mehr. Die junge Frau findet einen Seelenverwandten.

Die Destille hat geöffnet. Zigarettenrauch quillt durch einen Fensterspalt.

Leo geht zum Eingang. An der Wand lehnt das Brett mit den Rollen – das Gefährt des kriegsversehrten Marinesoldaten, der keine Beine mehr hat.

Sie drückt die Tür auf. Schlechte Bierluft, Qualm und Männerstimmen. Man identifiziert sie als Frau.

»Suchste deinen Männe?«, ruft einer.

»Oder ’n Schmatzpuffi?«, grölt ein anderer.

»Wo ist der Mann, der auf dem Brett mit den vier Rollen fährt?«, fragt Leo und tritt näher.

»Is dit deen Stenz?«, kommt es aus der hinteren Ecke der Kneipe.

»Nun lassen Sie die junge Frau in Ruhe«, mischt sich ein Mann ein, der rein äußerlich nicht zum übrigen Publikum passt. Er ist groß, gut aussehend, Mitte dreißig und ansprechend gekleidet. Die braunen Haare sind länger, als es die gängige Mode vorschreibt.

»Alles in Ordnung, aber vielen Dank«, lächelt Leo. »Ich suche den Bettler, der hier vor der Destille seinen Stammplatz hat. Kriegsversehrt.«

»Der is tot. Überfahren. Dit Taxi hat ihn nicht jesehen beim Abbiejen.«

»Das tut mir leid.«

»Dit war doch eh keen Leben«, lallt ein Gast.

»Sie kommen nicht vom Wedding«, stellt der junge Mann fest. »Ich übrigens auch nicht. Ich schreibe für die *Vossische Zeitung* über den Mordprozess Ulbrich, der im Januar beginnt. Mein Name ist Jakob Tiller.«

»Ich bin Leonore Wolf und arbeite beim *Sozialdemokratischen Pressedienst*.«

»Die Leo Wolf?« Der junge Mann strahlt. »Sie sind bekannt, Fräulein Wolf. Wir alle bewundern Ihren Mut. Die Wunden in Ihrem Gesicht sind Ehrenmale. Darf ich Sie zu einem Bier einladen? Ich sitze da drüben am Tisch.«

Neugierige Blicke folgen den beiden, doch schnell lässt das allgemeine Interesse nach.

»Ich habe gehört, Sie kommen aus Wien. Wie gefällt es Ihnen in Berlin?«

»Zu kalt, zu laut, zu ungemütlich und zu völkisch.«

Der Wirt kommt mit den Bieren.

»Dann werden Sie nicht lange bleiben?«

»Mindestens bis zum Ende des Ulbrich-Prozesses«, sagt Leo.

»Es gibt auch Schönes in Berlin. Die Kulturszene ist in keiner Stadt so lebhaft wie hier. Denken Sie an die Dichter, die Maler und die Architekten.«

Leo sieht sich in der Kneipe um. »Ich bezweifle, dass sich das Volk für das Schaffen von Kästner, Dix oder Gropius begeistert. Die Menschen wollen Arbeit, eine Unterkunft und was zu essen.«

»Und zu trinken!« Tiller prostet Leo zu. »Bier, zum Beispiel. Wussten Sie, dass die Soldaten im letzten Krieg vor jeder Schlacht Bier und Schnaps bekamen? Die durchschnittliche Alkoholration war ein halber Liter Bier, ein Viertelliter Wein und Branntwein pro Soldat. Vor einem Angriff war die Ration noch deutlich höher. Der Staat lässt sich nicht lumpen.«

»›Bier ist mehr als ein Getränk, es ist ein Zeichen, dass man gefahrlos die Glieder dehnen und recken darf‹«, zitiert Leo aus Erich Maria Remarques Roman.

»Bis sie einem weggesprengt werden«, ergänzt Tiller. »Das hat Remarque leider vergessen zu schreiben.«

»Das ganze Buch ist doch eine Anklage gegen den Krieg«, stellt Leo klar.

Sie schauen sich an. Diese Frau gefällt mir, denkt Tiller. Und Leo denkt an Valentin Winterstein, während sie Tiller anlächelt.

Der Gauleiter lässt Stinkbomben werfen, während Lieschen die Zeit im Gefängnis genießt.

Vizepolizeipräsident Weiß hat keine gute Laune. Jeden Abend gibt es Störungen in den Berliner Kinos wegen der Aufführung des Films *Im Westen nichts Neues*. Er hat einfach kein Personal, die Provokationen zu unterbinden. Das Ergebnis: zahlreiche Verletzte und hoher Sachschaden. Weiß rechnet sogar mit Toten, denn je erfolgreicher die Nazis mit ihren Aktionen sind, desto brutaler werden sie.

Er liest das Polizeiprotokoll:

> *Nach Fortführung des Films folgten Stinkbomben, bis als Höhepunkt aus kleinen Pappkartons weiße Mäuse in solcher Zahl losgelassen wurden, dass man auf einen Ausverkauf dieses Artikels in sämtlichen Berliner einschlägigen Tierhandlungen schließen konnte.*

Und der Pressedienst titelt:

DIE SCHLACHT UM REMARQUE – DER TÄGLICHE NAZISTURM GEGEN »IM WESTEN NICHTS NEUES« – SUFF, HURRA UND HAKENKREUZ

Abend für Abend ist in Berlin die Gegend um den Nollendorfplatz Kriegsgelände. Die Jünglinge vom Dritten Reich, meistens Halbwüchsige und Schüler, trainieren sich im Straßenkrawall, überfallen die Besucher des Films und üben sich im Grölen unflätiger Hetz- und Schmutzlieder. Weil die Polizei den Rowdys den Zutritt zum Mozartsaal verwehrt hat und die Brüder nicht mehr mit weißen Mäusen, Stinkbomben und Ratten angeben können, haben sie jetzt den ganzen Westen unter Terror gesetzt. Da ungemein viel lichtscheues Gesindel mit den Nazis sympathisiert und die SA zu einem großen Teil aus Vorbestraften besteht, überrascht es nicht, dass das kriegerische Gesindel die Demonstrationen auch zu Plünderungen ausnutzt.

DAS GAS IN DER HAND

Die Hakenkreuzburschen haben unter Jubel und Pfeifen sechs berittene Schutzpolizisten überfallen und mit Pflastersteinen und Eichenknüppeln auf sie eingeschlagen. Mit Feuerwerkskörpern wurden die Pferde erschreckt, die zu Fall kamen. Die Polizisten mussten sich unter dem Hagel der Steine vorerst zurückziehen. Angeführt wurde die Meute von Herrn Goebbels, der mit seinem Mercedes-Luxusauto angerollt kam und – die Hand zum römischen Gruß erhoben – eine geradezu schamlose Hetzrede hielt. Er betonte, dass man im Mozartsaal nur mit weißen Mäusen und Stinkbomben in die Schlacht gezogen sei. Bald aber werde man »andere Gase in der Hand« haben. Wenn die Nazis den Knüppel schwingen würden, so müssten in großer Anzahl Köpfe rollen. »Aber«, so rief der tapfere Joseph, der im Krieg zu Hause geblieben ist, mit einem zynischen Grinsen, »streng legal natürlich. Wir machen ja alles legal.«

Anschließend hat die Meute ein Bierrestaurant überfallen und auf die Gäste eingeschlagen, das Künstlerlokal »Lunte«, in dem mittellose Schauspieler und Maler verkehren, wurde auseinandergenommen. Dazu erklangen Rufe wie »Juda verrecke«. Menschen, die jüdisch aussehen, wurden angegriffen und auf der Straße verfolgt. Erst gegen Mitternacht bekam die Polizei die Lage in den Griff.

Weiß seufzt und beschließt, sich vom neuen Polizeipräsidenten Albert Grzesinski einen Brief unterzeichnen zu lassen, mit dem er von Innenminister Severing mehr Polizeikräfte anfordert.

Doch Grzesinski verweigert die Unterschrift. Das Schreiben kommt mit dem Vermerk zurück: *Abgelehnt!*

So gut wie im Frauengefängnis in der Barnimstraße hat es Lieschen Neumann lange nicht mehr gehabt. Sie bekommt genug zu essen, trägt saubere Anstaltskleidung, die aus einem blauen Kleid, einem weiß-blauen Halstuch und blauen gestrickten Wollstrümpfen mit einem roten Streifen besteht. Wer friert, bekommt darüber hinaus eine dicke blaue Jacke.

Schwangere Frauen werden von Gefängnis nicht verschont, dieser Zustand ist kein Hinderungsgrund für eine Haft. Im Gefängnis gibt es ein Lazarett mit achtunddreißig Betten und eine Mutter-Kind-Station, in der Mütter mit ihren Kindern zusammen wohnen können. Es gibt Spielsachen, Blumenschmuck ist erlaubt und es kommt sogar ein Arzt vorbei. Nach dem Ende der Stillzeit müssen die Frauen ihre Kinder zu Verwandten oder in Waisenhäuser geben.

Lieschen Neumann gilt als unkomplizierte Gefangene, sie ist hilfsbereit und freundlich. Beschwerden durch die Schwangerschaft halten sich in Grenzen. Besuch von ihren Eltern oder ihrer Schwester bekommt sie nicht. Aber das ist kein Problem für Lieschen.

Ein Pastor kommt einmal die Woche zu ihr, diese Sorte

kennt sie schon aus ihrer Schule. Immer den Namen Gottes auf den Lippen und anderen Moral aufdrücken wollen. Sie lässt es über sich ergehen.

Mit manchen Frauen kann sie sogar rumalbern. Viele sitzen Strafen wegen kleiner oder größerer Diebstahlsdelikte ab. Als veritable Mörderin genießt Lieschen in dieser Gesellschaft höchstes Ansehen.

Sie prahlt mit der Tat. Endlich ist sie jemand.

Alle Frauen lieben Jakob. Eine Journalistin macht keine Gefangenen. Die junge Frau soll nach Wien zurück.

Jakob Tiller bietet an, Leo nach Hause zu bringen. Er fährt ein altes Auto, das der *Vossischen* gehört. Nach dem zweiten Bier hat er gefragt, ob er sie duzen darf.

»Wenn du kein drittes Bier mehr trinkst – ja«, hat sie geantwortet. »Ich möchte heil ins Bett kommen. Mein Bedarf an Wunden ist gedeckt.«

»Wenn du jemanden brauchst, der dich pflegt, sag mir Bescheid«, meint er schelmisch. »Ich habe kräftige Hände, die wahre Wunder vollbringen.«

»Die hat meine Wirtin auch«, lacht Leo. Sie erzählt, wie Frau Pawlowski den Grafen Schmettow mit dem Kerzenleuchter massiert hat. »Was wirst du über deinen Tag in der Drontheimer Straße schreiben?«, fragt sie dann.

»Ich werde mich an einer Milieustudie versuchen. Frau Tergit meinte, ich müsse von den Krawallgeschichten runter.«

»Wie ist die Tergit denn so?«

»Sie macht keine Gefangenen.«

»Was heißt das?«

Tiller überlegt. »Wenn sie jemanden mag, fördert sie ihn, auch wenn er sich dämlich anstellt. Wenn ihr einer dumm kommt, kann er einpacken. Jedenfalls hat sie mehr Führungseigenschaften als mancher Mann.«

»Und? Mag sie dich?«

»Es gibt keine Frau, die mich nicht mag!« Tiller lacht und wirft den Kopf zurück.

»Hab ich ein Glück, dass ich dich kennenlernen durfte«, spottet Leo.

Draußen ist es zwar noch kalt, aber der stramme Wind hat sich gelegt. Tiller gibt Leo eine dicke Wolldecke. Sie wickelt sich darin ein und setzt sich auf den Beifahrersitz. Langsam rumpelt das Auto über die Drontheimer Straße, die inzwischen wie ausgestorben wirkt. Die Pfützen auf dem Pflaster glänzen vereist. Leos Stirnwunde schmerzt. Das Auto hält vor der Pension. Tiller steigt aus, befreit seine Passagierin von der Decke und faltet sie zusammen.

»Wann hast du eigentlich normalerweise Feierabend?«, fragt er.

»Um sechs. Wenn nichts Außergewöhnliches anliegt.«

»Kommst du mal mit mir ins *Romanische Café*? Dann kann ich dich mit meiner Chefin bekannt machen, der Tergit. Für den Fall, dass du dich verändern willst. Und mit jeder Menge anderer Künstler.«

Leo zögert. »Die Bude ist mir eigentlich zu verräuchert.«

»Das sind alle Kneipen in Berlin.«

Vielleicht wird Winterstein zufällig da sein, denkt sie und stimmt zu.

Tiller verabschiedet sich und steigt zurück ins Auto. Die Vossische Klapperkiste rattert davon.

Die Wirtin hat die beiden Polizisten, die die Pension im Auge behalten sollen, wegen der Kälte ins Haus geholt und ihnen die Kartoffelsuppe vom Mittag heiß gemacht.

Leo wird abgefangen. »Hier ist ein Brief aus Wien für Sie.«

Liebes Kind, wir erwarten dich sehnlichst über die weihnachtlichen Feiertage – schreibt Leos Mutter.

Uns geht es im Großen und Ganzen gut, aber in der Stadt nehmen nach der Nationalratswahl im November die Aggressionen zwischen den Parteien zu. Jeder versucht den politischen Gegner in ein schlechtes Licht zu rücken und besonders tun sich dabei die Nationalsozialisten hervor, die mit drei Prozent schlecht abgeschnitten haben und nicht in den Nationalrat einziehen. Die Schlappe will die NSDAP durch Attentate, Sprengstoffanschläge und Schlägereien ausgleichen. Die Gewalt gegen Juden nimmt zu.

Dein Vater spielt deshalb mit dem Gedanken, Wien zu verlassen und nach London überzusiedeln. Unser Freund Wolfgang Korngold hat Pläne, in den USA in der Filmindustrie Fuß zu fassen. Er lässt dich grüßen. Er und Luzi bedauern noch immer, dass du Wien verlassen hast. Überall kann man lesen, dass die Lage in Berlin noch viel schlimmer ist. Ich mache mir Sorgen um dich. Wenn wir Wien verlassen sollten, würden wir dich gern mitnehmen.

Deine Mutter

Mutters Beschreibungen sind beklemmend, denkt Leo. Überall Gewalt. Gewalt, die sich mit demokratischen Mitteln nicht stoppen lässt. Die gleichen widerlichen Sprüche, die gleiche Abscheu und die gleichen Hassattacken wie in Berlin. Die Erschaffung des neuen Menschen basiert auf Hass, Gewalt, Denunziation und Gemeinheit.

Dieser neue Mensch ist – laut Dampfplauderer Goebbels – »idealistisch, heroisch, von einfacher, nobler Natürlichkeit, wohlproportioniert, selbstsicher, unerschrocken«. Demgegenüber steht der fremdrassige Untermensch: »materialistisch und parasitär, feige, hässlich und hinterhältig«. Der Unreine als Unglück für die Reinen und der Jude als plastischer Dämon des Verfalls.

Leo denkt an Wolfgang Korngold. Ein begnadeter Komponist, der 1926, erst neunundzwanzig Jahre alt, mit dem Kunstpreis der Stadt Wien ausgezeichnet worden ist. Für ihre Eltern der passende Schwiegersohn, zumal er auch Jude ist. Leo hat jedoch nur schwesterliche Gefühle für ihn aufbringen können, er hat schließlich eine ihrer Freundinnen geheiratet, Luzi von Sonnenthal, mit der er inzwischen zwei Söhne hat.

Wer bekommt die neuen Stiefel eines sterbenden Soldaten? Auch Thomas Mann hat was zu sagen.

Am 11. Dezember 1930 verbietet die Filmoberprüfstelle den Film *Im Westen nichts Neues* nach dem Roman von Erich Maria Remarque. Diese Entscheidung ist ein Schlag ins Gesicht aller Demokraten und Kunstschaffenden. In den USA, wo der Film produziert wurde, hat kaum jemand Verständnis für die Entscheidung, zumal der Film bereits vor Wochen von der unteren Filmprüfstelle freigegeben worden ist. Jetzt haben die Gegner erfolgreich die übergeordnete Filmoberprüfstelle angerufen.

Lukas Fox stürzt sich auf das Thema und titelt im Pressedienst:

UNTERDRÜCKUNG DER WAHRHEIT DURCH VERBOT DES FILMS »IM WESTEN NICHTS NEUES«

Der Grund für das Verbot: Gefährdung des Ansehens Deutschlands. Der Film ist ein Schrei nach Menschlichkeit. Es ist blödsinnig, so große Werke verbieten zu lassen! Sie sind da und sie wirken, sie zwingen einen jeden zur Auseinandersetzung und kein Verbot wird sie aus der Welt schaffen. Bei dem Verbot handelt es sich um eine politische Entscheidung, hervorgewachsen aus der gegenwärtigen inneren Lage Deutschlands. Der nationalistische Block, der es nicht vermocht hat, im Reichstag den bisherigen Kurs der Politik umzuwerfen, stürzt sich nun auf den Film.

REICHWEHR BEANSTANDET DIE WIRKLICHKEIT

Die Reichswehr hatte in der Anhörung vor dem Zensor ihre Beanstandungen zu dem Film aufgezählt: »Das jämmerliche Heulen und Schreien der Freiwilligen beim Trommelfeuer und ihre ständig angstverzerrten Gesichter. Ihr wildes, gieriges, unappetitliches Fressen. Das Hineinwerfen der Rekruten in eine Schlammpfütze auf dem Exerzierplatz. Die Szene, in der ein sterbender Kamerad besucht wird und in der die Freiwilligen darüber zu verhandeln beginnen, wer seine schönen neuen Stiefel bekommen soll.«

GEFÄHRDUNG DER ÖFFENTLICHEN ORDNUNG

Das Reichsinnenministerium behauptet, sich Sorgen um das deutsche Volk zu machen: »Es befindet sich in einem Zustand so tiefer seelischer Not und innerer Zerrissenheit, dass alles abzulehnen ist, was diesen Zwiespalt noch vertiefen kann.« Man habe Sorge, dass eine weitere Vorführung des Films zu einer nicht mehr tragbaren seelischen Belastung und zu immer stärkeren leidenschaftlichen Auseinandersetzungen führen muss, die eine unmittelbare Gefährdung der öffentlichen Ordnung bedeutet.

THOMAS MANN: EXZENTRISCHE BARBAREI

Der Nobelpreisträger Thomas Mann liefert nach einer Privataufführung des Films folgende Analyse der nationalsozialistischen Bewegung: Sie sei eine »Riesenwelle exzentrischer Barbarei und primitivmassendemokratischer Jahrmarktsrohheit, die über die

Welt als ein Produkt wilder, verwirrender und zugleich nervös stimulierender, berauschender Eindrücke auf die Menschen einwirkt«.
Der nationalistische Block hat einen Sieg über den deutschen Innenminister davongetragen, der sich gegenüber dem Angriff schwach und schwankend gezeigt hat.

TRAUM VON EINEM NEUEN KRIEG?
»Im Westen nichts Neues« ist die Verfilmung eines pazifistischen Buches, das ein Welterfolg ist, das alle wirklich ernsthaften Frontkämpfer in Deutschland und in der ganzen Welt mit tiefster Bewegung gelesen haben. Der Film ist verboten, aber die Aufklärung über die Wirklichkeit des Krieges lässt sich nicht verbieten. Mehr denn je zuvor muss den jungen Generationen, die den Krieg nicht mehr aus eigener Anschauung kennen, die Wirklichkeit des Krieges vor Augen geführt werden, damit sie nicht zur Beute jener werden, die von einem künftigen großen Krieg Deutschlands träumen!

Humpelstilzchen will Journalisten mit Rizinusöl quälen. Ein Kind sieht den leibhaftigen Teufel und hat Angst.

Gauleiter Dr. Joseph Goebbels ist direkt nach der Urteilsverkündung informiert worden. Das Verbot des Remarque-Films in so kurzer Zeit durchzusetzen – das bringt nur ein Mann mit einer besonderen rhetorischen Begabung und unglaublichem Mut fertig. Ein Mann wie er. Vorausschauend hat er dafür gesorgt, dass einige Mitglieder der Filmoberprüfstelle den Zielen seiner Partei nahestehen.

Schon das Buch des Schriftstellers Remarque ist ihm ein

Dorn im Auge gewesen. Filme jedoch haben bei den meisten Menschen eine viel größere Wirkung, weil sie ihre Aussagen über Bilder transportieren, die der Mensch nicht selbst erfinden muss wie beim Lesen. Goebbels hat sich vorgenommen, eine rein deutsche Filmindustrie aufzubauen, wenn die Macht endlich in den richtigen Händen liegt. Aber zuerst muss er das Judenpack, das Babelsberg dominiert, zum Teufel jagen.

Für den Abend hat er zweitausendfünfhundert Kameraden von der Sturmabteilung zu einer geheimen Versammlung eingeladen. Die Fragen an den Gauleiter mussten bis zum Nachmittag schriftlich eingereicht werden.

Der Festsaal des Roten Rathauses ist mit Stühlen bestückt und mit riesigen Hakenkreuzbannern geschmückt. An der Wand ein Porträt Adolf Hitlers, dessen Anblick man nicht entrinnen kann. Der Saal füllt sich und der Hitlergruß lässt die Menschen als hektische Aufziehpuppen erscheinen.

Goebbels erinnert sich an seinen Abituraufsatz. Er hat damals den besten Text seines Jahrgangs geschrieben, so sein Ordinarius. Doch die Abschlussrede hat er nicht halten dürfen. Der Lehrer klopfte ihm seinerzeit auf die Schulter: »Talentiert sind Sie ja, Goebbels, aber zum Redner leider nicht geboren.« Wie der sich geirrt hat!

Der Saal ist gefüllt. Goebbels hinkt zum Rednerpult. Die Filmkameras senken sofort die Objektive. Bilder von seiner körperlichen Unvollkommenheit sind nicht erwünscht.

Der Gauleiter spricht die Begrüßungsworte und erwähnt das Filmverbot. Beifall braust auf und Heil-Hitler-Rufe ertönen.

Die erste schriftliche Frage wird verlesen. Der Mann will wissen, wie sich die Nationalsozialisten künftig im Reichstag verhalten sollen. »Soll das mit den Schlägereien während der Sitzungen so weitergehen?«

Goebbels: »Wenn viele Parteigenossen glauben, dass das so

weitergeht, muss ich Ihnen sagen, dass das nicht möglich ist. Aber so lange ein sozialdemokratischer oder roter Abgeordneter unsere Kameraden als Mörder bezeichnet, holen wir ihn von der Bühne. Dann hauen wir die Roten aus dem Reichstag, dass sie das Wiederkommen vergessen. So was wird dem Volk imponieren.«

Eine Frage nach den erwünschten Ministerposten bei einer Regierungsbeteiligung beantwortet er so: »Wir wollen das Reichswehr-, das Polizei- und das Kultusministerium. Ich will Innenminister werden und mich aber immer als Parteifunktionär fühlen. Wenn ich dann von einer Zeitung angegriffen werde, schicke ich die Sturmabteilug hin und zwinge die betroffenen Redakteure, einen Liter Rizinusöl zu trinken. Als Minister sorge ich dann dafür, dass die Polizei erst eine halbe Stunde später eintrifft, wenn alles vorbei ist.«

Gegröle im Saal. Manche imitieren Furz-Geräusche und haben ihren Spaß. Eine Handbewegung bringt die Meute zur Ruhe. Mit schriller Stimme sagt Goebbels: »Der Terror der Kommunisten kann aber erst gebrochen werden, wenn genug von diesen Leuten um die Ecke gebracht worden sind. Und die Juden sollen den Volkszorn zu spüren bekommen. Sie sind unser Unglück. Das Volk wird handeln, wenn der Tag gekommen ist. Dann werden die Synagogen zu Klump geschlagen, die jüdischen Geschäfte ausgeräumt und die Saujuden enteignet.«

Tosender Beifall und Rufe wie »Juda verrecke« und »Allen Juden das Verderben, ihr müsst fliehen oder sterben!«. Und: »Schlagt alle Juden tot!«

In einer Pause wird Alkohol ausgeschenkt. Die weiteren Fragen interessieren niemanden mehr, man will handeln.

Gegen Mitternacht ziehen die SA-Leute zum Nollendorfplatz und knüppeln alles nieder, was jüdisch aussieht oder ihnen sonst nicht passt. Der Polizei gelingt es nur mühsam, wieder für Ruhe zu sorgen.

Goebbels zieht sich zurück. Er verlässt den Festsaal in Begleitung seiner Adjutanten. Sein Fahrer wartet bereits, der Motor läuft sich warm. Dieses Wetter ist die Hölle für den Fuß. Goebbels hat Schmerzen und zieht ihn mehr als sonst nach.

Ein kleines Mädchen an der Hand seiner Mutter beobachtet die Szene. »Mama, da ist der Teufel!«, schreit das Kind und versteckt sich hinter der Mutter.

Gutachter Dr. Felix Abraham hat seine Untersuchung der psychischen Konstitution des Angeklagten Richard Stolpe beendet. Er hat bereits viele solcher Berichte geschrieben. Sie sollen den Juristen das Urteil über Menschen erleichtern. Rechtsgelehrte Aktenmenschen können sich wohl nicht wirklich in das Seelenleben von Straftätern einfühlen und brauchen daher die psychologischen Gutachten. Den Juristen sind die Lebensumstände der Angeklagten ja eher fremd. Das wahre Innenleben Stolpes ist aber auch dem Gutachter ein Rätsel geblieben. Abraham führt aus:

> *Stolpe spricht nicht gern über sich. Er stammt aus dem Proletariat. Er ist ungelernter Arbeiter. Die Volksschule hat er nicht lange besucht. Sein Vater, dem man die Degeneration ansieht, ist auch ungelernter Arbeiter, zuweilen soll er sich dem Trunk ergeben. Die Mutter Stolpes ist tot. Die Ehe der Eltern war durch den oft trinkenden und zankenden Vater unglücklich. Die Mutter hielt die Familie zusammen. Sie hing mit besonderer Liebe an Richard. Das Verhältnis zum Vater dagegen ist ungünstig. Stolpe ist nicht dumm, aber geistig faul. Er ist ein Kind dieser Zeit, die von Arbeitslosigkeit, Elend und Gewalt geprägt ist. Er ist zwar in der Lage, Menschen gegenüber positive Gefühle zu entwickeln, wenn er sie mag. Eine grundsätzliche Empathie für andere ist ihm jedoch fremd. Zu seiner »Braut« Lieschen hat er eine ambivalente Beziehung. Er gibt zu, sie oft geschlagen*

zu haben, wenn sie nicht »spurte«, er bezeichnet sie als »Rummelplatznutte«, träumt gleichzeitig von einem normalen Familienleben mit ihr und dem Kind, von dem er sicher ist, der Vater zu sein.

Abraham schließt das Gutachten mit der Feststellung, dass Stolpe in vollem Umfang schuldfähig sei und die Konsequenzen seines Handelns habe erkennen können.

Falls vor Gericht keine erheblichen entlastenden Momente mehr auftauchen, bedeutet das die Todesstrafe.

Abraham schickt sein Gutachten per Kurier zum Landgericht III. Hier wird es zu den Akten genommen und der Staatsanwaltschaft sowie den Verteidigern zugestellt.

Die junge Frau sieht eine Spinne auf Beutetour. Eine verruchte Sexgöttin verdirbt den Abend.

Jakob Tiller hat es geschafft, Leo zu einem Abend im *Romanischen Café* zu überreden.

Leo kennt den Spruch von Erich Kästner: »Das *Romanische Café* ist der Wartesaal der Talente. Es gibt Leute, die hier seit zwanzig Jahren, Tag für Tag, aufs Talent warten. Sie beherrschen, wenn nichts sonst, so doch die Kunst des Wartens in verblüffendem Maße.«

»Warst du noch nie hier?«, fragt Jakob Tiller.

»Doch, aber nur kurz«, antwortet Leo. »Ich sah sogar die Tergit beim Schachspiel – umringt von ihren Bewunderern.«

Das Taxi reiht sich in die Schlange der Taxis ein, die sich vor dem Entree des Cafés gebildet hat.

»Im Sommer ist alles viel lockerer«, erzählt Tiller. »Da kann man stundenlang draußen auf der Terrasse sitzen.«

Er bezahlt und beide steigen aus. Der Wind bläst Leos Hut fort. Tiller hinterher. Es sieht komisch aus, wie er einige Male nach dem Hut greift, ihn wieder verliert und es doch immer wieder versucht. Leo muss lachen und winkt ihm zu. Der Hut bleibt schließlich am Fuß einer Laterne liegen.

Tiller ist außer Atem. Sein dunkles Haar ist durcheinandergeweht und feucht. Auch Leos Haar kräuselt sich.

Er überreicht ihr die Kopfbedeckung. »Du bist mein Held«, sagt sie und küsst ihn auf die Wange.

»Nur ein Kuss?«, schmollt er. »Ich hätte überfahren werden können.«

Er deutet auf die ungeküsste Wange. Sie schmatzt extra laut, sie lachen und laufen Richtung Eingang.

Sie geben ihre Mäntel an der Garderobe ab und bekommen eine Nummer. Leo wirft einen Blick in den Spiegel. »Meine Frisur ist hin«, stellt sie lapidar fest.

»Du siehst umwerfend aus«, behauptet Tiller und greift ihren Arm.

Das »Nichtschwimmerbecken« mit den Möchtegern-Künstlern ist halb gefüllt, im »Schwimmerbecken« sitzen die Anbeter und Anbeterinnen neben ihren Idealen und vergehen in Andacht.

»Da ist die Tergit.«

Leo folgt Jakobs Blick. Ja, da sitzt sie wieder und spielt Schach – umringt von Beobachtern. Diesmal im schwarzen Herrenanzug, eine Brille auf der Nase. Der Bubikopf ist sehr kurz geschnitten und mit Pomade an den Schädel geklebt. Fast männlich.

Leo und Tiller schieben sich durch die Besucher. Jetzt kann Leo auch Tergits Schachgegner erkennen. Er ist es!

»Sie spielt gegen Winterstein!«, sagt Jakob Tiller erstaunt. »Dieser Mann hat irgendetwas, was die Frauen schwach werden lässt. Sogar die Tergit ist hin und weg. Guck mal, wie sie ihn anschmachtet.«

Tatsächlich. Winterstein starrt aufs Schachbett, überlegt den nächsten Zug, streicht das dunkle Haar zurück; Tergit lässt ihn nicht aus den Augen und hat ein kleines Lächeln im Gesicht. So lauern Spinnen auf ihre Beute, denkt Leo.

»Ein interessanter Mann«, raunt sie. »Was weißt du über ihn?«

»Nicht viel. Er ist Verleger und gibt einige Zeitschriften heraus. Um ihn ranken sich allerdings viele Gerüchte. Er soll der letzte Liebhaber von Anita Berber gewesen sein.«

Leo macht große Augen. »Anita Berber? Die Nackttänzerin?«

»Genau die! Die sündige Ikone Berlins. Die Göttin der Nacht.«

Das muss Leo verkraften. Winterstein und diese schamlose Berber. Deren Ruf ist in ganz Europa bekannt und fast jeder Mann, der sexuell noch aktiv ist, bekommt heftigen Speichelfluss, wenn er ihren Namen hört. Ihre Fotos werden immer noch überall verbreitet.

»Ist die Frau denn noch in Berlin?«

»Sie ist tot. Vor zwei Jahren ist sie in Damaskus auf einer Bühne zusammengebrochen«, plappert Tiller weiter. »Alkohol und Kokain und zu viel Sex. Mit beiden Geschlechtern. Sie ist dann im Kreuzberger Bethanien-Krankenhaus gestorben. Der Kreis der Trauernden bei ihrer Beerdigung war enorm. Da marschierten neben prominenten Filmregisseuren die Huren der Friedrichstraße, Strichjungen und Hermaphroditen aus dem *Eldorado*, berühmte Künstler weinten zusammen mit Barmixern. Herren im Zylinder reichten den bekanntesten Transvestiten Berlins ihre Taschentücher. Ich habe damals den Artikel darüber schreiben dürfen. Eins meiner ersten Werke für die *Vossische*.«

Saures macht doch nicht lustig und ein echter Gentleman wird noch lange nicht heiliggesprochen.

Gabriele Tergit stößt einen lauten Fluch aus und legt den König flach aufs Brett. Applaus. Winterstein hat das Schachspiel gewonnen. Er lächelt, nimmt Tergits Hand und küsst sie.

»Gibt es hier nichts zu trinken?«, fragt Leo. »Und ich würde mich auch gern hinsetzen.«

»Entschuldige. Dahinten ist ein freier Tisch.«

Leo setzt sich so, dass sie Tergits Tisch nicht mehr sehen muss. Sie ärgert sich, dass sie sich ärgert. Winterstein und die schlimmste Skandalfrau Europas ein Paar? Hat er sie geliebt? War er ihr hörig? Oder sie ihm?

Die Kellnerin fragt nach ihren Wünschen. Leo will Zitronenlimonade. Sie hasst das saure Zeugs, aber es passt zu ihrer schlechten Stimmung. Tiller ordert Bier.

Die Tergit erhebt sich. Tiller winkt ihr zu, Tergit winkt zurück und macht eine Handbewegung, die Trinken bedeuten soll. Tiller nickt begeistert und deutet auf die zwei freien Stühle am Tisch. Tergit nickt und spricht kurz mit Winterstein. Beide nähern sich.

»Hallo, Jakob, du Naturtalent!«, witzelt die Journalistin. »Heute schon jemanden publizistisch geärgert?«

»Noch nicht. Darf ich dir Leo Wolf vorstellen? Vom Pressedienst.«

Leo dreht sich um. Tergit reicht ihr die Hand. »Ich hab schon viel von Ihnen gelesen, Fräulein Wolf. Oder darf ich Leo sagen?«

»Dürfen Sie«, lächelt Leo. Sie streift Winterstein mit einem Blick.

»Guten Abend, Fräulein Wolf, was machen Ihre Verletzungen?«

Er siezt mich wieder, fällt ihr auf.

»Danke der Nachfrage. Ich sehe bald wieder wie neu aus.«

»Eine schöne Frau bleibt immer eine schöne Frau«, lächelt er.

»Ihr kennt euch?« Die Neugier steht Tergit ins Gesicht geschrieben.

»Flüchtig. Herr Winterstein hat ein paar Hakenkreuzlern, die mich verprügelt haben, Benehmen beigebracht«, nickt Leo.

»Valentin tut so viel Gutes«, grinst Tergit – und zu Winterstein gewandt: »Irgendwann wirst du heiliggesprochen von Papst – wie heißt der Kerl noch gleich? – Pius dem Elften.«

»Setzt euch doch«, bittet Tiller. »Was wollt ihr trinken?«

»Ich nehme einen Rotwein«, sagt Tergit. »Und du, Valentin?«

»Ich nehme …«, er schaut auf Leos Limonade, »… das, was sie hat. Wie nennt man dieses gelbe Getränk?«

»Zitronenlimonade. Sehr sauer.«

»Sehr sauer macht vermutlich auch sehr lustig«, lächelt Winterstein. »Glauben Sie, dass mir ›lustig‹ steht, Fräulein Wolf?«

»Manchen Menschen steht alles«, pariert Leo.

»Ich geh mal nach vorne und hole die Getränke.« Tiller drängelt sich durch die Gäste.

Der Geräuschpegel hat zugenommen. Irgendein angesagter Filmstar mit grauen Schläfen hat das Café betreten, stolz seine neueste, sehr junge Eroberung präsentierend. Hallo-Rufe, Applaus, Lachen und Bitten um Autogramme.

Winterstein neigt den Kopf zu Tergit und sagt etwas zu ihr. Sie hört ihm zu und nickt.

An eine Unterhaltung ist nicht zu denken. Leo nippt an ihrer Limonade. Sie bemüht sich, Winterstein nicht anzusehen, und tut so, als würde sie der Trubel um den Schauspieler interessieren.

Tergit entdeckt Tiller im Gespräch mit Alfred Kerr, dem bekannten Journalisten des *Berliner Tageblatts*.

»Jakob antichambriert lieber bei Kerr, als uns etwas zu trinken zu besorgen«, frotzelt Tergit. »Kennen Sie Kerr?« Die Frage richtet sich an Leo.

»Nur dem Namen nach.«

»Alfred ist ein genialer Formulierer mit einer sehr spitzen Zunge – immer messerscharf treffend. Unseren Berliner Gauleiter *beschenkte* er mit den Worten: ›Goebbels ist ein Wotansfurz‹. Der soll getobt haben.«

»Ich verdurste«, jammert Winterstein und greift nach Leos Glas. »Darf ich?«

Er wartet nicht auf Antwort, packt das Glas, trinkt es aus und schüttelt sich danach. »Und ich hab noch mehr von dem Zeug bestellt!«

»Dann wird es wohl doch kein so lustiger Abend. Aber da kommt Jakob mit dem Wein«, erwidert Leo. »Wir können tauschen, ich nehme das Saure und Sie den Wein.«

Tiller stellt die Flasche hin und reicht Winterstein die Limonade.

Tergit greift sofort zu, füllt sich das Glas, trinkt gierig und wischt sich den Mund ab. »Uff! Das war nötig. Und jetzt muss ich was mit dir besprechen, Jakob. Natürlich dienstlich. Fährst du mit mir zur *Vossischen*?«

»Was? Um diese Uhrzeit?« Tiller ist konsterniert.

»Ja, ich hab die Unterlagen, um die es mir geht, in der Redaktion.«

»Ich bin doch mit Leo hier«, stammelt der Nachwuchsjournalist. »Wir wollten noch tanzen gehen.«

»Die Arbeit geht vor«, lächelt Tergit. »Kommst du?«

»Ich kann Leo nicht einfach so sitzen lassen.«

»Fahr ruhig, Jakob«, sagt Leo. »Ich nehme ein Taxi.«

»Machen Sie sich keine Sorgen«, sagt Winterstein. »Ich bringe Fräulein Wolf später zu ihrer Pension. Und vorher gehe eben ich mit ihr tanzen.«

Leos Laune sinkt immer weiter. Das alles klingt nicht wie zufällig, sondern wie abgesprochen.

»Mach dir keine Sorgen, Jakob, Valentin ist ein stadtbekannter Gentleman«, lästert Tergit. »Er hat bisher alle Frauen dort hingebracht, wo sie hinwollten.«

»Und ich komme auch ohne einen stadtbekannten Gentleman da hin, wohin ich will«, versichert Leo. »Und den Beweis trete ich jetzt an. Ich wünsche allen noch einen schönen Abend.«

Sie steht auf, holt ihren Mantel und verlässt das Café.

Der schöne Mann bestellt einen Sturm, um der Frau die Liebe zu erklären. Was bedeutet der Marquis de Sade im Schrank?

Das Wetter ist noch schlechter geworden. Der Wind hat zugenommen und beißt. Leo verbirgt das Gesicht im Pelzkragen ihres Mantels und hält den Hut fest. Die Taxis, die sonst vor dem Café warten, sind alle unterwegs.

»Darf ich Sie nicht doch zu Ihrer Pension bringen?«, hört sie Wintersteins Stimme. »Mein Wagen steht ganz in der Nähe.«

»Nein, ich warte auf das nächste Taxi. Machen Sie sich keine Mühe.«

Er tritt an sie heran. »Ich kann verstehen, dass Sie ärgerlich sind«, sagt er leise. »Aber bitte nicht auf mich. Ihr Begleiter hätte das Angebot von Frau Tergit ablehnen können, aber den Mut hatte er wohl nicht.«

Wo ist das verdammte Taxi?, denkt Leo. »Herr Winterstein, Sie sollten sich entscheiden, ob ich für Sie eine Du bin. Dieses Hin und Her irritiert mich.«

Winterstein kommt noch näher, legt seine Hand unter ihr Kinn und schaut ihr in die Augen. Ihr Atem geht schneller.

»Lass mich nicht betteln wie einen Hund. Komm jetzt!« Er schlingt den Arm um ihre Taille, drückt Leo fest an sich und zieht sie fort.

Warum schlage ich seinen Arm nicht weg? Warum schreie ich nicht um Hilfe? Warum beschimpfe ich ihn nicht?

»Wir sind schon da.« Er öffnet die Beifahrertür seiner schwarzen Limousine, drückt sie auf den Sitz und legt eine Decke auf ihre Knie. Er schließt die Tür und geht zur anderen Seite. Jetzt könnte ich noch flüchten, denkt Leo, doch sie tut es nicht.

Es herrscht Chaos in der Stadt. Der Sturm hat Reklametafeln, Fahrräder und Verkehrsschilder auf die Straßen geweht. Sie müssen erst weggeräumt werden. Die Straße zum Alexanderplatz ist gesperrt.

»Ich fahre einen anderen Weg«, kündigt er an. »Und wenn du glaubst, ich hätte diesen Wind bestellt, um dich in mein Auto zu kriegen, bist du schiefgewickelt.«

»Dafür hast du mit der Tergit abgesprochen, dass sie Jakob weglockt, oder?«

»Ja. Ich bekenne mich schuldig. Bekomme ich jetzt eine Strafe?«

»Ich überlege noch.«

Winterstein lacht. Auch Leo kann nicht ernst bleiben. Die Spannung weicht.

»Dahinten liegt etwas auf der Straße«, sagt Leo.

»Ja, ein Baum. Und vor dem Baum rechts steht mein Haus.«

»Und was machen wir jetzt?«, fragt sie. »Wir kommen nicht weiter.«

»Wir stellen den Wagen ab und gehen hinein.«

»Wo hinein? In dein Haus?«

»Ja.«

Er biegt rechts ab und parkt vor einem flachen, hellen Gebäude. Das Licht der Laternen zeigt eines der gerade angesagten modernen Häuser – ohne Stuck, ohne verspielte Ornamente, dafür viel Glas. Ehrliche Kunst ohne Schnickschnack und falsche Romantik.

»Bauhaus!«, ruft Leo. »Das ist aber chic.«

Er steigt aus, öffnet die Beifahrertür und reicht ihr den Arm.

»In Wien werden solche Häuser jetzt auch gebaut«, erzählt sie. »Die meisten finden sie schrecklich, vergleichen sie mit Fabrikhallen oder Werkstätten.«

»Alles Neue braucht seine Zeit, um sich durchzusetzen.« Winterstein schließt die Tür auf, macht Licht. »Willkommen.«

Ein großes Entree mit sparsamer Möblierung, ein Steinboden, belegt mit Teppichen, die ein klares geometrisches Muster zeigen. An den Wänden zeitgenössische Expressionisten: Otto Dix, Carl Hofer, George Grosz und Christian Schad.

»Das Haus hat der Architekt Erich Mendelsohn gebaut«, erklärt Winterstein. »Er hat diese Baurichtung miterfunden.«

»Lebst du allein hier?«, fragt sie.

»Im Prinzip schon«, antwortet er.

»Was meinst du damit?«

»Ich habe oft Gäste, die manchmal auch etwas länger bleiben. Was möchtest du trinken?«

»Champagner – wenn du hast. Sonst Wein.«

»Ich schaue nach.« Er verschwindet.

Leo geht zu einem Bücherregal und schaut sich die Buchrücken an. Neben deutschen Klassikern gibt es Werke von Bertolt Brecht, Erich Kästner, Erich Maria Remarque, Kurt Tucholsky, Arnold Zweig und … Marquis de Sade. Aha, denkt sie.

Der schöne Mann erklärt die Liebe, stellt eine Frage und verweigert den Schlüssel. Champagner eignet sich nicht nur zum Trinken.

Winterstein kehrt mit einer Flasche Champagner und zwei Gläsern zurück.

»Ich war kurz draußen und hab mir das Desaster angeschaut«, sagt er. »Der Baum hat die Straße unpassierbar gemacht und muss erst weggeschafft werden. Das dauert einige Stunden. Du wirst hier übernachten müssen. Ich habe Gästezimmer.«

»Kann man die Tür von innen abschließen?«

»Nein, natürlich nicht«, lächelt er. »Mein Damenbesuch bekommt nie Schlüssel. Du bist allerdings die Erste, die danach fragt.«

»Dein schlechter Ruf eilt dir voraus.«

»Üble Nachrede.« Seine Empörung ist gespielt. »Lass uns anstoßen. Ich freue mich, dass du hier bist. Darf ich dir eine Frage stellen?«

Die Gläser klingen.

»Alle Fragen sind erlaubt, aber ein Recht auf Antwort gibt es nicht«, erklärt Leo. »So hältst du es doch auch, oder irre ich mich?«

»Hast du eigentlich ein erotisches Interesse an diesem Tiller?«

Leo muss lachen. »Ich kenne ihn erst kurze Zeit. Wie soll ich das wissen?«

»Das spürt man doch. Dieses heftige und plötzliche Wohlgefallen, das entsteht, wenn man jemanden zum ersten Mal sieht oder ihn sprechen hört.«

»Dann kann ich Tiller wohl abhaken«, sagt Leo. »Da war nichts Heftiges und Plötzliches und das Wohlgefallen hält sich auch in Grenzen. Kann ich mich bei Bedarf noch mal an dich wenden, um mir die Liebe erklären zu lassen?«

»Amantes amentes«, sagt er. »Verliebte sind von Sinnen. Sie entwickeln übernatürliche Kräfte.«

»Dann hast du das Unwetter doch bestellt?«

»Ja, ich gebe es zu. Ich habe den Baum mit der Kraft meiner Gedanken zu Fall gebracht«, behauptet Winterstein. »Ist jetzt alles zwischen uns geklärt?« Er nimmt ihr Glas und füllt es wieder auf.

Der Champagner rötet ihre Haut und ihr wird warm. Sie legt die Strickweste ab, um wieder auf Normaltemperatur zu kommen.

Der Mann ist rätselhaft, denkt sie, seine Ironie verwirrt und diese Kombination von Rätsel und Ironie ist sehr erregend. Nach zwei weiteren Schlucken Champagner öffnet sie den Kragen ihrer Bluse.

Winterstein sitzt auf dem Sofa unter dem Dix und beobachtet die Show mit wachem Interesse. »Bestes Kabarett … Lass dich bitte nicht stören.«

Sie schleudert die Stiefel von den Beinen. »Recht so?«, fragt sie.

»Nicht schlecht. Wenn es mit dem Journalismus nicht mehr klappen sollte, kannst du in einem Tanzcafé reüssieren.«

»Werd bloß nicht frech«, warnt sie.

»Und jetzt zieh bitte die Bluse aus. Sonst mache ich es.«

»Dann friere ich vielleicht«, gibt sie zu bedenken.

»Ich schwöre dir, dass du nicht frieren wirst.« Er lässt sie nicht aus den Augen. »Also?«

Leo hält inne. Alles läuft in eine Richtung, die sie zwar selbst vorgegeben hat, jetzt aber nicht mehr einschlagen will.

Winterstein bemerkt ihr Zögern, ist schnell bei ihr, drückt sie gegen die Kante des großen Esstisches.

Er hat ihre Bluse schneller in der Hand, als sie sich zu Ende wundern kann.

»Seit ich dich kenne, denke ich an dich … kann nicht aufhören damit. Sag mir, ob du das lächerlich findest!«

»Amantes amentes«, antwortet sie und schaut ihm in die Augen.

Er küsst ihren Hals, hebt sie hoch, setzt sie auf den Tisch und streift den Büstenhalter ab. Leo hat die Augen geschlossen. In welchem Traum befindet sie sich?

Plötzlich spürt sie Kühles auf der Haut. Sie blinzelt. Winterstein ist über ihr. Ganz langsam schüttet er Champagner zwischen ihre Brüste, beugt sich hinab und leckt ihn auf. Seine Haare streicheln ihre Haut. Er hebt den Kopf und schaut ihr in die Augen. *Amantes amentes.* Er weiß jetzt, dass sie es auch will, und sie weiß, dass er es weiß. Er schiebt ihren Rock hoch, lässt den Champagner in ihren Nabel fließen. Er senkt wieder und wieder den Kopf. Sie windet sich.

»Sag, dass du es auch willst«, flüstert er. »Sag es endlich!«

Leo gibt ihm die erhoffte Antwort, er lockert den Gürtel seiner Hose und ist in ihr.

Der schöne Mann spielt das Dornröschen und will sein Leben ändern. Eine schwangere Frau knallt durch.

Am Morgen ist der umgestürzte Baum vor Wintersteins Haus zerkleinert und weggeräumt worden. Der Weg zum Alexanderplatz ist frei. Winterstein hat Leo nach der intensiven und erfüllenden Begegnung auf dem Esstisch in sein Bett gebracht, einzelne Übungen wiederholt und verfeinert. Leo liegt liebessatt im Bett und schläft.

Er betrachtet sie. Eine schöne, mutige und intelligente Frau mit Humor und Selbstironie. Wenn ich sie behalten will, muss ich in meinem Leben aufräumen, denkt er. Alten Ballast abwerfen, frei sein für ein neues Leben. Er ist vierzig und noch nicht zu alt, eine neue Richtung einzuschlagen.

Winterstein will Leo nicht aufwecken, muss aber weg. Er schreibt ihr ein paar Worte.

Leo, es war so schön mit dir. Ich möchte immer bei dir sein. Kennst du das Märchen von Dornröschen? Das wachgeküsst wird und nach langer Zeit wieder lebt? Ich fühle mich wie Dornröschen. Nur dass ich ein Mann bin. Dein Mann. Bleib bei mir. Ich melde mich. In Liebe – Valentin

Er steckt das Papier in einen Umschlag und legt ihn neben ihren Kopf. Leise verlässt er das Zimmer. Wenig später bringt ihn der Fahrer in die Innenstadt.

»Was machen Sie hier?«, kreischt eine Frauenstimme.

Leo wacht auf und braucht eine Weile, um zu wissen, wo sie sich befindet. Vor ihr steht eine blonde Frau mit schwangerem Bauch.

»Wer sind Sie?«, fragt Leo.

»Na, wer wohl? Ich bin Frau Winterstein! Hat sich Valentin wieder ein Flittchen mit nach Hause genommen? Er kann es wirklich nicht lassen.«

»Sie sind seine Frau?«, fragt Leo.

»Was denn sonst? Verlassen Sie sofort das Haus!«, schreit die Schwangere. Ihr hübsches Gesicht ist verzerrt vor Wut. Sie geht zum Sofa, packt Leos Kleider und pfeffert sie Richtung Bett. »Wenn Sie in drei Minuten nicht verschwunden sind, hole ich die Sittenpolizei.«

Leo schafft es in zwei Minuten und flüchtet. Den Brief übersieht sie.

Auf dem Platz vor dem Haus trifft sie auf Wintersteins Fahrer, der die Frontscheibe trocken reibt. Sie will an ihm vorbei, doch er hält sie zurück.

»Ich soll Sie in die Stadt fahren. Anweisung von Herrn Winterstein.«

So serviert er wohl alle seine Liebschaften ab, denkt Leo.

»Wo gibt es hier in der Gegend ein Telefonhäuschen?«, fragt sie den Fahrer. Er beschreibt den Standort an einem Park in der Nähe.

Nimm Rücksicht auf Wartende – fasse dich kurz!, mahnt

ein Emailleschild am Dach der Telefonzelle. Leo fasst sich sehr kurz und bestellt ein Taxi.

Frau Winterstein reißt den Umschlag auf und liest den Brief. Besonders ärgern sie die Worte: *Ich möchte immer bei dir sein. … Bleib bei mir. Ich melde mich. In Liebe – Valentin.*

Sie begreift, dass jetzt wirkliche Gefahr droht. Schnell ist der Brief in kleine Stücke zerrissen und in den Müll geworfen.

In der Pension badet Leo. Wie hat sie sich so gehen lassen können? Sie ist nicht besser als eins dieser Mädchen in der Tauentzienstraße, die für eine warme Mahlzeit mit jedem mitgehen. Sie hat vor Lust geschrien, Dinge gemacht, von denen sie bis dahin nicht wusste, dass es sie überhaupt gibt. Natürlich kennt sie die erotischen Darstellungen aus Griechenland und Rom und andere Meisterwerke der Malerei wie die japanischen Shunga-Bilder, die jede nur mögliche Art von sexuellen Handlungen zeigen, und Aubrey Beardsleys schwarz-weiße Zeichnungen, die oft ins Pornografische abdriften.

Sehen heißt aber nicht fühlen. Wer das Bild einer süßen Frucht betrachtet, weiß immer noch nicht, wie sie schmeckt, wenn er sie nie zuvor gegessen hat.

Ich bin selbst schuld, denkt Leo, ich wusste, dass er eine schwangere Frau hat. Und die hat mir jetzt die Augen geöffnet.

Sie kleidet sich an und fährt mit dem Bus zum Belle-Alliance-Platz. Dort teilt sie Alois Beckmann mit, dass sie über Weihnachten zu ihren Eltern nach Wien fliegt, aber: »Ich bin Anfang Januar wieder da, um den Lieschen-Neumann-Prozess zu betreuen.«

Sie geht in den Redaktionsraum. Dort wird schon hektisch gearbeitet. Der Sturm der vergangenen Nacht hat viele Schäden angerichtet. Wie wahr das ist, denkt Leo, der Sturm in der Nacht hat Schäden angerichtet – und nicht nur an Gebäuden.

Leo räumt ihren Schreibtisch auf, ruft ihren Onkel an und

meldet sich ab. Das Reisebüro hat gute Nachrichten: Ein Flug geht am nächsten Morgen nonstop nach Wien. Der Onkel bietet ihr an, die Nacht in seinem Haus zu verbringen, dann kann er sie am Morgen zum Flughafen Tempelhof fahren. Sie willigt ein. So kann Winterstein sie nicht finden.

»Was ist los? Warum willst du so schnell weg?«, fragt Lukas Fox, als sie sich verabschiedet. »Hast du Heimweh?«

»Ja. Ich habe meine Eltern lange nicht mehr gesehen. Da ist das Weihnachtsfest eine gute Gelegenheit.«

»Ich dachte, ihr Juden feiert kein Weihnachten.«

»Stimmt. Statt des Weihnachtsfests haben wir das Chanukka-Fest. Aber wir haben nichts gegen freie Tage und schöne Geschenke.«

Valentin Winterstein kehrt am späten Nachmittag in sein Haus zurück. Er hat tagsüber versucht, Leo beim Pressedienst telefonisch zu erreichen – erfolglos. Niemand will oder kann ihm Auskunft geben.

Auch in der Pension ist sie nicht mehr – hat ihm die Wirtin verraten. »Das Fräulein hat Berlin verlassen.«

»Wissen Sie, wohin sie ist?«

»Nein, sie ist mit unbekanntem Ziel verreist.«

Er legt den Hörer auf. Das klingt nach Flucht. Was hat er falsch gemacht? Sein Brief war doch eindeutig und liebevoll. Es muss etwas anderes sein, das sie von ihm wegtreibt.

Er betritt das Schlafzimmer. Das Bett ist gemacht, der Brief verschwunden und auch sonst alles, was an die heiße Nacht erinnert. Er fühlt eine leichte Enttäuschung, hat mit einer kleinen Replik auf seinen Brief gerechnet.

Durchs Fenster sieht er den Fahrer, der gerade den Wagen in den Unterstand bewegt.

Winterstein geht nach draußen.

»Haben Sie die junge Dame heute Morgen nach Hause gefahren?«

»Nein, sie wollte wissen, wo es eine Telefonzelle gibt, und ist an mir vorbeigelaufen. Sie schien etwas verwirrt zu sein.«

»Wissen Sie, warum? Ging es ihr gut?«

Der Fahrer druckst herum. »Im Haus war Streit. Ich habe laute Stimmen gehört.«

»Wessen Stimmen?«

»Frau Winterstein kam überraschend vorbei.«

Winterstein spürt einen Schlag in den Magen. Nur das nicht!

Ein kleines Kind erfährt, was Liebeskummer ist. Einem weisen Juden bleibt die Luft weg.

Abendessen beim Vizepolizeipräsidenten. Leo ist elend zumute. Ich habe mich aufgeführt wie die letzte Hure, denkt sie, und er hatte noch nicht einmal die Zeit, mit mir zusammen aufzuwachen.

Auf dem Tisch stehen Rinderbraten mit Dörrpflaumen und Kartoffeln. Der Wein ist von einem schönen Braunrot.

»Du siehst traurig aus«, stellt ihre Tante Lotte fest. »Hast du Liebeskummer?«

Leos Augen werden feucht.

»Mama, was ist Liebeskummer?«, fragt Klein-Hilde.

»Das sagt man, wenn eine Liebe zerbricht und jemand leiden muss«, erklärt Lotte.

»Hast du eine Liebe zerbrochen, Leo?«, fragt das Mädchen.

»Hildchen, lass es gut sein«, bittet die Mutter. »Wie wäre es denn mit Schlafengehen?«

»Nur, wenn du mir noch eine Geschichte erzählst. Die mit dem Rattenfänger.«

Als sie mit ihrem Onkel allein ist, sagt Leo: »Ich hab die letzte Nacht mit Valentin Winterstein verbracht.«

Bernhard Weiß rutscht das Messer aus der Hand. Er starrt seine Nichte ungläubig an. »Aha«, sagt er.

»Es war sehr schön und ich habe es gern und freiwillig getan«, kommt es trotzig.

»Ah ja.«

»Am Morgen kam Frau Winterstein ins Schlafzimmer, hat mich als Nutte beschimpft und mich rausgeworfen.«

»Oje.«

»Sie ist schwanger.«

»Uff!«

Ruhe. Dann schafft es Weiß, einen ganzen Satz vorzubringen: »Und wie hat Winterstein darauf reagiert?«

»Gar nicht. Er war nicht mehr da, hatte das Haus bereits verlassen.«

»Willst du deshalb nach Wien?«

»Auch. Ich brauche Abstand. Aber ich komme im Januar zurück. Der Ulbrich-Mordprozess ist meine Geschichte. Die kann ich nicht liegen lassen, nur weil ich mich danebenbenommen habe.«

»Das ist gut.«

»Kannst du mir etwas über Winterstein sagen? Bitte nur das Schlechte, damit ich ihn leichter hassen kann.«

Weiß lächelt ein wenig. »Keine Chance. Du brauchst Abstand, sagst du. Und den bekommst du nicht, wenn du dich weiter mit dem Mann beschäftigst. Also werde ich nichts über ihn erzählen.«

»Du alter, weiser Jude«, seufzt Leo.

»Trink noch ein Glas Wein«, schlägt er vor. »Manchmal verkleinert Alkohol die Probleme.«

Leo nimmt die Flasche und setzt sie an den Hals.

Ein wütendes Hausverbot. Eine entflammte Liebende schämt sich und flüchtet mit dem Flieger.

Winterstein ist unterwegs zum Liepnitzsee, um Helene zu sprechen. Es ist nicht das erste Mal, dass sie in sein Leben eingreift. Er muss diesem Spuk ein Ende bereiten. Sie hat im Mädchenhaus eine kleine Wohnung bezogen. Als sie nach Berlin gekommen ist, hat sie sich so gewünscht, in Valentins Haus zu leben – groß genug ist es ja. Doch Winterstein hat abgelehnt.

Helene liegt auf dem Sofa und dämmert vor sich hin. In drei Monaten ist das Kind da und ein halbes Jahr später wird sie wieder ihre schlanke Figur haben.

Winterstein klopft an der Tür und tritt sofort ein. »Helene, es reicht«, sagt er mit gefährlicher Ruhe in der Stimme. »Wenn du dich noch einmal in mein Leben einmischst, entziehe ich dir meine Unterstützung.«

»Was ist denn los?«

»Du warst heute früh in meinem Haus und hast meine Geliebte beleidigt. Ich erteile dir Hausverbot. Hier im Heim kannst du bleiben, aber nur, wenn du mir aus dem Weg gehst.«

»Das kannst du nicht machen«, jammert sie. »Wir sind doch verwandt.«

»Nein. Du bist die angeheiratete Cousine des Bruders meiner Mutter und bekommst ein Kind von wem auch immer. Ich will dich nicht mehr sehen, also halte dich fern von mir und meinen Freunden.«

Leo sitzt im Flugzeug, versucht zu lesen, doch es will keine Konzentration aufkommen. Ihre Gedanken sind bei Winterstein und dem peinlichen Auftritt seiner Frau. Sie hat mich aus dem Haus gejagt wie eine Hündin, denkt sie, und ich hab mir das gefallen lassen. Aber was hätte sie tun sollen? Im Bett bleiben, sich mit der schwangeren Frau prügeln?

Sie errötet, wenn sie an die Liebesnacht denkt, in der alles so einfach gewesen ist. Sie hat sich gehen lassen wie noch nie und keinerlei Scham dabei empfunden. Ihre bisherigen Männerbekanntschaften kennen sie als schwer entflammbar.

Im Flugzeug schreit ein Kind und will nicht aufhören. Leo bekommt Kopfschmerzen.

Bald wird sie in Wien landen. Vielleicht bleibe ich, lasse Berlin, die Arbeit und auch Winterstein sausen.

Vier Millionen Arbeitslose: Wer genug zu essen hat, muss keine Menschen töten und steht nicht vor Gericht.

Der Mordprozess gegen Lieschen Neumann, Richard Stolpe und Erich Benzinger beschäftigt die internationale Presse, so auch die in Wien. Man nennt Lieschen die »Greta Garbo vom Wedding«, einem Reporter der *Berliner Volkszeitung* ist es gelungen, an ein Foto der Hauptangeklagten zu kommen, wie sie breitbeinig auf einer Bank sitzt. Der Wiener Reporter beschreibt die Hauptangeklagte: *Das Gesicht ist ziemlich gewöhnlich, die Augen sind recht klein, die Lippen von unfreundlicher Härte. Sie hat etwas Dämonisches und ihre Bösartigkeit könnte angeboren sein.*

Leo legt die Zeitung weg und greift eine andere. Was wird man wohl über die Sechzehnjährige schreiben, wenn der Prozess endlich beginnt? Wird noch irgendein Reporter in der Lage sein, Lieschen Neumann ohne Vorurteile zu betrachten?

Damit hat sich Theodor Lessing vom *Prager Tagblatt* beschäftigt:

> Aus dem Lieschen Neumann haben die Journale ein dämonisches Weib gemacht: »Die Greta Garbo des Wedding«. Ach,

zehntausend solche Mädchen schweifen auf dem Asphalt. Jede kann heute oder morgen zu solcher Tat kommen. Es ist gar nicht zu sagen, ob dies Mädchen schuldig oder unschuldig, gut oder böse ist, und erst recht nicht, ob das Urteil gerecht ist, denn es gibt da kein gerechtes Urteil. Ja, man muss eigentlich bedauern, dass für solche Prozesse ungeheure Gelder verbraucht werden, statt dass man sie für Brot und warme Strümpfe verwendet. Man sollte solche Entgleiste sogleich in irgendeine Anstalt stecken. Es gibt da gar nichts zu richten. So ein Dirnchen wirft kein Ziel über die Stunde hinaus, hat keine Leidenschaften, hat weder große Liebe noch großen Hass. Auch den Gemordeten hat sie weder geliebt noch gehasst und hätte ihn ebenso gern geheiratet wie getötet. Sie wusste nur, dass sie lange nichts Warmes gegessen hatte und dass sie ein schlechtes Kleid trug und dass in den Delikatessenläden am Kurfürstendamm und in den Modehäusern der Leipziger Straße alle Herrlichkeiten der Welt im Schaufenster zu sehen sind und der putzige alte Ulbrich, der so schrecklich verliebt tut, einen Lederbeutel mit Geld hat und dass der Lederbeutel dort in der Schublade liegt, im Sekretär. Eines ist grauenhaft: Eine werdende Mutter wird vor das Kriminalgericht gestellt. Es müsste uns Gebot sein: Nie darf judiziert werden, solange die Angeklagte nicht entbunden hat. Und wenn in einem großen Volke vier Millionen Menschen arbeitslos sind, ohne dass die Regierung dem abhelfen kann, dann ist die Regierung verantwortlich für die Morde und Mordprozesse, die im Lande erlitten werden.

Leo schaut aus dem Fenster ihres Elternhauses. Es hat wieder geschneit. Ihre Eltern hoffen noch immer, dass sie einen ordentlichen jüdischen Mann findet, mit dem sie eine Familie gründen kann. Sie haben keine Ahnung davon, dass ihre Tochter den bürgerlichen Weg kategorisch ablehnt. Ihr Spruch: »Die Ehe ist bourgeoise Knechtschaft, und zwar für beide Seiten«, hat die Eltern schockiert.

Als Leo als Schülerin den Berufswunsch Journalistin zum

ersten Mal geäußert hat, sind sie so entsetzt gewesen, als würde sie als Nackttänzerin im Kabarett auftreten wollen.

»Wir haben heute Abend ein paar Freunde eingeladen«, kündigt ihre Mutter am Nachmittag an. »Kannst du dich noch an Samuel Immerglück erinnern? Er kommt mit seinen Eltern.«

»Ja, natürlich. Das Wunderkind am Klavier. Ist seine Mutter immer noch so anstrengend?«

Ihr Vater lacht. »Sie ist noch anstrengender geworden. Um nicht zu sagen: unerträglich.«

»Und warum ladet ihr diese Leute dann ein?«

»Deine Mutter will, dass du Samuel wiedersiehst. Aus welchen Gründen auch immer.«

»Kindchen«, seufzt die Mutter. »Du bist fast dreißig Jahre alt und noch nicht verheiratet. Willst du eine alte Jungfer werden?«

»Eine Jungfer kann ich nicht mehr werden«, beruhigt Leo sie.

»Was sagst du da?«, fragt die Mutter entsetzt.

»War nur ein Spaß, Mama. Ich freu mich jedenfalls, Samuel wiederzusehen. Klimpert er immer noch so possierlich auf dem Piano?«, lächelt Leo.

»Er hat letzten Monat Korngolds *Klavierkonzert für die linke Hand* im Konzerthaus zum Besten gegeben«, schwärmt die Mutter. »Cis-Dur und cis-Moll. Phänomenal!«

»Für die linke Hand? Was macht er denn mit seiner Rechten?«

Vater Wolf grinst. »Mit der blättert er die Noten um.«

»Er könnte auch in der Nase bohren oder eine Zigarette rauchen«, ergänzt Leo.

»Ihr beiden seid unmöglich!«, jammert Frau Wolf. »Ich hoffe, dass ihr heute Abend die rudimentären Reste eures guten Benehmens zusammenkratzt.«

Die junge Frau wird beneidet. Ein Pianist liebt Männer und die Nazis schicken Grüße aus Berlin.

Samuel Immerglück ist ein dreißigjähriger fröhlicher Mann, der außerhalb der ungemütlichen Welt lebt. Er interessiert sich nicht für Politik, sondern nur für Klänge. Für ihn ist alles Musik – das Anfahren der Doppeldeckerbusse, das Bremsenquietschen der Autos oder der Alarm eines Polizeiautos. Er ist freundlich zu jedermann, gibt Bettlern Almosen, befreit gequälte Hunde oder Katzen und hilft alten Leuten über die Straße. Auch als Sohn ist er perfekt. Fast perfekt. Niemand außer Leo weiß, dass er Männer liebt. Für Mutter Immerglück wäre diese Tatsache eine Katastrophe. Samuel beneidet Leo. Sie lebt in Berlin, in der Stadt, in der schwule Männer offener leben können als im miefigen Wien. Er hat schon mehrfach überlegt, nach Berlin überzusiedeln, liest alles, was über die deutsche Metropole in der Presse geschrieben wird.

In der Zeitschrift *Die Freundschaft* wird offen die Abschaffung des Strafrechtsparagrafen 175 gefordert. Anfangs ist die Zeitschrift sogar an Kiosken in Wien verkauft worden, doch es folgten rasch jede Menge Strafverfahren und Verurteilungen. Die Delikte heißen: »Verbreitung unzüchtiger Schriften«, »unerlaubte Herausgabe einer Zeitschrift« und wegen der Kontaktanzeigen »Anstiftung zur Kuppelei«. Zurzeit ist *Die Freundschaft* nur noch im Abonnement erhältlich. Samuel lässt sie an eine Freundin schicken und erteilt ihr dafür kostenlosen Klavierunterricht.

Der Abend bei den Wolfs verläuft weniger schlimm als befürchtet. Mutter Immerglück ist neugierig wie immer und fragt Leo, ob sie in Berlin schon einen Mann kennengelernt hat.

»Natürlich«, antwortet Leo. »Beim Pressedienst arbeiten fast nur Männer.«

»Ist denn einer fürs Heiraten dabei?«

»Mutter, hör auf!«, bittet Samuel.

»Ich kann mich einfach nicht entscheiden«, seufzt Leo. »Ich habe etwa zwanzig in der engeren Auswahl. Und die probiere ich jetzt alle aus.«

Stille. Mutter Immerglück verschluckt sich prompt. Ihr Mann klopft ihr den Husten weg.

Vater Wolf nutzt den Moment für einen Themenwechsel und stellt Leo Fragen zum Ulbrich-Prozess. Es geht gesittet weiter bis gegen Mitternacht. Nach dem Essen nehmen Samuel und Leo ihren Kaffee abseits.

»Willst du für immer in Wien bleiben?«, fragt Leo. »Die Hakenkreuzler werden es dir nicht leicht machen.«

»Das weiß ich. Auch hier gibt es fast jeden Abend Krawall. Deshalb will ich tatsächlich weg. Korngold will mir eine Arbeit in den USA verschaffen, wenn er in der Filmindustrie Fuß gefasst hat. Er und Luzi stehen kurz vor der Abreise.«

Plötzlich ein Knall. Glas splittert. Mutter Wolf und Mutter Immerglück kreischen.

»Runter mit euch!«, schreit Leo.

Auch die Männer ducken sich. Vater Wolf robbt zur Stehlampe und schaltet sie aus. Mutter Immerglück weint leise. Sonst ist nichts zu hören. Bis es an der Tür klopft. Das Dienstmädchen: »Da san welche abgehaut.«

»Mach das Deckenlicht aus, Elsie«, befiehlt Vater Wolf. »Und dann ziehst du die Gardinen zu und machst wieder Licht.«

Die Fensterscheibe ist durch einen Steinwurf zerbrochen. Das Wurfgeschoss liegt auf dem Esstisch und ist in ein Stück Papier gewickelt. *Grüße aus Berlin an die Judensau Leo Wolf. Wir sind überall. Juda verrecke!*

Der schöne Mann lügt und erfährt eine Telefonnummer. Doch die junge Frau stürzt ins Bodenlose und legt auf.

Winterstein ist klar, was im Haus geschehen ist. Helene muss Leo vorgegaukelt haben, dass sie seine Ehefrau ist. Eine hochschwangere, betrogene Ehefrau, die das Flittchen ihres Mannes im ehelichen Bett vorfindet.

Warum hat Leo mich nicht wenigstens um Aufklärung gebeten, bevor sie abgereist ist?, fragt er sich.

Es geht ihm schlecht. Wie ein gefangener Tiger läuft er im Haus herum, sich den Kopf zermarternd. Was ist, wenn sie nicht zurückkommt nach Berlin?

Nach drei Tagen voller Wut, Trauer und Selbstvorwürfen ruft er Erich Alfringhaus vom Pressedienst an. Er lügt, dass er neue Informationen zum Ulbrich-Prozess habe und Fräulein Wolf dringend persönlich sprechen müsse. Nur Fräulein Wolf und sonst niemanden.

Der Chefredakteur beruhigt ihn, Fräulein Wolf habe zugesagt, zum Beginn des Ulbrich-Prozesses wieder in Berlin zu sein – also Mitte Januar. Zudem verrät Alfringhaus die Wiener Telefonnummer, die in Leos Bewerbungsunterlagen vermerkt ist.

Doch aus Wien bekommt Winterstein vom Hausmädchen der Wolfs die Auskunft, dass niemand da sei. Jedes Mal, denn er ruft mehrmals an und das zu unterschiedlichen Zeiten. Ihn beschleicht die Ahnung, dass sein Name das Problem ist. Hat Leo die Devise ausgegeben, dass ein Anrufer namens Winterstein abgewiesen werden soll? Welche Demütigung!

Er betrinkt sich fast jeden Abend, verflucht sie. Er hat viel schönere Frauen im Bett gehabt, lüsterne Weiber ohne Tabus, dankbar und willfährig dafür, dass er sie für eine Weile an seiner Seite duldete.

Wenn sie im Januar wieder in Berlin ist, werde ich nicht da

sein, nimmt er sich vor. Dieser Plan bricht allerdings schon bei der Vorstellung zusammen, welche Freude er empfinden wird, wenn er sie am Flughafen in die Arme schließt. Ich bin verliebt und von Sinnen. *Amantes amentes.*

Leo sitzt im elterlichen Wohnzimmer, eingekuschelt in eine Decke, mit Blick durch die Balkontür. Sie genießt die vorweihnachtliche Ruhe in Wien. Das Fest, das die Geburt eines kleinen Juden namens Jesus feiert, scheint die Menschen ruhiger zu machen.

Es schneit unaufhörlich. Die Fichten haben weiße Schleier, die immer dichter werden, weil es fast windstill ist. Der Glasschaden durch den Nazianschlag ist noch nicht ganz behoben, ein Handwerker hat das Esszimmerfenster nebenan notdürftig mit einer Wolldecke und Brettern verschlossen.

Die Köchin bringt Tee. »Es hat eben jemand für Sie angerufen, gnädiges Fräulein. Ich wusste nicht, ob Sie das Gespräch annehmen wollen.«

»Hat er seinen Namen genannt?«

»Ja, Alfringhaus. Aus Berlin. Er sagt, es sei wichtig für das Fräulein. Er meldet sich in fünf Minuten noch mal.«

Leo begibt sich in die Nähe des Telefons. Vielleicht gibt es Neuigkeiten im Ulbrich-Mordprozess.

Nein. Die gibt es nicht. Am Telefon ist Valentin Winterstein.

»Leo, warum bist du weg?«, fragt er.

»Kannst du dir das nicht denken?«

»Ich weiß, dass Helene Winterstein in meinem Haus war … nach unserer Nacht. Und dass ihr euch gestritten habt.«

»Ich habe mich nicht mit ihr gestritten«, entgegnet Leo. »Sie hat mich rausgeworfen, als sei ich eine billige Nutte. Ich bin einfach nur geflüchtet!«

»Leo! Sie ist nicht meine Frau, auch wenn sie bei dir den Eindruck erweckt hat. Sie ist eine entfernte Verwandte. Und ich habe mit ihrer Schwangerschaft nichts zu tun. Hast du meinen Brief nicht gelesen?«

»Welchen Brief?«

»Ich habe dir einen Brief geschrieben und auf das Kopfkissen gelegt.«

»Da war kein Brief.«

Ihm dämmert, dass Helene den Brief gefunden und ihn vernichtet hat.

»Warum sind wir nicht zusammen aufgewacht?«

»Ich konnte nicht bleiben, ich hatte eine wichtige Versammlung mit meinen Angestellten angesetzt. Deshalb habe ich dir den Brief geschrieben. Komm zurück nach Berlin«, bittet er. »Ich liebe dich.«

»Wie vielen Frauen hast du das schon gesagt?«

»Keiner.«

»Ach, Valentin«, seufzt Leo. »Liebe ist ein so großes Wort, das in diesen Zeiten keine Bedeutung hat. Ich brauche das nicht. Das zwischen uns war Begehren. Ich will keine Liebe. Sie ist ein Sturz ins Bodenlose. Mein Leben ist schon kompliziert genug.«

»Mit mir und meiner Liebe zu dir wäre es einfacher.«

»Das bezweifele ich. Wir Juden werden in Deutschland verfolgt, gedemütigt, bestohlen und ermordet. Gestern Abend schickten mir die Berliner Hakenkreuzler ein Geschenk in Form eines großen Steins durchs Fenster – adressiert an die ›Judensau‹. Und das willst du dir antun?«

»Lass uns über alles reden. Wann kommst du zurück nach Berlin?«

»Vergiss mich einfach. Es hat keinen Sinn.« Sie legt den Hörer auf die Gabel.

Ein Pathologe denkt über seine Berufschancen nach. Die hat der Pianist nach einem Überfall nicht mehr.

Die Wiener Polizei hat den Angriff auf die Wolf'sche Villa zwar zu Protokoll genommen, den Stein und den Zettel als Beweise gesichert, sogar mögliche Zeugen in der Nachbarschaft befragt. Doch niemand hat in der Dunkelheit etwas gesehen. Die Kriminalpolizei macht der Familie keine Hoffnung, dass die Täter gefunden werden. Die Übergriffe auf Juden sind abendliche Entspannungsübungen für die völkischen Herrenmenschen Wiener Ausprägung.

Leos Vater kümmert sich jetzt intensiv um die Übersiedelung. Sie hört ihn abends mit einem befreundeten Mediziner in London telefonieren. Da es in Europa immer mehr Menschen gibt, die gewaltsam zu Tode kommen, haben Pathologen gute Berufsaussichten. In London gibt es genug Einrichtungen für gerichtliche Medizin. Die Auswanderung nimmt konkrete Formen an. Ich muss meine Englischkenntnisse auffrischen, nimmt sich Leo vor.

Christliche Weihnachten. Für die Wolfs kein Grund, sich eine Tanne ins Haus zu holen. Chanukka feiern sie aber, obwohl sie nicht besonders religiös sind. Das Lichterfest dauert acht Tage und erinnert an die Wiedereinweihung eines Tempels in Jerusalem im Jahr 164 vor Christus. Der Termin ändert sich jedes Jahr geringfügig, da Chanukka nach dem jüdischen Kalender gefeiert wird.

An den Chanukka-Abenden versammeln sich die Familien mit Freunden zu ausgelassenen Festen, die Kinder bekommen Geschenke und Süßigkeiten. Gegessen werden vor allem in Öl gebackene Speisen wie *Sufganiyah*, eine Art Krapfen, oder *Latkes*, die Kartoffelpuffern ähneln, sowie Pfannkuchen namens *Sufganijot*. Abends werden die Kerzen in der *Chanukkia*, dem neunarmigen Kerzenhalter, angezündet.

Von Ausgelassenheit ist beim Fest der Wolfs jedoch nichts zu spüren. Die Köchin hat sich zwar alle Mühe gegeben, die ölgetränkten Spezialitäten herzustellen, doch es fehlt der Appetit. Die Familie will früh ins Bett. Plötzlich klingelt es Sturm. Der Vater schleicht zur Haustür. Ein neuer Angriff der selbst ernannten Herrenmenschen?

Jetzt klopft es. »Hier ist Samuel. Lassen Sie mich bitte hinein.«

Wolf macht das Außenlicht an und öffnet langsam die Tür. Samuel ist allein. Sein Gesicht ist kalkweiß und blutbefleckt. Er will etwas sagen, doch er bekommt kein Wort heraus. Er hebt die Arme und jetzt sieht Wolf, was passiert ist. Samuels Hände sind unförmig geschwollen, die Finger hängen zerschlagen und blutig am Handmittelknochen. Wolf zieht Samuel ins Haus.

Auch Leo sieht die schweren Verletzungen. »Sami, hattest du einen Unfall?«

»Die Nazis haben mich angegriffen und mir mit Knüppeln die Hände zerschlagen. Ich werde nie wieder Klavier spielen können«, schluchzt er.

»Komm in mein Büro«, befiehlt Wolf.

Das Büro ähnelt einem Behandlungszimmer. Wolf schaut sich die Verletzungen unter einer starken Lampe an. »Brüche, Quetschungen und starke Prellungen«, murmelt er. Zu Leo sagt er: »Hol mal den Hustensaft aus dem Schrank.«

Sie weiß, wo der Schlüssel ist, und bringt eine Ampulle Heroin, den »Hustensaft«. Samuel trinkt und wird zur Liege geleitet.

Das Mittel wirkt schnell, die Schmerzen lassen nach. Der Verletzte schließt die Augen. Wolf säubert derweil die Wunden. Klavier spielen wird er nicht mehr können, denkt er. Diese dreckigen Zeitgenossen haben ganze Arbeit geleistet.

Zwei Stunden später sind die Wunden verbunden, die gebrochenen Finger notdürftig geschient. Morgen muss Immerglück ins Krankenhaus gebracht werden.

Wolf ruft Samuels Eltern an und berichtet von dem Überfall. Er kann ihnen die Frage nicht beantworten, wo, wie und warum das alles passiert ist.

»Wir müssen die Polizei einschalten. Ich helfe dir dabei«, sagt Leo am nächsten Morgen zu Samuel. »Wo bist du denn angegriffen worden?«

»Ich habe in einem Café am Johann-Strauß-Theater Klavier gespielt. Eindeutige Lieder. Als die Schlägerei begann, bin ich raus aus dem Laden. Aber die Kerle haben mich verfolgt und erwischt.«

»Du musst den Überfall der Polizei melden«, wiederholt Leo.

»Nein. Die Kiberei unternimmt eh nichts. Außerdem sollen meine Eltern nicht wissen, dass ich … Sie würden es niemals tolerieren.«

»Ich verstehe«, nickt Leo. »Sag den Kiberern einfach, dass es irgendwo am Naschmarkt passiert ist.«

Überraschender Besuch des hohen Polizisten. Eine Nacht wird diskutiert. Der Mann spricht von Liebe.

Winterstein vergräbt sich über Weihnachten in seinem Haus. Er hat dem Personal freigegeben. Eigentlich verbringt er einen der Feiertage traditionell im Mädchenheim am Liepnitzsee, doch er hat keine Lust, Helene zu begegnen.

In den Nächten schläft er schlecht. Wenn er einnickt, kommen die Träume. Sie bringen seine Vergangenheit zurück, haben mit Krieg zu tun und sind sehr bedrückend. Er kann sich nicht mehr wach schreien wie früher. Er sieht die Kameraden brennen, verglühen, schreien und jammern, Köpfe explodieren durch die Hitze, Fleisch verbrennt brutzelnd. Einige wenige haben überlebt. Er gehört dazu.

Vierzehn Jahre ist die Explosion jetzt her. Die ganze Zeit hat er versucht, sich zusammenzureißen. Alkohol, Kokain und Sex hielten die Gespenster in Schach.

Damals ist Anita Berber die passende Gefährtin für ihn gewesen, weil sie den gleichen Lastern frönte wie er. Welche Träume sie quälten, hat er nie erfahren.

Es klingelt an der Haustür. Er reagiert nicht. Doch das Klingeln wird immer intensiver. Er rechnet mit Helene, die ihm wieder einmal versichern will, dass sie es nur gut gemeint hat. Doch er irrt sich. Da steht ein gut angezogener kleiner Mann mit runder Brille, großer Nase, vollem schwarzem Haar und Schnurrbart.

»Herr Dr. Weiß«, sagt Winterstein überrascht. »Was verschafft mir die Ehre?«

»Das sage ich Ihnen, wenn ich eintreten darf.«

»Aber natürlich, Herr Vizepolizeipräsident. Möchten Sie Ihren Mantel ablegen?«

Bernhard Weiß nickt und mustert Winterstein. Ja, er kann verstehen, dass Leo ihn anziehend findet – oder in diesem Fall auch ausziehend. Der Verleger ist groß und schlank, aber nicht leptosom, hat diese lässige Eleganz und Verruchtheit, die Frauen ins Träumen und zu anderen Dingen bringt. Weiß folgt Winterstein in die Bibliothek.

»Möchten Sie etwas trinken?«

»Ja, ein Glas Rotwein, wenn Sie haben.«

Winterstein gießt ein. »Was führt Sie in mein Haus? Habe ich etwas verbrochen?«

»Wenn ich dazu Anhaltspunkte hätte, wäre ich nicht selbst gekommen, sondern hätte Sie einbestellt und – bei Zuwiderhandlung – abholen lassen«, antwortet Weiß trocken.

»Was ist es dann? Eine Sammlung für die Witwen und Waisen im Dienst zu Tode gekommener Polizeibeamter? Oder eine

Silvesterfeier für besonders eifrige Polizisten?« Winterstein hebt das Glas. »Zum Wohl.«

Er ist nervös, denkt Weiß, hat er wirklich keine Idee, dass es um Leo gehen könnte, oder spielt er mir was vor?

»Es geht um meine Nichte Leonore Wolf. Sie haben ihr ja geholfen, als sie von diesen Nazis angegriffen wurde.«

»Ach, hat sie wieder ein Problem, bei dem ich helfen kann?«

»Ich denke schon, aber ob gerade Sie helfen können, weiß ich nicht.« Weiß lächelt maliziös.

»Ihre Nichte ist eine außergewöhnlich schöne und intelligente junge Frau. Sucht sie vielleicht eine neue Arbeit? Gefällt ihr es nicht mehr beim Pressedienst?« Ich rede zu viel, denkt Winterstein, dieser kleine Mann beherrscht die Verhörtechnik und ich falle darauf herein wie ein kleiner Eierdieb.

»Sie haben mit Leonore eine Nacht verbracht.«

»Das hat sie Ihnen erzählt? Kompliment, dass Leo so viel Vertrauen zu Ihnen hat.«

»Also stimmt es?«

»Ja. Warum sollte Ihre Nichte Sie belügen?«

»Was haben Sie für Absichten?«

Winterstein nimmt einen Schluck Rotwein. Er fixiert Weiß und sagt kühl: »Warum mischen Sie sich ein, Herr Dr. Weiß?«

»Ich mache mir Sorgen. Sie haben einen legendären Ruf als Schürzenjäger, Herr Winterstein. Ich möchte nicht, dass Leo leidet.«

»Ich auch nicht. Ich liebe sie und will für immer mit ihr zusammen sein.«

Damit hat Weiß nicht gerechnet. »Sie beide kennen sich erst ein paar Wochen.«

»Nennt man das nicht Liebe auf den ersten Blick?«, lächelt Winterstein.

»Die gibt es nicht.«

»Doch. Das können Sie in jedem Roman nachlesen.«

»Sehr witzig! Papier ist geduldig. Was bedeutet dieses Für-immer-Zusammensein für Sie genau?«, forscht Weiß nach.

»Das, was ich gesagt habe. Ein Zusammensein für immer.«

»So ähnlich wie mit Frau Anita Berber?«

Eins zu null, denkt Winterstein, aber nicht für mich. »Herr Dr. Weiß, ich liebe Leo, möchte sie heiraten und mit ihr zusammenleben. Ich hatte genug Frauenbekanntschaften, aber sie ist die Erste, bei der ich diese Gefühle habe. Gefühle, die ich früher für kleinbürgerlich und lächerlich hielt. Die ganze Sache hat nur einen Haken.«

»Welchen?«

»Sie will mich nicht.«

Dreimal (noch) kein Baby. Der hohe Polizist glaubt an die Macht der Liebe.

Während in Berlin zwei Männer über sie reden, hat Leo in Wien etwas zu feiern. Sie ist nicht schwanger. Alles andere wäre Courths-Mahler gewesen: die verlassene Schwangere, die vom Wohlwollen ihrer Umwelt abhängig ist und nach vielen Gefühlsverwirrungen doch noch bei dem Mann, der ihr den Zustand beschert hat, hängen bleibt. Das langweilige Leben an dessen Seite schildern die Liebesromanautoren nicht, denn sie beenden ihre Bücher rechtzeitig auf dem angeblichen Höhepunkt des gesellschaftlich tradierten Glücks.

Leo fühlt sich frei. Ihre Liaison mit Winterstein war ein Fehler. Ein Fehler, in den sie sich sehenden Auges gestürzt hat. Begehren ist nicht Liebe, das weiß sie jetzt.

Die Eltern schlafen schon. Der Überfall der Nazis hat sie seelisch erschöpft und den Plan befeuert, Wien so schnell wie möglich zu verlassen. Doch das muss gut vorbereitet werden.

Die Villa wird in Kürze zum Kauf angeboten, das Barvermögen transferiert und die Grundstücke bei einem Treuhänder geparkt, der sie nach und nach veräußern soll, ohne dass es auffällt. Ein Cousin in London will nach einem neuen Haus für die Wolfs Ausschau halten. Vielleicht geht Leo mit nach London. Der Pressedienst hat in allen Hauptstädten Berichterstatter, die Informationen nach Berlin liefern. Sie wird mit Alfringhaus sprechen und fragen, ob sie als Korrespondentin aus London berichten darf.

Leo prostet dem Mond zu, den sie durchs Fenster sehen kann. »Wünsch mir Glück«, bittet sie ihn.

Das Thema »Baby« ist auch in Berlin präsent: Lukas Fox und Alma Wuttke verloben sich. Alma ist schwanger und selig. Er hat gemischte Gefühle. Was soll aus diesem Kind werden in der Welt, wie sie jetzt ist? Wird er seinen Sohn oder seine Tochter beschützen können vor all dem Schlimmen, das noch kommen wird?

Im Mädchenheim am Liepnitzsee haben bei Helene Winterstein die Wehen eingesetzt. Das Baby kommt zu früh und liegt nicht richtig. Ein Arzt ist auf dem Weg. Heimleiterin Karla Harten versucht ihr Bestes. Sie hat schon einigen Frauen bei der Geburt geholfen, doch hier stößt sie an ihre Grenzen: Das Kind stirbt, bevor der Arzt eintrifft.

Das Gespräch mit Winterstein hat Weiß keinesfalls beruhigt. Verliebte Frauen und Männer sind unberechenbar, pendeln von Hochstimmung zur Todessehnsucht und das mehrmals am Tag. Leo ist spontan und trotzig, wenn ihre Rechte angetastet werden. Sie hat sich Winterstein hingegeben, obwohl sie seinen Ruf kannte, hat gut gemeinte Warnungen in den Wind geschlagen. Dass sie ihn jetzt nicht mehr sehen will, glaubt Weiß nicht.

Damals, als er um Lotte warb, war es ähnlich. Die Eltern verboten den Kontakt mit ihm, dem Juden, Lotte reagierte mit Wutanfällen, Weinkrämpfen, Hungerstreiks und Flucht zu einer Freundin, ohne eine Nachricht zu hinterlassen. Tagelang rechneten die Eltern mit der Nachricht von ihrem Selbstmord. Als sie wohlbehalten wieder auftauchte, konnte das Aufgebot bestellt werden.

Weiß räumt seinen Schreibtisch auf und verlässt die Rote Burg. Heute ist Silvester. Seinen Kollegen hat er in einem Rundschreiben für die Arbeit des zu Ende gehenden Jahres gedankt und ihnen einen friedlichen Übergang ins kommende gewünscht – wohl wissend, dass gerade an einem Tag wie heute die Gewalttaten überproportional ansteigen. Doch die Kollegen sind gerüstet, in den Bezirken sind die Dienststellen besetzt, Bereitschaftskräfte stehen parat und die Krankenhäuser sind auf Verletzte vorbereitet. Der Vizepolizeipräsident ist per Telefon erreichbar.

Nazi-Mörder begrüßen das neue Jahr mit zwei toten Demokraten. Ein brauner Polizist drückt beide Augen zu.

Tatsächlich wird Berlin in der Silvesternacht von zwei Morden erschüttert. Mitglieder von Hitlers Sturmabteilung feiern in ihrer Stammkneipe. Die Nachbarschaft in der Hufelandstraße am Prenzlauer Berg ärgert sich schon lange über die nächtlichen Ruhestörungen und Gewaltexzesse, die von dem Lokal ausgehen. Es gibt eine Schlägerei zwischen Mitgliedern der SA und des Reichsbanners, einem politischen Wehrverband zum Schutz der Demokratie.

Der SA-Mann Rudolf Becker dringt morgens gegen vier Uhr in das Zigarettengeschäft der Familie Schneider ein. Aus der angrenzenden Wohnung hört Frau Schneider Geräusche.

Sie stellt den SA-Mann zur Rede, droht ihm mit einer Anzeige wegen Hausfriedensbruchs und drängt ihn zum Ausgang. Sohn Willy Schneider kommt dazu, um seiner Mutter beizustehen. Da dreht sich SA-Becker um und erschießt den Dreiundzwanzigjährigen.

Die Tat bleibt nicht ungehört. Die Schneiders sind Sozialdemokraten und Vater Paul feiert mit anderen Genossen im nahe gelegenen Reichsbannerlokal *Sawetzki* in der Allensteinerstraße. Ein Zeuge ruft die Männer, die schnell zum Laden rennen. Sie schauen durchs Fenster, um die Lage zu peilen. Ein weiterer Schuss wird aus dem Laden abgefeuert und trifft noch einen Mann tödlich – wieder ein SPD-Mitglied.

Lukas Fox war am Ort des Verbrechens und schildert die Stimmung in der Bevölkerung im ersten Pressedienst des Jahres 1931:

SCHLUSS MIT DEM TERROR – DIE ARBEITEREMPÖRUNG ÜBER DEN HAKENKREUZMORD

Vor den Türen stehen die Leute und sprechen erregt und bis ins Innerste aufgewühlt von dem Doppelmord.

»Seit Wochen geht das nun schon«, meint eine ältere Frau mit erbitterter Stimme. »Die überfallen jeden, der ihnen nicht in den Kram passt. Auch meinen Jungen haben sie dieser Tage völlig grundlos niedergeschlagen. Sie kennen ihn und wissen, dass er in der Partei ist.«

»Das geht schon viel zu lange so!«, ruft zornig ein Arbeiter. »Diese Lausejungen, die mit dem Revolver spielen, müssten verprügelt werden, dass ihnen Hören und Sehen vergeht.«

DIE POLIZEI ZUCKT DIE ACHSELN

Ein Reichsbannermann, der in der Mordnacht zu Hilfe kam, erzählt, dass er den Polizeioffizier des Überfallkommandos aufgefordert hat, das Nazi-Lokal zu durchsuchen. Er sagte zu dem

Offizier: »Ich verstehe nicht, dass Sie das Lokal unbehelligt lassen. Der Mörder und seine Komplizen sitzen ja vielleicht da drin. Von hier aus wurde die Tat organisiert!« Der Offizier zuckte die Achseln und wandte sich brüsk ab, ohne ein Wort zu sagen. Hier scheint ein Mann am falschen Platz gestanden zu haben.

Ein »unverschämter Jude« fackelt nicht lange. Die Rote Burg wird langsam braun.

Vizepolizeipräsident Weiß lässt den in dem Zeitungsartikel kritisierten Einsatzleiter ermitteln und befiehlt ihn zu sich. Der Kriminalkommissar heißt Arthur Nebe und ist eigentlich ein guter Polizist. Im vergangenen Jahr hat er den aufsehenerregenden Mordfall Kalistros Thielicke aufgeklärt. Der junge Mann hatte seine eigene Mutter mit siebzehn Messerstichen in der Badewanne getötet und sie nach indianischem Ritus in eine Stoffbahn eingewickelt. Nebe hatte den Sohn als Ersten vernommen und sein Vertrauen erlangt. Dabei hat er entdeckt, dass der Fünfundzwanzigjährige eine inzestuöse Beziehung zu seiner Mutter hatte. Der Täter ist geständig und sitzt in Untersuchungshaft, zahlreiche psychologische Sachverständige und hinzugezogene Sexualtherapeuten arbeiten an Begutachtungen.

Doch in den letzten Monaten ist Nebe von einigen Kollegen belastet worden; sie behaupteten, dass er seinen Vorgesetzten Weiß »Isidor« genannt und über die Juden gehetzt habe. Deshalb hat Polizeipräsident Albert Grzesinski Nebes Beförderung zum Hauptkommissar abgelehnt.

Nun sagt Nebe aus, das Nazi-Lokal flüchtig durchsucht, aber nichts Verdächtiges entdeckt zu haben. Auf die Frage nach seiner politischen Einstellung gibt der Beamte zu, Anhänger Adolf Hitlers zu sein.

»Sind Sie Mitglied der NSDAP?«, fragt Weiß.

»Nein. Aber ich kann vielen Aussagen der Partei zustimmen. Deutschland muss sich befreien. Aus dem Würgegriff der Kommunisten und Juden.«

»Es reicht. Ich werde ein Disziplinarverfahren gegen Sie einleiten mit dem Ziel, Ihnen den Beamtenstatus abzuerkennen. Als Beamter haben Sie einen Treueeid auf den Staat abgelegt und müssen ihn unterstützen. Noch sind Ihre Nazifreunde nicht an der Macht.«

»Das werden Sie nicht wagen!«, schnaubt Nebe.

»Lassen Sie sich überraschen. Wegtreten!«

Nebe schlägt die Hacken zusammen und verlässt das Chefbüro. Seine Wut ist grenzenlos.

Weiß lässt Nebe mit sofortiger Wirkung ins Sittendezernat versetzen. Leider nur ein Tropfen auf den heißen Stein, denkt der Vizepolizeipräsident. Die Rote Burg ist schon längst nicht mehr rot. Abends, bei schwächer werdendem Licht, wechselt die Farbe zu Braun.

Der Führer wünscht sich Treue. Der Onkel macht alles richtig. Zwei junge Zeuginnen bekommen kalte Füße, was nicht am Wetter liegt.

Das Radio überträgt Teile der Neujahrsansprache des NSDAP-Führers Hitler. Bernhard Weiß sitzt zu Hause und hört zu. Es ist ihm ein Rätsel, warum dieser Mann bei so vielen Menschen Erfolg hat. Liegt es an dem herrischen Auftreten, das Stärke und Kompetenz vermitteln soll?

Hitler inszeniert seine Auftritte und Reden bis ins kleinste Detail. Man sagt, dass er jede Handbewegung, jede Pause und jedes Erheben der Stimme vor dem Spiegel einübt. Auch auf seine Kleidung achtet er. Auf Parteiversammlungen trägt er eine hellbraune Uniform mit einer Hakenkreuzbinde, einen breiten Gürtel, einen Lederriemen über der rechten Schulter und kniehohe Lederstiefel. Mit dem rechten Arm unterstreicht er die Worte, indem er ihn nach vorn richtet, den Zeigefinger streckt und eine schlagende Bewegung von oben nach unten macht.

Wenn er vor Wirtschaftsbossen redet, tritt er im schwarzen Anzug, weißen Hemd und mit Krawatte auf und senkt die Lautstärke seiner Stimme auf ein erträgliches Maß.

Seine Neujahrsansprache verlangt nach der braunen Uniform, denn er hält sie vor Sturmabteilungs- und Schutzstaffelleuten.

Vor dieser Rede hat er Kreide gefressen, denkt Weiß.

»Der Nationalsozialismus ist keine Lehre der Trägheit, sondern eine Lehre des Kampfes. Steht nunmehr treu hinter mir«, tönt es aus dem Radio. »Ich verlange von euch nichts Ungesetzliches, fordere nichts, was euer Gewissen in Konflikt mit dem Gesetz bringt, erwarte aber, dass ihr mir auf dem Wege, den das Gesetz genehmigt und mir mein Gewissen und meine Einsicht vorschreiben, in Treue folgt und euer Schicksal mit dem meinen verbindet. Im zwölften Jahr des Ringens unserer Bewegung weiß ich, dass der Sieg weniger von Erkenntnissen abhängt, sondern in der Kraft der Treue liegt. Wenn wir sie in diesem Jahre zum Fundament unserer Gemeinschaft erheben, wird nach weiteren zwölf Monaten der Weg zur deutschen Freiheit offen sein.«

Weiß stellt das Radio ab. Er will seiner Familie ein glückliches neues Jahr wünschen und ruft in Wien an. Er bekommt Leo ans Telefon.

»Onkelchen, wie ist die Lage in Berlin?«, fragt sie forsch.

»Ernst und hoffnungslos. Die Nazis geben keine Ruhe.«

»Der Doppelmord am Prenzlauer Berg, ja, das Radio ist voll davon. Die Wiener Nazis beklatschen die Tat und bezeichnen sie als heldenhaft. Hier ist es fast so schlimm wie in Berlin.«

»Leo?«

»Ja?«

»Ich hatte ein Gespräch mit Herrn Winterstein.«

Leo erstarrt. »Warum?«

»Weil ich wissen will, was er im Schilde führt.«

»Ich habe dich nicht gebeten, mit ihm zu reden.«

»Ich weiß.«

Leo ist ärgerlich. »Warum mischst du dich ein?«

»Weil ich mir Sorgen um dich mache. Aber die Sorgen hat er mir genommen.«

»Und wie?«

»Er hat akzeptiert, dass du ihn nicht willst. Es ist also alles gut. Ich denke, er wird dich nicht mehr belästigen.«

»Er hat mich nie belästigt«, widerspricht Leo.

»Wie auch immer. Winterstein gehört zu den Männern, die nie lange allein bleiben.«

Leo schluckt und kann nicht kontern.

»Zu dir passt ein Mann ohne dubiose Vergangenheit, mit einem offenen, freundlichen Wesen und Humor«, piesackt Weiß weiter.

»Ich bin tief gerührt, dass jeder in meiner Umgebung ganz genau weiß, welcher Männertyp zu mir passt!«, schnaubt Leo verärgert. »Können wir dieses Thema beenden?«

Weiß grinst. Er hat alles richtig gemacht.

Kriminalkommissar Arthur Nebe hat sich gegen seine Versetzung ins Sittendezernat zur Wehr gesetzt und einen Beschwerdebrief an den Polizeipräsidenten und den Innenminister geschrieben. Er berichtet von ungerechter Behandlung und weist die Vorwürfe, im Fall der Silvestermorde seine Dienstpflichten verletzt zu haben, scharf zurück. Der Text strotzt vor unterschwelligem Judenhass, Selbstmitleid und larmoyanten Klagen. Solche Jammerlappen braucht unser Deutschland nun wirklich nicht, denkt Weiß und legt den Brief in den Ordner mit der Aufschrift *Unwichtige Vorgänge*.

Die Sekretärin klopft. Ernst Gennat will den Vizepolizeipräsidenten sprechen. Weiß lässt bitten. Wenn Gennat persönlich auftaucht, muss etwas Wichtiges passiert sein.

»Morjen, Herr Vizepräsident. Jutes neues Jahr wünsch ick ihnen. Wir haben im Ulbrich-Fall ein Vorkommnis. Zwei Zeuginnen sind perdu. Lydia Fischer und Anna Rudolf haben ihre Aussagen zurückjezogen.«

Weiß deutet auf einen Stuhl. Gennat lässt sich nieder, der Stuhl knirscht verdächtig.

»Was sollten die Zeuginnen aussagen?«, fragt Weiß.

»Dit sind die Mädels vom Wedding, Modelle von Ulbrich. Die haben uns die Spur ins Nazisportlerheim jezeigt, wo wir die Leiche der kleenen Eva gefunden haben. Dit Opfer von dem Jrafen Schmettow. Der ist ja ooch tot. Die Mädels wissen was über die Lieferung der A-Ware an die Nazibonzen.«

»Verstehe.« Weiß überlegt. »Was denken Sie?«

»Dass die Braunen sich die beeden jeschnappt und vorjenommen haben, also einjeschüchtert oder bestochen«, erklärt Gennat. »Die Rücknahme der Aussagen, die die Mädchen natürlich nicht selbst formuliert haben, sondern ein Anwalt, ist uns schriftlich zujegangen. Darin wird behauptet, dass Ihre Nichte sie unter Druck jesetzt hat, damit sie für den Pressedienst was zu schreiben hat.«

»Das ist übel«, sagt Weiß. »Wo sind die Mädchen jetzt?«

»Im Mädchenheim am Liepnitzsee hätten sie sein sollen. Dit sind sie abba nicht.«

»Haben Sie einen Vorschlag, was zu tun ist?«

»Offizielle Ermittlungen gegen die Kerls rund um Goebbels. Suchmeldungen in den Zeitungen mit Namensnennung von Goebbels. Einvernahme der Bewohnerinnen im Mädchenheim am Liepnitzsee.«

»Tun Sie das.«

»Mach ick, Herr Vizepolizeipräsident. Aber – da ist noch was.«

»Raus damit, Gennat!«

»Die Schreiben der Mädchen sind durch die Hauspost jegangen. Wurden von vielen jelesen. Ick rechne damit, dass die Braunen damit Stimmung jejen Sie und Ihre Nichte machen. Leider ham wa hier in der Roten Burg jenug Anhänger von der Bande.«

JUDENWEIB BESCHMUTZT EHRE UNSERER VOLKSGENOSSEN – titelt *Der Stürmer* am Abend.

Bernhard Weiß hat sich das Blatt bringen lassen und liest:

> Die Frau, die für den Sozialdemokratischen Pressedienst schon viele Schmutzartikel verfasste, hat zwei junge Mädchen dazu gebracht, bei der Polizei falsche Aussagen gegen unsere NSDAP-Mitglieder zu machen, und die Männer als Kinderschänder und Mörder dargestellt. Dieses Judenweib, eingereist aus Wien, ist die Nichte von Isidor, dem kleinen jüdischen Berliner Vizepolizeipräsidenten, der sich den deutschen Namen Weiß erschlichen hat.
> So versuchen dreckige Juden, unsere jungen Männer systematisch zu beleidigen! Dem müssen wir Einhalt gebieten! Die beiden deutschen Mädchen, fast noch Kinder, haben ihre Aussagen bitterlich bereut und zurückgezogen. Sie beschuldigen die Jüdin nun der Erpressung.
> Wie lange dulden gute Deutsche das schädliche Wirken jüdischer Journalisten und Beamten?
> Die Juden sind Kinder des Teufels! Schlagt sie, wo ihr sie trefft!
> Die Juden sind unser Unglück!

Das Nazi-Hetzblatt erfreut sich steigender Beliebtheit. Seit 1924 dürfen Leser in Briefen Menschen denunzieren, die ihnen nicht passen. Denunziation als liebstes Hobby. Liebesbeziehungen zwischen Juden und Nichtjuden werden genauso gemeldet wie der Bauer, der einer hungernden jüdischen Familie eine Gans schenkt.

Rassenschande anzuprangern ist die Passion des *Stürmer*-Herausgebers Julius Streicher:

> Ein einziger Beischlaf eines Juden mit einer arischen Frau genügt, um deren Blut zu vergiften. Sie hat mit dem artfremden Eiweiß auch die fremde Seele in sich aufgenommen. Sie kann nie mehr, auch wenn sie einen arischen Mann heiratet, rein arische Kinder bekommen. Wir wissen nun, warum der Jude mit allen Mitteln der Verführungskünste darauf aus ist, deutsche Mädchen möglichst frühzeitig zu schänden, warum der jüdische Arzt seine Patientinnen in der Narkose vergewaltigt. Das deutsche Mädchen soll den artfremden Samen eines Juden in sich aufnehmen.

Wenn es nicht so gefährlich wäre, könnte man über so viel Dummheit und Primitivität nur lachen, denkt Weiß.

Das Telefon klingelt. Erich Alfringhaus, der Chefredakteur des Pressedienstes, verlangt strafrechtliche Ermittlungen gegen Julius Streicher und den *Stürmer* wegen Beleidigung, übler Nachrede und Bedrohung.

Weiß folgt der Aufforderung nur zu gern. Noch am Abend verbietet Reichsinnenminister Joseph Wirth nach dem Republikschutzgesetz das Erscheinen des *Stürmers* für vierzehn Tage.

Die junge Frau hat keine Angst und zieht in ein bewachtes Haus. Der schöne Mann findet keine Ruhe mehr.

Leo kehrt zurück nach Berlin. Im Flughafengebäude warten ein Polizist und ein Wagen. Sie lässt sich die Polizeimarke zeigen, verstaut ihre Reisetasche, steigt ein und nennt die Adresse der Pension.

»Der Herr Dr. Weiß will Sie sogleich in seinem Haus sprechen«, sagt der Fahrer und lässt den Motor an.

»Auch gut«, nickt Leo.

Auf den Straßen bricht das Berliner Nachtleben an. Das Schneechaos ist vergessen, das Wetter – wie fast immer im Winter – nieselig, kalt und windig. Leuchtreklame für Kabaretts und Filme flimmert aufdringlich, Menschen halten ihre Schirme und Hüte fest, Autos hupen und Doppeldeckerbusse stecken im Stau. Schreiende Zeitungsjungen winken am Straßenrand mit ihren Erzeugnissen.

Wien ist ganz anders, fällt Leo auf. Langsamer, weniger hektisch und nicht so fiebrig.

Endlich erreichen sie die Weiß-Villa. Klein-Hilde stürzt auf Leo zu. »Hast du mir was mitgebracht?«

Leo holt lächelnd eine Packung Mozartkugeln aus der Reisetasche. Die Kleine zieht zufrieden mit ihrer Beute von dannen.

»Du hast deine Zähne schon geputzt«, ruft die Mutter ihr nach.

»Nur eine Kugel«, quengelt Hilde.

»Was soll ich tun?«, fragt Leo nach der Lektüre des *Stürmer*-Artikels.

»Du könntest beim Pressedienst aufhören und nach Wien zurückkehren. Dann wärst du zunächst einmal in Sicherheit.«

»Nein, das wäre ich nicht«, sagt Leo. »Denk an den Stein, der in Wien durchs Fenster flog.«

»Ich sage ja: zunächst«, wirft Weiß ein. »Die zweite Möglichkeit wäre, dass du in Berlin bleibst und dir andere Themen aussuchst. Vielleicht zu einer Zeitung wechselst. Es gibt viele Druckblätter in Berlin. Frauenzeitschriften, Kunstmagazine, Gartenillustrierte, Handarbeitsblätter.«

Leo lächelt. »Ich nehme die dritte Möglichkeit.«

»Und die wäre?«

»Ich schreibe über den Ulbrich-Prozess bis zum Urteil. Dann verlasse ich Berlin.«

»Na schön. Bis dahin wohnst du aber hier in unserem Haus. Die Villa wird rund um die Uhr bewacht. In der Pension ist es zu gefährlich.«

Leo stimmt zu. »Ich hole morgen meine Sachen und verabschiede mich von Frau Pawlowski.«

Valentin Winterstein hat seine angeheiratete Verwandte Helene nach Weimar zu ihrer Familie zurückgeschickt. Die junge Frau hat nicht widersprochen. Das tot geborene Kind ist auf Helenes Wunsch anonym beerdigt worden. Sie hat dabei keine Trauer gespürt, sondern nur Erleichterung. Niemand in Weimar hat etwas von ihrer Schwangerschaft mitbekommen. Jetzt kann sie ein neues Leben beginnen.

Es gibt viele tote Neugeborene in Berlin, besonders jetzt in der Winterzeit. Manche der kleinen Wesen sind in die Spree geworfen worden, andere werden in einem der Seen ertränkt. Eine Untersuchung, ob es sich um Totgeburten oder getötete Kinder handelt, gibt es nur in seltenen Fällen. Für eine kurze Zeit werden die Körper in der Charité ausgestellt – zusammen mit anderen unbekannten Toten. Menschen kommen und flanieren an den Leichen vorbei. Irgendwann werden die verwesenden Körper auf Pferdewagen geladen, mit einer Plane abgedeckt und später verscharrt oder verbrannt.

Derweil lässt Winterstein Stunde um Stunde an sich vorbeirauschen. Weder Alkohol noch Kokain noch sexuelle Eskapaden können seine Sehnsucht nach Leo stillen. Der Wein schmeckt nicht, die Droge wirkt nicht und beim Sex versagt er.

Was soll er tun, wenn Leo in Wien bleibt und nicht wiederkommt? Dann wäre sie zwar in Sicherheit, aber er wäre auf ewig unglücklich. Ich gehe zuschanden und Deutschland auch, denkt er.

Oft erinnert er sich an die gemeinsame Nacht. Es ist nicht nur der wilde Sex, der unvergesslich ist, sondern auch die Pausen dazwischen, mit spielerischem verbalem Austausch, kleinen Neckereien und tiefen, warmen Blicken. Und Diskussionen über Politik, Kunst und Musik.

Fast ohnmächtig vom Sehnen und Denken fällt Winterstein im Morgengrauen ins Bett.

Schließlich schreibt er einen Brief und lässt ihn zu Leos Pension am Alexanderplatz bringen.

Doch der Fahrer kehrt unverrichteter Dinge zurück. »Das Fräulein wohnt da nicht mehr«, berichtet er. »Sie ist ins Haus ihres Onkels gezogen. Aus Sicherheitsgründen.«

Sie ist wieder in Berlin, jubelt Winterstein innerlich. »Dann bringen Sie den Brief bitte zum Haus des Dr. Weiß.«

Weibliche Courage wird ausdrücklich gelobt. Ein schnörkelloser Brief an die junge Frau verändert vieles.

Das Hallo ist groß, als Leo die Redaktion des Pressedienstes betritt.

»Leo!«, ruft Lukas Fox. »Du hast es geschafft! Glückwunsch!«

Die anderen Kollegen applaudieren.

»Danke, aber was habe ich geschafft?«

»Das *Stürmer*-Verbot.«

»Leider nur vierzehn Tage«, sagt sie. »Und ob es ein Grund zur Freude ist, bezweifle ich. Dieser Streicher wird nur noch aggressiver.«

»Das geht doch gar nicht«, wirft Alois Beckmann ein. »Der Kerl ist psychisch krank. Sogar Goebbels hasst ihn, so hört man. Allerdings hat Adolf einen Narren an dem Widerling gefressen. Übrigens, ich hab gestern in meinem Stammcafé einen guten Spruch gehört. Betrifft Humpelstilzchen: ›Lieber Gott, mach mich blind, dass ich Goebbels arisch find.‹«

»Wir sollten in jeder Ausgabe einen politischen Witz veröffentlichen«, schlägt Fox vor. »Zum Beispiel den: ›Zwei Irrenärzte begegnen sich. Der eine grüßt: Heil Hitler! Darauf der andere: Heil du ihn!‹«

»Täglich ein politischer Flüsterwitz«, nickt Beckmann. »Ich werde die Idee mit dem Genossen Chefredakteur besprechen. Herr Alfringhaus will Sie übrigens sprechen, Fräulein Wolf.«

»Sind Sie sich sicher, dass Sie den Ulbrich-Prozess weiter bearbeiten wollen?«, fragt Alfringhaus geradeheraus. »Ich hätte Verständnis dafür, wenn Sie aussteigen.«

»Ich will die Sache zu Ende bringen.«

»Sie sind mutig, junge Dame. Ich kann keine Garantie für Ihre Unversehrtheit übernehmen.«

»Mein Onkel passt auf mich auf. Ich werde mich abends nicht herumtreiben.«

Er lacht. »Courage haben Sie ja.« Dann betrachtet er sie skeptisch. »Wir müssen wegen des großen Andrangs unsere Reporter beim Landgericht akkreditieren. Ich melde Sie und Herrn Fox an. Letzteren für den Fall, dass Sie verhindert sein sollten.«

Als Leo ins Haus ihres Onkels zurückkehrt, überreicht der ihr einen Brief. »Für dich.«

Sie schaut auf den Absender und dann auf ihren Onkel.

Der meint nur: »Pass auf dich auf.«

Sie geht ins Gästezimmer und reißt den Umschlag auf:

Liebe Leo, ich muss dich sehen. Komm heute Abend zu mir in mein Haus. Bitte! Valentin

Leo kleidet sich sorgfältig an. Eine schwarze enge Hose aus Flanell mit hoher Taille, eine kornblumenblaue Seidenbluse mit versteckter Knopfleiste und einen ärmellosen Pullover aus schwarzer Kaschmirwolle. Der Topfhut ist ebenfalls blau, die Winterstiefeletten wiederum schwarz. Dazu ein rostbrauner Mantel mit lang gezogenem Reverskragen und tief angenähtem Gürtel.

Komm heute Abend zu mir in mein Haus. Bitte!

Dieser Brief ist so schnörkellos wie der Mann und das Haus, in dem er lebt, denkt sie. Vielleicht kehre ich auch wieder um, wenn ich vor der Tür stehe. Zugleich weiß sie, dass es nicht so sein wird. Sie greift ihre Handtasche und geht zur Tür.

Bernhard Weiß tritt aus dem Dunkel des Flurs. »Kein Taxi«, bittet er. »Lass dich fahren. Das ist sicherer. Und ich weiß ja, wo du bist.«

»Ist dein Fahrer denn noch da?«

»Ja«, lächelt Weiß. »Ich hab angekündigt, dass er noch einen Auftrag bekommt. Danach kann er Feierabend machen. Du wirst ja bestimmt bei Winterstein bleiben.«

»Du weitsichtiger alter Jude«, lächelt sie zurück.

Der Mann liest die »Tränen des Vaterlandes« und erzählt von seinem Bruder: Ein Herz wird ausgeschüttet.

Winterstein steht am Fenster seiner Villa und schaut auf die Einfahrt. Er hofft und hofft und schimpft mit sich, weil die Sehnsucht ihn so schmerzt. Die Spannung ist kaum zu ertragen.

Der Ton meines Briefes war zu deutlich, denkt er, fast schon befehlend. Aber schöne Worte liegen ihm nicht.

Ein Scheinwerferlicht nähert sich. Er schließt die Augen, denn der Wagen fährt bestimmt vorbei. Ja, das Licht verschwindet. Sie kommt nicht. Das ist ihm jetzt klar.

Er verlässt seinen Fensterplatz. Es ist kalt im Haus. Den Kamin benutzt er fast nie, denn er kann flackerndes Feuer nur schwer ertragen. Dann riecht er verbranntes Fleisch und hört Schreie.

Er nimmt ein Buch. Gedichte des Barock. Das Lesezeichen liegt bei Andreas Gryphius und dem Sonett *Tränen des Vaterlandes*, geschrieben im Jahr 1643 im Dreißigjährigen Krieg.

Wir sind doch nunmehr ganz, ja mehr denn ganz verheeret!
Der frechen Völker Schar, die rasende Posaun,
Das vom Blut fette Schwert, die donnernde Karthaun
Hat aller Schweiß und Fleiß und Vorrat aufgezehret.

Die Türme stehn in Glut, die Kirch' ist umgekehret.
Das Rathaus liegt im Graus, die Starken sind zerhaun,
Die Jungfern sind geschänd't, und wo wir hin nur schaun
Ist Feuer, Pest und Tod, der Herz und Geist durchfähret.

Hier durch die Schanz und Stadt rinnt allzeit frisches Blut.
Dreimal sind schon sechs Jahr, als unser Ströme Flut,
Von Leichen fast verstopft, sich langsam fort gedrungen.

Doch schweig ich noch von dem, was ärger als der Tod,
Was grimmer denn die Pest, und Glut und Hungersnot,
Dass auch der Seelen Schatz so vielen abgezwungen.

Es klingelt. Winterstein legt das Buch weg, geht zur Tür und öffnet sie. Er blickt in Leos Augen. Sie schauen sich an.

Er kann nichts sagen, geht auf sie zu und nimmt sie in den

Arm. Er riecht ihren Duft, spürt ihr feines dunkles Haar auf seiner Wange und die Wärme ihres Halses.

»Es ist kalt«, stellt sie fest. »Lässt du mich rein?«

Er greift ihre Hand und zieht sie ins Haus, hilft ihr aus dem Mantel, den er achtlos in den Flur wirft. Sie nimmt ihren Hut ab und wirft ihn hinterher. Beide lachen.

»Möchtest du etwas trinken?«, fragt er.

»Ja, dich.« Sie nimmt seinen Kopf und küsst ihn.

Zehn Minuten später liegen sie im Bett. Er streichelt ihren Körper, sie presst den Mund auf sein Ohr und flüstert: »Hab keine Angst, ich rette dich. Sag mir nur, wovor!«

Nach einer Stunde weiß Winterstein, was der Begriff »Herz ausschütten« bedeutet. Er ist so lange allein gewesen, so voller Schmerz, den er hätte herausschreien sollen, bevor er versteinert ist.

»Ich hatte einen Zwillingsbruder. Baldur. Er war mit mir in der Festung Douaumont in Lothringen. Er ist zusammen mit vielen anderen jämmerlich verbrannt. Ich konnte ihm nicht helfen, und das macht mich fertig.«

»Was ist da passiert?«

»Ich war Oberleutnant, mein Bruder Leutnant. Im Mai 1916 lagen wir im Fort Douaumont in der Nähe von Verdun, eingekesselt von den Franzosen. Wir waren alle demoralisiert und unsere Lage war aussichtslos. Die Versorgung klappte schon lange nicht mehr. Und dann kam es zu dieser Explosion, ausgelöst durch uns selbst und nicht durch den Feind. Ein flammendes Inferno.«

»Das ist vierzehn Jahre her und dein Bruder ist tot. Ich verstehe, dass du noch oft an ihn denkst«, sagt Leo.

»Baldur hat mich angefleht, ihm zu helfen. Aber ich war völlig bewegungslos. Irgendwann versagte seine Stimme, die Flammen krochen an ihm hoch. Ich wollte das Feuer mit Lappen und Decken ersticken, aber alles brannte. Feuer überall.

Handgranaten explodierten und neue Brände entstanden. Die Hölle kann nicht schrecklicher sein. ›*Lasciate ogni speranza, voi ch'entrate!*‹ Lasst, die ihr eintretet, alle Hoffnung fahren!, sagte schon Dante in seinem Inferno. Die Bilder, Gerüche und Geräusche sind meine Dämonen, die mich besonders in den Nächten verfolgen.«

»Dein Bruder ist auf grausame Art gestorben und du bist kriegstraumatisiert. Hast du schon mal einen Arzt konsultiert?«

Er schaut sie an. Küsst ihre Augen, den Hals und die Brüste. Dann sagt er leise: »Mein Bruder ist nicht tot. Er lebt.«

»Menschen, an die in Liebe gedacht wird, sind nie tot«, bestätigt Leo. Sie streichelt ihm die wirren schwarzen Haare aus der Stirn. So sieht sie seine schönen dunklen Augen.

Er schiebt ihre Hand weg. »Du hast mich nicht verstanden. Mein Bruder lebt. In einem Kriegsversehrtenheim hier in Berlin.«

Leo braucht eine Weile, um zu begreifen. Mit gebrochener Stimme erzählt es Winterstein. Er kann ihr dabei nicht in die Augen sehen, hat sich von ihr abgewandt. So liegen sie nebeneinander im Bett. Das Entsetzen hat die Lust verjagt.

»Baldur hat kein Gesicht mehr. Die Augen sind verschmort, Nase und Ohren abgefallen, die Hände sind verklumpt und die Füße durch eine Infektion abgefault. Er kann nicht sehen, hören, sprechen, laufen. Er starb nicht, ist aber auch nicht lebendig. Ein Klumpen Fleisch, der künstlich am Leben gehalten wird. Seit vierzehn Jahren. Wäre er doch nur tot!«

Leo sagt nichts, drückt ihren Leib an Wintersteins nackten Rücken und umarmt ihn.

Sein Körper entspannt sich langsam. »Lass uns schöne Dinge machen«, bittet er und wirft sich auf sie.

Gegen Mittag gehen Leo und Winterstein auseinander.

»Wir sollten unsere Beziehung zunächst geheim halten«,

bittet sie. »Ich möchte nicht, dass der *Stürmer* uns mit einem Hetzartikel beglückt. Ich muss in Ruhe arbeiten können.«

»Ich will aber allen zeigen, dass wir zusammen sind«, widerspricht er. »Kann ich nicht einen Zettel mit meinem Foto auf deine Stirn kleben?«

»Zieh mir am besten einen Ring durch die Nase und hak eine Kette hinein«, schlägt sie vor. »Dann kannst du mich angeleint durch die Stadt führen.«

»Auch eine gute Idee«, lächelt er. »Dann hab ich dich immer bei mir und kann dich mit der Kette fixieren, wenn ich dich ... wenn du türmen willst.«

»Du sollest den Marquis de Sade aus deinem Bücherregal verbannen«, fordert sie. »Kann dein Fahrer mich jetzt zum Pressedienst bringen?«

Er gibt die Anweisung, sie packt ihre Sachen.

»Wann sehen wir uns wieder?«, fragt er.

»Bald«, verspricht sie, küsst ihn und verschwindet in der schwarzen Limousine.

Zwei junge Mädchen haben Angst. Ein Gauleiter schreibt seine Gedanken auf.

Die Anklage gegen Luise Neumann, Richard Stolpe und Erich Benzinger vertritt der Erste Staatsanwalt Dr. Romprecht. Er hält die drei für üble Raubmörder, die unters Fallbeil, aber mindestens ins Zuchthaus gehören. Über die zurückgezogenen Aussagen ist er nicht traurig. Die beiden Mädchen wären ohnehin Zeuginnen der Verteidigung. Sie sollten den toten Ulbrich in ein noch schlechteres Licht rücken in der Hoffnung, dass die Schuld der Angeklagten geschmälert würde. Außerdem steckt politisches Kalkül dahinter, denn der Tote hat die Nazis mit

Mädchenmaterial beliefert. Ein gefundenes Fressen für den SPD-Pressedienst und andere Gegner der NSDAP. Dieser Schachzug der Verteidigung wird keinen Erfolg haben, das schwört er sich. Angeklagt sind die drei als Raubmörder, nicht als Parteifreunde.

Am Morgen wird in den größten Berliner Zeitungen der Suchaufruf nach den Zeuginnen der Verteidigung verbreitet. Goebbels tobt und lässt seinen neuen Adjutanten Karl Hubertus Graf Schimmelmann antanzen. »Wo sind die beiden Schlampen?«

»In Dresden. Ein Parteifreund hat dort ein Hotel. Die brauchten Küchenmädchen.«

»Und er passt auf?«

»Er weiß, um was es geht. Außerdem haben wir den Damen deutlich klargemacht, was mit ihnen geschieht, wenn sie gegen unsere Kameraden aussagen.«

»Lassen wir es zunächst darauf beruhen«, entscheidet Goebbels. »Wir beobachten den Prozess, aber wenn Gefahr droht, reagieren wir entsprechend hart. Abtreten!«

Der Adjutant macht den Hitlergruß und trollt sich.

Es läuft nicht optimal, denkt Goebbels. Man hat ihm zugetragen, dass auch das Judenweib vom Pressedienst wieder in Berlin eingetroffen ist. Sie hat ihm den Ärger mit den Zeuginnen eingebrockt. An Schmettows Tod hat sie auch Schuld.

Der Graf hätte nicht exekutiert werden müssen, wenn diese Wolf die Verbindung von Ulbrichs Mädchen zu den Nationalsozialisten nicht entdeckt und darüber berichtet hätte.

Der Gauleiter entspannt sich und legt die Beine auf den Schreibtisch. Den verunstalteten Fuß hebt er mit dem gesunden auf den Tisch. Dort stehen ein gerahmtes Foto des Führers, eine Schatulle mit einer schussbereiten alten Parabellumpistole und der beste französische Cognac, den es gibt.

Goebbels setzt sich auf und holt eine Kladde hervor. Er ist sich bewusst, dass dieses Tagebuch in ferneren Tagen historische Bedeutung haben wird – entweder als Heldenepos oder als Machwerk eines Geisteskranken. Wir werden als die größten Staatsmänner aller Zeiten in die Geschichte eingehen oder als ihre größten Verbrecher, denkt er.

Er greift zum goldenen Füllhalter und schreibt:

Mein altes Fußleiden hat meine Kindheit und Jugend ziemlich freudlos werden lassen. Ich war auf mich angewiesen. Konnte mich nicht an den Spielen der anderen beteiligen. Wurde einsam und eigenbrötlerisch. Die Kinder in meinem Alter mochten mich nicht und verhöhnten mich. Die Lähmung konnte leider auch durch eine Operation nicht behoben werden. Ich wusste, dass ich diesen körperlichen Fehler durch geistige Fähigkeiten ausgleichen musste.

Selbstmitleid übermannt ihn. Dieser verdammte Fuß! Wenn er vor tausend Leuten auf die Bühne humpelt, weiß er, was die Menschen denken. Auch die Kameraden. Sie nennen ihn heimlich »Humpelstilzchen«, »Wotans Micky Maus«, »Wotansfurz«, »Mephistopheles« und »nachgedunkelter Schrumpfgermane«.

Er schüttelt sich und tupft sich ein paar Tränen ab. Es klopft. Seine Sekretärin erinnert ihn an einen Termin mit Vertretern der deutschen Wirtschaft.

Eine Zeit ohne Moral gebiert Verbrecher. Das junge Mädchenfleisch bleibt verschwunden. Ein junger Mann ist enttäuscht.

Die Verteidiger der Angeklagten im Mordprozess sind Justizrat Dr. Leo Davidsohn und Dr. Sidney Mendel – beides erfahrene

Anwälte und Strafverteidiger. Leo Wolf bekommt den Auftrag, einen Vorbericht zum Prozess zu schreiben, dazu muss sie mit den Verteidigern sprechen.

Davidsohn hat sich um das Mandat sehr bemüht, ist bei Lieschens Eltern gewesen, die ihm nach dem Gespräch ihr Vertrauen geschenkt haben. Die *Weltbühne* schreibt ironisch vom *Liebeswerben der Juristen.*

Die Anwälte wissen, dass ihnen durch diesen Prozess viel Aufmerksamkeit zuteil werden wird. So geben sie Leo bereitwillig Auskunft. In der Abendausgabe erscheint ihr Artikel:

VERTEIDIGER: »UNGLÜCKLICHE UMSTÄNDE« FÜHRTEN ZUM RAUBMORD AN UHRMACHER ULBRICH

Dr. Leo Davidsohn und Dr. Sidney Mendel sind sich sicher: Das Mordopfer Fritz Ulbrich hat die drei Angeklagten durch sein Verhalten geradezu zu der Tat animiert. Davidsohn, der Verteidiger der Hauptangeklagten Luise »Lieschen« Neumann, geht sogar noch weiter und bezeichnet seine Mandantin als sanftes, liebes, vielleicht etwas naives Mädchen, das sich innerlich immer dagegen gesträubt habe, Ulbrich zu Willen zu sein. »Irgendwann konnte sie das nicht mehr aushalten«, äußert der Verteidiger.

ELEND UND ZUKUNFTSÄNGSTE IN EINER ZEIT OHNE MORAL

Dr. Mendel hält auch die Schuld seiner beiden Mandanten Stolpe und Benzinger für gering. Er macht die äußeren Umstände für die grausame Tat verantwortlich. Elend, Arbeitslosigkeit und Zukunftsängste in einer Welt, die »keinerlei Moral« mehr zeige. Den Hinweis, dass die Ermordung Ulbrichs laut Aussagen der Angeklagten etwa eine Stunde gedauert habe – womit genug Zeit gewesen wäre, von der Tat doch noch abzulassen –, lässt Mendel nicht gelten. Die Angst vor der Entdeckung habe die beiden Männer »im Griff gehabt« und verhindert, Ulbrich zu verschonen.

MÄDCHEN ZIEHEN AUSSAGEN ZURÜCK – FRISCHFLEISCH FÜR NAZIS?

Zwei junge Zeuginnen, die bei der Polizei einiges über die Geschäfte des Uhrmachers mit Nacktfotos und seine Verbindung zur Prostitution ausplauderten, haben ihre Aussagen inzwischen zurückgezogen und sind unauffindbar. Sie sollten bezeugen, dass Ulbrich Mitglieder der selbst ernannten Herrenrasse mit »jungem Mädchenfleisch« beliefert hat.

KALTBLÜTIGE MÖRDER ODER JUNGE MENSCHEN AUF DEM FALSCHEN WEG?

Die Verteidiger geben sich siegesgewiss, die Strafkammer des Landgerichts III überzeugen zu können, dass die Angeklagten keine kaltblütigen Mörder sind, sondern junge Menschen, die ohne eigene Schuld auf den Weg des Verbrechens geraten sind. Man darf gespannt sein, ob das Gericht dieser Ansicht folgt. (Leo)

Redakteur Jakob Tiller liest Leos Artikel und übernimmt ihn für die *Vossische Zeitung*. Sie ist mutig, denkt er, wiederholt die Anschuldigungen gegen die Nazi-Bande, als habe sie den widerlichen *Stürmer*-Artikel nicht gelesen. Er ruft Leo an und lädt sie zu einem Bier ins Künstlerlokal *Die Insel* ein. Sie lehnt ab. Vor dem Haus des Pressedienstes wartet schon der Fahrer der Familie Weiß, um sie sicher in die Villa zu bringen. Tiller versteht das.

»Der Beginn unserer Freundschaft war ziemlich holperig«, sagt er dann. »Hat dich Herr Winterstein nach dem Abend im *Romanischen Café* eigentlich wohlbehalten nach Hause gebracht?«

»Ja, hat er. Der Sturm war allerdings heftig. Ein Baum lag quer über der Straße und wir kamen nicht weiter.«

»Und dann hat er eine Säge geholt und den Stamm zerteilt? Was für ein Held!«

»So ähnlich«, grinst Leo. »Du hast mich ja schnöde sitzen lassen.«

»Wie bist du dann nach Hause gekommen?«

»Am Morgen war der Baum beiseitegeräumt.«

»Dann warst du die Nacht über bei ihm?«, ruft Tiller entsetzt. »Hat Winterstein dich bedrängt?«

»Aber nein.« Leo tut unschuldig. »Er hat mir Obdach gewährt und mir Essen und Trinken gegeben.«

»Dann war es ja gar nicht so schlimm, dass es mit unserem Tanzabend nicht geklappt hat«, entgegnet Tiller leicht verstimmt.

»Stimmt. Ich habe mich gut amüsiert. Ich muss los. Wir sehen uns – spätestens beim Mordprozess am Mittwoch.« Sie legt den Hörer auf und lacht. Winterstein ist ein rotes Tuch für junge Männer, denkt sie, erst Lukas und nun Jakob.

Der Fotograf kämpft eine Viertelstunde um sein Leben und verliert doch.

Mittwoch, 28. Januar 1931. Der erste Verhandlungstag im Mordprozess gegen Luise Neumann, Richard Stolpe und Erich Benzinger. Der Zuhörerraum des Schwurgerichtssaals am Landgericht III ist bis auf den letzten Platz belegt. Leo und Jakob Tiller treffen sich in der Schlange vor der Kontrolle. Sie bekommen Stuhlnummern nebeneinander.

Auf der Bank der Sachverständigen sitzen die Gerichtsärzte und Sachverständigen Leppmann und Dyrenfurth, die Professoren Kramer und Fränkel sowie die Psychiater Abraham und Groß.

Die Verhandlung beginnt mit einer Erklärung des Vorsitzenden Landgerichtsdirektor Schmidt, der Fotografieren und

Zeichnen im Saal verbietet. Die Warnung ist an die anwesenden Pressevertreter gerichtet.

Das Publikum ist bunt gemischt. Die Anzahl junger, hübscher Mädchen fällt auf.

Leo ist aufgeregt. Endlich wird sie die drei Angeklagten leibhaftig sehen. Die wenigen Fotos, die veröffentlicht wurden, können einen persönlichen Eindruck nicht ersetzen.

Die drei Angeklagten werden von Gerichtsdienern in den Saal geführt. Zunächst befragt der Vorsitzende Richter die Angeklagten zu ihren Personalien.

Lieschen Neumann beantwortet die Fragen als Erste. Dabei weint sie in ihr Taschentuch. Sie ist hochschwanger, mit einem Bauch, der zu platzen droht. Sie ist auf eine einfache Art hübsch, sieht aber nicht sensationell gut aus. Ihre Lippen sind dick und das, was man sich unter sinnlich vorstellt.

Der ungelernte Kutscher Richard Stolpe hat kindliche, derbe Gesichtszüge und dunkelblondes Haar. Er tritt als Bräutigam von Lieschen Neumann auf und behauptet, Vater ihres Kindes zu sein.

Erich Benzinger schließlich wirkt stumpf und teilnahmslos. Fast, als ob er nicht wirklich verstünde, dass er in einem Mordprozess als Angeklagter vor Gericht steht.

Der Richter beginnt die erste Vernehmung. »Schildern Sie den Abend aus Ihrer Sicht, Herr Benzinger.«

»Lieschen hatte die Tür anjelehnt und wir konnten hinein. Stolpe trat jegen einen Eimer, da gab es ein Jeräusch. Da wachte Ulbrich auf und stieß vor Schreck einen Schrei aus. Ick drückte ihn zurück, sodass er aufs Bett zurückfiel. Ick packte zu, musste dann aber pieseln. Richard würgte den Ulbrich dann, doch der wollte nicht totjehen.«

»Wie lange hat das Würgen gedauert?«, fragt der Vorsitzende Richter.

»Zehn bis fünfzehn Minuten. Dit Lieschen stand Schmiere. Wir fanden bloß achtundzwanzig Mark als Beute. Davon gab mir Stolpe sieben Mark. Ooch sechs oder sieben Uhren haben wir mitjenommen.«

Der Richter will wissen, wer von den dreien die Idee zum Mord hatte. Benzinger beschuldigt Stolpe und behauptet, dass Lieschen ein Beil unters Bett gelegt und gesagt habe: »Wenn ihr in der Nacht nicht kommt, erschlag ich ihn selber.«

Ein Raunen im Gerichtssaal. Der Vorsitzende Richter ordnet eine Pause an. Danach soll die Vernehmung von Lieschen Neumann stattfinden.

Kein reicher Jude zum Totschlagen in Sicht. Die Augenweide sensationslüsterner bourgeoiser Luxusweiber verliert ihren »Glanz«.

In der Pause setzen die Journalisten ihre ersten Berichte per Telefon ab. Im Presseraum ist die Hölle los. Benzingers Behauptung, dass Lieschen den Ulbrich mit einem Beil erschlagen wollte, hat das Bild von einem harmlosen sechzehnjährigen Mädchen zunichtegemacht.

»Was denkst du?«, fragt Tiller. »Sagt Benzinger die Wahrheit?«

»Vielleicht will er nur von sich ablenken. Hast du Lieschens Gesicht beobachtet, als er von dem Beil redete?«

»Nein.«

»Ich aber. Sie hat nicht mit der Wimper gezuckt.«

»Wir müssen wieder rein, die Pause ist zu Ende.«

»Wie haben Sie Fritz Ulbrich kennengelernt?«, fragt der Richter.

»Ick war fünfzehn Jahre alt, als meine Freundin Friedl Seemann mich dem Ulbrich vorstellte. Wir beide gingen eines Tages an dem sein Geschäft vorbei und hörten ein Grammofon spielen. Ulbrich stand in der Tür und rief meiner Freundin zu: ›Na, Friedl, bringst du mir eine neue Freundin mit?‹ Meine Freundin sagte drauf: ›Du, es ist kalt, jehen wir rein und wärmen wir uns ein bisschen.‹«

Im Geschäft zeigt Ulbrich den beiden ein Album mit Fotografien von Mädchen und Frauen, die in allerhand Kostümen stecken. Er fragt Lieschen, ob sie sich nicht auch fotografieren lassen will. Sie stimmt zu. Als sie ein paar Tage später die Fotos abholt, macht ihr Ulbrich den Vorschlag, ihm noch mal Modell zu stehen – so erzählt die Angeklagte.

»Er zeigte mir ein Album mit Bildern, da waren die Mädchen und Frauen alle nackt. Er sagte, ick hätte eine jute Figur, er möchte mich jerne ooch so aufnehmen, er sei bereit, mir etwas dafür zu jeben. Nach einigen Tagen bin ich dann hinjegangen und er hat von mir Nacktaufnahmen gemacht. Dafür habe ich fünf Mark bekommen und dann gab er mir noch zwei Mark für Besorgungen. Ich habe die sieben Mark genommen und bin jegangen.«

»Was hat Ihr Bräutigam Stolpe dazu gesagt?«, fragt der Richter.

»Er ist zu Ulbrich hin und der jab ihm denn ooch Jeld. Als wir dann wieder mal blank waren, sagte der Richard zu mir: ›Lieschen, du könntest noch mal zu Ulbrich gehen, denn ich brauche Jeld!‹«

Das Publikum im Saal erfährt, dass Stolpe immer wieder Geld von dem Uhrmacher forderte. Als Lieschen schwanger wurde, erlosch das Interesse des Hobbyfotografen und die Geldquelle versiegte.

»Stolpe meinte: Da muss man es halt anders machen«, erklärt Lieschen. »Er ist zu seinem Freund Benzinger gegangen. Der hatte schon öfter gesagt: Sollen wir nicht lieber einen reichen Juden totschlagen?«

Da die Angeklagten aber keinen reichen Juden kennen, bleibt es bei Ulbrich.

»Und wie war das mit dem Beil?«, fragt der Richter.

Lieschen gibt zu, ein Beil griffbereit unters Bett gelegt zu haben.

»Sie wollten Ulbrich damit erschlagen, wenn die Männer einen Rückzieher machen sollten?«

»Ja, ich habe es vom Ofen jeholt und es so unters Bett gelegt, dass ich es beim ersten Griff erwischen konnte«, antwortet Lieschen und lächelt dabei.

Richard Stolpe bezeichnet seine Beziehung zu Lieschen zunächst als liebevoll. Allerdings habe sich das mit dem Auftauchen Ulbrichs geändert.

»Ick wollte wissen, ob sie mit ihm jeschlechtlichen Verkehr hatte. Ick jing zu Ulbrich, doch er bestritt dit und schenkte mir eine Uhr und später ooch Jeld. Die Uhr hab ick verkooft, weil Lieschen Schuhe und Strümpfe brauchte. Doch sie jing immer weiter mit anderen Männern, sodass ick mir trennen wollte.«

»Ihre Verlobte hatte noch andere Bettgenossen?«, fragt der Richter.

»Hatte se«, behauptet Stolpe.

»Hatte ick nicht«, schreit Lieschen.

»Angeklagte, halten Sie sich zurück, sonst lasse ich Sie aus dem Saal entfernen. Sie haben von Ulbrich also Geld genommen. Wie ging es weiter mit Ihrer Verlobten?«

Stolpe blickt Lieschen frech an. »Als wir wieder keen Jeld hatten, wollte mich Lieschen zum Diebstahl bei Ulbrich verführen. Sie sagte: Der alte Mann muss kaltjemacht werden.«

Die Zuschauer sind entsetzt. Stolpe will sich als Opfer präsentieren und Lieschen hinhängen. Pfuirufe erklingen. Der Richter mahnt Ruhe an.

»Warum haben Sie das Ansinnen Ihrer Verlobten nicht zurückgewiesen?«, fragt der Richter.

»Ick war machtlos gegen ihr. Und sie hat mich überredet.

Wir sind dann hin, aber als der aufschrie, wollte ick, dass er stille ist, und hab ihm die Hand auf die Gurjel jedrückt.«

Tumult im Saal. Der Richter beendet den Prozesstag. Lieschen weint, die Journalisten schreiben eifrig und rennen in den Presseraum.

Heftig diskutierend verlassen die Zuschauer das Moabiter Landgericht. Lieschen hat bei ihnen keine Sympathie erweckt und sie sowieso enttäuscht, denn sie hat nichts, aber auch gar nichts von einer männermordenden Femme fatale, der die Männer hechelnd zu Füßen liegen. Und das liegt nicht nur an ihrer Schwangerschaft. Es fehlen Verve und Niveau. Aber dass Stolpe seine Braut so schlechtgemacht hat, findet das Gros des Publikums ganz übel. Rufe nach dem Fallbeil und dem Galgen werden laut. Mitleid mit dem Opfer kommt nicht auf. »Gut, dass die Sau weg ist«, ist noch eine der freundlicheren Bemerkungen.

Die kommunistische Zeitung *Rote Fahne* berichtet vom ersten Prozesstag so:

DIE ANGEKLAGTEN KÄMPFEN UM IHREN KOPF – JUGENDLICHE MÖRDER ALS AUGENWEIDE GESCHMINKTER BOURGEOISER LUXUSWEIBER!

Nicht nur im überfüllten Zuschauerraum, auch auf den Rängen und selbst im Gerichtssaal – zwischen Zeugen, Sachverständigen und Presseberichterstattern – sitzen sie, die geschminkten, pelzbemäntelten Bourgeoisweiber und Töchter und die Kokotten der ganzen bürgerlichen Nichtstuermeute, die mit sadistischer Lust die drei jugendlichen Mörder auf der Anklagebank betrachten und den Gang der Verhandlung anhören.

Ein Leben im Augenblick. Der schöne Mann denkt an die schamlose Göttin, will einen Schlussstrich ziehen und versteckt ein wertvolles Bild.

Valentin Winterstein betrachtet ein Gemälde. Otto Dix hat Anita Berber gemalt und endlich ist es Winterstein gelungen, das Bild zu erwerben. 1925 stand sie nackt für Dix Modell, der sie allerdings in ein rotes Kleid steckte und sie so alt malte, wie sie nie geworden ist: ausgezehrt, eingefallen, faltig, der Mund blutrot, mit blassem Teint und dunklen, glanzlosen Augen. Anita Berber war entsetzt, als sie das Bild sah.

Winterstein kennt kein Bild, das so viel Rot in sich vereint und trotzdem nicht aggressiv, sondern traurig wirkt. Unter dem transparenten roten Kleid heben sich kleine Brüste; die weißen, dünnen Spinnenfinger – Hände einer alten Frau – krallen sich in den Faltenwurf des engen Kleides.

Er ist vor Jahren einer ihrer Liebhaber gewesen. Schamlose Göttin – so hat man sie genannt. Winterstein kennt sie anders – als eine depressive, introvertierte Frau. Die Show, die sie auf der Bühne abgezogen hat, war eine einzige Lüge, aber fast immer ausverkauft. Prominente, meist betuchte Männer mittleren Alters, waren ihre Opfer, sie zahlten ordentliche Preise, um – in einem Kabarett oder einer adäquaten Privatwohnung – der Berber während ihres Auftritts zwischen die Beine fassen zu dürfen. Natürlich trugen diese Männer dabei Masken, um nicht erkannt zu werden. Auch mit Frauen hatte Anita Berber sexuelle Beziehungen. Die waren für sie genauso unbedeutend wie ihre Männergeschichten. Leben im Augenblick ohne Rücksicht auf irgendwelche Menschen und sich selbst. Das Ganze stets unter Kokain.

Winterstein hat jahrelang nach dem Bild gesucht, Kunsthändler beauftragt, es zu finden. Es soll den Schlussstrich unter ein Leben ziehen, das er selbst geführt hat.

Jetzt, wo ihm das Bild gehört, mag er es nicht mehr. Auch

wegen Leo. Das Bild einer verflossenen Geliebten mit zweifelhaftem Ruf in seinem Haus aufzuhängen, könnte sie zumindest verwirren. Und ihre Wut darüber möchte er nicht erleben. Er packt das Bild und stellt es hinter einen Schrank.

Es klingelt. Frau Pauly schlurft zur Tür und kommt mit einer Depesche zurück. Das Landgericht lädt Valentin Winterstein als Zeuge der Verteidigung im Mordprozess Ulbrich vor. Er soll Auskunft über die verschwundenen Mädchen und ihre zurückgezogenen Aussagen geben. Der Termin ist schon morgen.

Endlich im Mittelpunkt: Lieschen ist jetzt wer. Ein Heim für gefallene Mädchen ist kein »bordellartiger Betrieb«.

Vor dem Gerichtssaal trifft Winterstein auf Leo und Tiller. Man gibt sich die Hand zur Begrüßung. Tiller bemerkt dennoch die Blicke, die sich die beiden zuwerfen.

»Was machst du hier?«, fragt Leo.

»Ich bin überraschend Zeuge der Verteidigung«, antwortet er. »Es geht wohl um Ulbrichs Geschäfte mit den Nazis. Die Mädchen, die er geliefert hat.«

Auf dem Flur erscheint Verteidiger Dr. Davidsohn, winkt aufgeregt und kommt schnell näher. Er wendet sich an Winterstein. »Entschuldigen Sie, dass ich noch nicht mit Ihnen gesprochen habe, aber ich habe gestern erst die Protokolle von den Vernehmungen der Mädchen bekommen. Leider haben die ja ihre Aussagen zurückgezogen. Aber die beiden haben Sie erwähnt, Herr Winterstein.«

»Ja, die Mädchen haben mir von Ulbrichs Mädchenlieferungen an die Nazis erzählt.«

»Dann bezeugen Sie das«, nickt Davidsohn zufrieden.

Der Gerichtsdiener öffnet die Tür. Die Zuschauer drängeln in den Saal. Als Zeuge muss Winterstein auf dem Flur warten.

Die Leiterin der Jugendfürsorge wird zuerst befragt. Sie hat Lieschen mehrere Male getroffen, einige Stunden mit ihr verbracht und ein Gutachten über sie erstellt. Der Fürsorgerin ist aufgefallen, dass Lieschen stets gut gelaunt ist und oft unmotiviert lacht. »Auf die Frage, warum sie denn gar so gut aufgelegt sei, antwortete sie: ›Man kann doch nicht immer heulen.‹«

»Haben Sie den Eindruck, dass die Angeklagte nicht begriffen hat, weshalb sie vor Gericht steht?«, fragt der Richter.

Die Fürsorgerin bejaht. »Für sie ist das ein Spiel, in dem sie im Mittelpunkt steht. Sie genießt es, von den vielen Leuten hier im Gerichtssaal beachtet zu werden. Sie fragt jeden Tag nach Zeitungsartikeln über sich. Sie ist jetzt jemand.«

»Haben Sie mit ihr über die Tat gesprochen?«

»Ja. Sie nimmt kein Blatt vor den Mund, selbst die ordinärsten Ausdrücke gehen ihr locker und leicht über die Lippen. Sie ist gerissen und unerfahren zugleich. Rohheit und Feingefühl wohnen bei ihr einträchtig beisammen.«

»Wie meinen Sie das?«

»Auf der einen Seite betont sie immer wieder, dass sie den Ulbrich gemocht hat, zeigt aber keinerlei Emotionen und schon gar kein Mitleid, wenn sie über die Vorfälle in der Nacht spricht. Sie lügt, kann sich aber ihre Lügen nicht merken und sagt innerhalb von Minuten das Gegenteil dessen, was sie vorher angegeben hat.«

»Dann zeigt sie keine Reue?«

»Ich habe keine Reue oder Einsicht feststellen können.«

Geflüster im Saal. Die Zuschauer blicken zu der Angeklagten. Die sitzt breitbeinig auf der Anklagebank und schweigt.

»Wie steht sie zu ihrem Kind, das bald auf die Welt kommen wird?«

»Sie klagt über Unwohlsein. Übelkeit, dicke Beine und andere körperliche Beschwernisse. Einmal sagte sie, dass sie sich wünsche, dass das Kleine tot geboren würde. ›Ick brauch dit Balg nicht‹ – so waren ihre Worte.«

Erneut Pfuirufe im Saal. Lieschen sinkt tiefer in ihren Sitz und schluchzt.

Auch Lieschens Bekannte Frieda Seemann, die die Leiche des Uhrmachers gefunden hat, wird vernommen. Ob das Gericht der Gemüsehändlerin glaubt, dass sie sich nicht nackt hat fotografieren lassen, bleibt offen. Sie bestätigt aber, dass Ulbrich Lieschen durch sie kennengelernt hat.

Verteidiger Sidney Mendel fragt nach Ulbrichs Geschäftsgebaren. »Es war zu lesen, dass Ulbrich die Mädchen in A-, B- und C-Ware eingeteilt hat. Was wissen Sie darüber?«

»Dit stimmt. A-Ware-Mädchen waren besonders jung und hübsch. Die hat der Fritz wichtigen Kunden überlassen.«

»Überlassen wozu?«

»Na, Ball jespielt haben die nicht.«

Lachen im Saal.

»Bitte beantworten Sie die Frage«, fordert Mendel.

»Zum Vergnüjen dieser Herren.«

»Wissen Sie, wer diese – wie Sie sagen – Herren waren?«

»Nee, dit weeß ick nicht.«

»In der Presse war von NSDAP-Mitgliedern die Rede.«

Jetzt greift der Staatsanwalt ein. »Es ist überflüssig zu fragen, wer die Kunden waren. Ulbrich ist tot und kann nicht mehr bestraft werden. Wir verhandeln hier wegen Raubmordes gegen drei Angeklagte und nicht gegen einen Toten.«

Mendel widerspricht: »Es geht doch um das gesamte Umfeld, in dem sich die Angeklagten bewegt haben.«

Der Ton des Staatsanwaltes wird scharf. »Dazu gehören aber keine Verdächtigungen, die eine unseriöse Presse in die Welt gesetzt hat.«

»Es gab zwei Zeuginnen, die bei der Polizei zu diesem Thema ausgesagt haben«, versucht es Mendel weiter.

»Und wo sind Ihre Zeuginnen? Beruflich unterwegs?«, spottet der Ankläger. »Die Zeuginnen der Verteidigung haben ihre Aussagen zurückgezogen. Deshalb können wir diesen Pfad, der in die Irre führt, jetzt verlassen, Herr Verteidiger.«

»Wir beantragen, einen Zeugen zu hören, der mit den Mädchen gesprochen hat.«

»Hörensagen!«, schreit der Staatsanwalt.

»Ein Zeuge vom Hörensagen ist kein unzulässiges Beweismittel!«, erklärt Dr. Mendel.

Jetzt übernimmt der Richter. »Wenn ich die Herren einmal belehren darf: Auch der Hörensagen-Zeuge ist ein Zeuge, weil er seine eigene konkrete Wahrnehmung bekunden kann. Es werden allerdings an die Beweiswürdigung hohe Anforderungen gestellt. Und die zu bewerten ist meine Aufgabe.«

»Aber wohin führt das?« Staatsanwalt Romprecht kämpft weiter und wiederholt: »Ulbrich ist tot, niemand kann ihn mehr bestrafen.«

»*Ibi iurgium fuit satis.* Genug gestritten. Wir hören den Zeugen. Er komplettiert das Bild.« Der Richter gibt dem Gerichtsdiener einen Wink.

Winterstein setzt sich auf die Zeugenbank. Der Richter befragt ihn zur Person.

»Valentin von Winterstein, vierzig Jahre alt, von Beruf Verleger.«

»Inwieweit sind Sie mit diesem Prozess vertraut?«

»Ich lese Zeitung.«

»Was haben Sie mit den Zeuginnen Lydia Fischer und Anna Rudolf zu tun?«

»Ich finanziere ein Heim für Mädchen in Not am Liepnitzsee. In diesem Heim lebte eine Reihe junger Frauen. Dort fand Ulbrich auch Modelle. Sie haben mir berichtet, dass Ulbrich sie und Eva, die ja Opfer eines Verbrechens wurde, zwecks sexuellen Missbrauchs an NSDAP-Anhänger geliefert hat.«

»Sie finanzieren ein Heim für Mädchen in Not?«, kreischt

der Staatsanwalt. »Handelt es sich dabei um einen bordellartigen Betrieb?«

Winterstein bleibt gelassen. »Das Heim wird von der Sozialfürsorge überprüft und von ausgebildeten Fürsorgern betreut. Die Mädchen stammen aus desolaten sozialen Verhältnissen und haben Schlimmes erlebt. In dem Heim bekommen sie eine Berufsausbildung und werden dann in Stellungen vermittelt.«

»Wie ehrenhaft«, spottet der Staatsanwalt. »Leider verstehe ich noch immer nicht, was das alles hier soll.«

»Wir wollen dem Anschein entgegentreten, dass Ulbrich ein harmloser alter Mann war, der seine schmale Kasse aufbesserte, indem er Wedding-Schwalben nackt fotografierte«, erklärt Mendel. »Der Tote wollte den Mädchen nichts Gutes tun, er hat schmutzige Geschäfte mit Kindern betrieben und seine besten Kunden waren Männer, die einer Partei anhängen, die uns allen ihre völkische Moral aufzwingen will.«

Winterstein erzählt nun detailliert, was Lydia und Anna ihm über den Abend im Nazi-Sportlerheim berichtet haben.

Leo beobachtet ihn während der Aussage. Er ist präzise in seiner Wortwahl und bleibt bei Zwischenrufen des Staatsanwalts gelassen. Auch die Befragung durch den Ankläger kann ihn nicht aus der Ruhe bringen.

Nach einer halben Stunde wird Winterstein entlassen. Die Verhandlung wird auf Samstag, den 31. Januar vertagt.

Es ist kein Spaß mehr: Die verwirrte Angeklagte wird nachdenklich. Wann soll man lügen und wann nicht?

Im Frauengefängnis Barnimstraße. Der Prozessverlauf hat Lieschen Neumann nachdenklich gemacht. Sie ahnt jetzt, dass dies alles doch kein Spiel ist und dass es dem Publikum nicht um sie geht, sondern um die Sensation.

Sie kann es so nicht benennen, ihre Gedanken sind wirr und in Entschuldigungen verstrickt, die sie sich zurechtlegt. Sie hat Onkel Fritz gemocht, aber nur so lange, wie er nett zu ihr war. Am Anfang, als sie bei ihm auftauchte, waren manchmal andere Mädchen da und er hat sie weggeschickt. Aber später hat er sie mit kleinen Geschenken in seinen Laden gelockt, ihr zu essen gegeben und ihr auf dem Grammofon Musik vorgespielt. Anschließend hat er sie nackt fotografiert und danach musste sie zu ihm ins Bett – auch wenn ihr nicht danach war. Manchmal hat er sie mit weißem Puder bestäubt und ihr eine Perücke aufgesetzt. Das sei künstlerische Fotografie, so seine Behauptung.

Gut, dass er weg ist, denkt sie und erschrickt sich. Ihr Anwalt hat ihr verboten, solche Gedanken laut zu äußern. Sie hat ihn daraufhin gefragt, ob man vor Gericht nicht die Wahrheit sagen müsse. Sidney Mendel hat versucht, ihr zu erklären, dass sie als Angeklagte einer Mordtat jedenfalls nicht immer alles sagen muss. Sie weiß, dass sie höchstens mit zehn Jahren Gefängnis bestraft werden kann, weil sie minderjährig ist.

Lieschen hält sich den Bauch. Das Baby tritt mal wieder. Bald ist es so weit. Sie hasst dieses Kind schon jetzt. Stolpe glaubt, dass er der Vater ist. Sie ist sich nicht sicher, ob das stimmt. Auch Ulbrich könnte der Vater sein. Es ist ihr egal. Sie weiß nur, dass sie das Balg nicht haben will.

Ein Pfarrer hat sie besucht und ihr etwas über die Kinderfürsorge erzählt, die auch für Säuglinge gilt. Im Reichsjugendwohlfahrtsgesetz steht, dass »jedes deutsche Kind ein Recht auf Erziehung zur leiblichen, seelischen und gesellschaftlichen Tüchtigkeit hat«. Der Pfarrer hat ihr versprochen, dass das Kind bei der Fürsorge gut aufgehoben sein wird, wenn sie sich von ihm trennen will.

»Hauptsache, dit Kleene kommt nicht in die Sparrstraße

zu meiner Familie«, hat Lieschen gejammert und eine Willenserklärung unterzeichnet. Sie erwähnt ihre Schwester Erna, neunzehn Jahre alt, die sie immer gehasst habe und sich bestimmt an dem »Kleenen« vergreift.

Das hat den Pfarrer erschüttert. Er nimmt sich vor, das Kind der jungen Frau zu behüten und früh einen Antrag auf Vormundschaft zu stellen.

Ein Kommissar spielt das Lieschen. Ein alter Mann warnt die junge Frau vor einer braunen Zukunft.

Am dritten Verhandlungstag verwehrt der Vorsitzende Richter der Öffentlichkeit zunächst den Zugang. Es sollen Intimitäten zur Sprache kommen. Die Journalisten dürfen bleiben. Gerichtsdiener legen die Fotos mit den Nacktaufnahmen von Lieschen auf einem Tisch aus. Sie werden unter den Argusaugen der Justizbeamten ausführlich begutachtet, dürfen aber nur angeschaut und nicht berührt werden.

Danach wird der Prozess wieder öffentlich. Ein Teil der Zuschauer hat das Gebäude inzwischen verlassen, aber der Saal ist dennoch gut gefüllt.

Der Richter ordnet an, die Tat nachzustellen. Eine Bank vertritt das Bett. Die Rolle des Ermordeten will keiner der Gerichtsdiener spielen. Schließlich übernimmt der Sachverständige Dr. Felix Abraham den Job. Kriminalkommissar Thomas mimt Lieschen Neumann. Stolpe und Benzinger sollen sich selbst darstellen, weigern sich aber zunächst. Ihre Verteidiger können sie schließlich überreden.

Dr. Abraham – Ulbrich – legt sich auf die Bank, Kommissar Thomas – Lieschen – quetscht sich neben ihn. Benzinger stellt sich ans Bettende, Stolpe gegenüber ans Kopfende. Abraham (Ulbrich) steigt über Thomas (Lieschen) von der Bank. Dabei stößt er mit der Hand an Stolpes Kopf. Der schlägt die Hand zurück, dreht Ulbrichs Kopf um, packt ihn am Hals und drückt das Gesicht auf die Bank. Lieschen sieht interessiert zu, lächelt sogar, als Ulbrich sich den Hals reibt. Die Show gefällt, Applaus kommt auf, wird aber vom Richter mit einer zornigen Handbewegung erstickt.

Verhandlungspause. Leo verlässt den Saal. Jakob Tiller ist heute nicht da, die *Vossische* hat den Star ihrer Gerichtsreporter geschickt: Moritz Goldstein. Er hat alle wichtigen Prozesse der letzten Jahre verfolgt und ist Ressortleiter Justiz. Sein Redaktionskürzel ist *»Inquit«*, was übersetzt »Er sagt« bedeutet. Er ist in den Fünfzigern und unter den Kollegen, den Spitzbuben und der Justitia bekannt wie ein bunter Hund.

Jetzt steht er auf dem Flur und qualmt. Leo stellt sich vor.

»Ach, Sie sind das«, lächelt Goldstein und hüllt sie in eine Rauchwolke ein. »Ganz schön mutig für eine Frau.«

»Wer sagt denn, dass Frauen nicht mutig sein können?«

Goldstein drückt seine Zigarre in einem Aschenbecher aus und tritt nah an sie heran. »Fräulein Wolf, wir Juden haben in Deutschland keine Zukunft mehr. Man wird uns nicht nur unser Geld wegnehmen, sondern auch unsere Würde und unser Leben. Viele unserer Glaubensgenossen haben das noch nicht verstanden oder wollen es nicht verstehen. Sie sind eine junge Frau. Verlassen Sie Deutschland, so lange es noch geht. Jeder dieser Nazibonzen wird eine Totenglocke für uns Juden sein.«

»Ich gehe nach diesem Prozess nach Wien zurück.«

Goldstein schüttelt den Kopf. »Das ist nicht weit genug. Es gibt Gespräche über den Anschluss Österreichs, wenn die NSDAP die Macht in Deutschland übernommen hat. Auch Italien wäre keine gute Idee. Hitler und Mussolini senden auf derselben Wellenlänge. Ich wünsche Ihnen und Ihrer Familie alles Gute. Grüßen Sie ihren Onkel von mir. Er hält sich tapfer und hat Goebbels schon manches Mal in die Knie gezwungen.«

Wer fallen will, muss erst einmal gestanden haben. Der schöne Mann ruft den Onkel an.

Lieschens Lehrerin Frau Pulver wird vernommen. Sie hat die Angeklagte in der Volksschule unterrichtet und eine gute Meinung von ihr: »Lieschen war immer freundlich und verträglich. Ich bemerkte niemals einen Zug von Grausamkeit an ihr. Obwohl ihre Mitschülerinnen sagten: Lieschen lügt und stiehlt, habe ich immer einen sehr günstigen Eindruck gehabt. Ich war der Ansicht, es steckt viel Schönes und Gutes in ihr. Lieschen hat mein Vertrauen nie missbraucht. Ich hatte nie einen Grund, über sie zu klagen.«

Der Staatsanwalt fragt: »Lieschen verfügt ja über sehr großes Raffinement. Sind Sie nicht vielleicht selbst auch diesen Eigenschaften zum Opfer gefallen?«

»Das glaube ich nicht. Ich spreche mich selbst von einer persönlichen Schuld nicht ganz frei, weil ich mich um Lieschen nach der Schule nicht mehr kümmern konnte, aber es sind eben zu viele Kinder, die einer Betreuung bedürfen.«

Sie berichtet von einer Freizeit der Kinder, drei Tage am Werbellin-See. Als sie die Kinder später fragte, was ihnen am besten gefallen hätte, lautete die Antwort: »Dass wir jede ein Bett für uns hatten.«

Im Zuschauerraum fließen erste Tränen. Auch die Zeugin weint.

»Würden Sie Lieschen als gefallenes Mädchen bezeichnen?«

Pulver: »Um fallen zu können, muss man erst einmal gestanden haben.« Die Zeugin lächelt Lieschen an. »Alles Gute, Kindchen«, sagt sie und verlässt den Gerichtsaal.

Lieschen schaut der Lehrerin nach. In ihrem Gesicht ist keine Regung zu erkennen.

Der Prozess wird auf Montag vertagt.

»Wer hat damals den Vermisstenfall Eva Sandler bearbeitet?«, fragt Leo am Abend ihren Onkel.

»Die Vermisstenabteilung, aber wer genau, weiß ich nicht.«

»Die Eltern von Eva haben direkt nach dem Verschwinden eine Anzeige aufgegeben. Vergeblich. Danach sind Anna Rudolf und Lydia Fischer aber noch einmal vernommen worden im Zusammenhang mit dem Mord an Schmettow. Das dürfte dann die Mordinspektion gewesen sein, oder?«

»Wahrscheinlich«, antwortet Weiß. »Danach hat Gennat ja die Leiche des Mädchens am Naziheim entdeckt. Warum fragst du das alles?«

»Weil mir etwas merkwürdig vorkommt. Anna und Lydia haben Evas Eltern bestimmt berichtet, wann sie Evchen zum letzten Mal gesehen haben – nämlich am Sportlerheim der NSDAP. Wenn das so war, warum ist dann die Vermisstenstelle nicht auf das Heim aufmerksam geworden und hat dort gesucht?«

Jetzt ist auch der Onkel nachdenklich geworden. »Ich werde das morgen überprüfen«, verspricht er. »Ich denke, es gibt eine einfache Erklärung dafür. Vielleicht Arbeitsüberlastung – es verschwinden einfach zu viele Menschen in diesen Zeiten.«

Das Telefon im Flur klingelt. Der Vizepolizeipräsident hebt den Hörer ab.

Winterstein meldet sich. »Guten Abend, Herr Weiß. Ich sage Ihnen, wie es ist. Ich will Leo wiedersehen. Laden Sie mich auf ein Glas Wein ein? Meinetwegen auch auf ein oder mehrere Gläser Milch.«

»Mit Wein kann ich dienen«, antwortet Weiß. »Wenn Sie Milch wollen, muss ich passen.«

»Ich bin in zwanzig Minuten da.«

Weiß geht ins Wohnzimmer zurück. Dort sitzt Leo und liest in einem Buch.

»Du bekommst gleich Besuch, liebe Nichte«, sagt er. »Herr Winterstein ist auf dem Weg zu dir. Er wird …«, er schaut auf die Uhr, »… in etwa fünfzehn Minuten da sein. Ich werde ihn begrüßen und mich dann zurückziehen.«

Die »Dreigroschenoper« taugt auch als Ausrede.
Der Onkel will die Liebenden nicht aufhalten.
Das warme Wasser reicht für zwei.

So kommt es auch. Der Onkel verschwindet und Leo und Winterstein sind allein im Zimmer.

»Ich wollte fragen, ob du morgen mit mir zur Vorab-Premiere der *Dreigroschenoper* gehst, ich habe eine Einladung dazu bekommen. Beim Pressedienst konnte ich dich nicht erreichen und dann dachte ich, dass ich einfach mal vorbeikomme und dich frage. Aber eigentlich ist mir die Premiere egal, ich wollte dich sehen und mit dir sprechen und …« Er stoppt.

»Hast du mich etwa vermisst?«

»Ja.«

»Ich denke auch oft an dich«, gibt Leo zu. »Immer, wenn ich von der Arbeit nach Hause komme. Was wird er wohl zu meinen Artikeln sagen? Wie viele Frauen hat er noch neben mir?«

»Du hältst mich wirklich für einen Casanova, aber ich bin weniger schillernd, als du glaubst«, lächelt er. »Und du bist die erste Frau, die mich durch ihr Wesen, ihre Intelligenz und ihre Bildung fasziniert und nicht nur durch ihre Schönheit. Nur weil ich deinen Onkel nicht in Schwierigkeiten bringen will, bleibe ich brav auf meinem Stuhl sitzen.«

»Ich aber nicht.« Leo verlässt ihren Sessel, setzt sich auf seinen Schoß und legt die Arme um ihn.

Er zieht ihren Kopf zu sich und küsst sie stürmisch. »Lass uns die Nacht in meinem Haus verbringen.«

»Jetzt?«

»Jetzt!«

Bernhard Weiß sieht die beiden wegfahren. Es soll wohl so sein, denkt er. Es gibt schlimmere Dinge auf der Welt als zwei Menschen, die nicht voneinander lassen können.

Es soll wohl so sein, denkt auch Leo, als sie Winterstein in dessen Schlafzimmer gegenübersteht.

Es soll wohl so sein, denkt Valentin. Mit drei Schritten ist er bei Leo. Sanft umfasst er ihren Kopf und drückt seine Lippen auf die ihren.

Leo drängt sich an ihn und sie sinken auf das Bett.

Langsam entkleiden sie sich gegenseitig. Es wird eine ruhige Nacht für die beiden. Eine zärtliche Nacht, in der sie ineinander versinken.

Er erfährt die Spannung ihrer Haut, ihren Geruch, die Tiefe ihres Blicks. Ihr Mund schmeckt süß. Sie sprechen nicht. Es ist wie ein Ritual. Der andere Mensch ist ein Wunder. Sie schlafen ein.

Irgendwann wacht Winterstein auf, steigt leise aus dem Bett. Er zieht einen Stuhl heran, setzt sich und betrachtet seine schöne Geliebte. Sie liegt auf der Seite, hat sich in die Bettdecke geschraubt – die Beine lang ausgestreckt. Ihre Haut schimmert. Ihr Atem ist ruhig und entspannt. Wie kann ich diesen Anblick in meiner Seele festhalten, fragt er sich. Was kann aus uns werden?

Er geht ins Badezimmer, dreht den Duschhahn auf und lässt das warme Wasser über seinen Körper laufen. Er schließt die Augen. Plötzlich hört er ein Geräusch, öffnet die Augen. Der Vorhang wird zur Seite geschoben.

Da steht Leo und lächelt. »Reicht das Wasser auch für mich?«, fragt sie.

Er zieht sie an sich.

Frau Pauly bereitet ein spätes Frühstück für zwei. Das hat sie schon häufiger gemacht, wenn Winterstein eine Dame zur Übernachtung eingeladen hatte. Diesmal gibt sie sich besondere Mühe, denn die junge Dame kommt aus Wien und ist von der falschen Frau Winterstein aus dem Haus verjagt worden.

Es gibt knusprige Schrippen, süße Splitterbrötchen und Roggenbrot. Dazu Hackepeter, Marmelade, Rübensirup und jede Menge Kaffee.

Leo isst mit Appetit. Winterstein sieht ihr zu. Wie sie sich die mit Sirup verklebten Lippen ableckt, das ist schon sehr erotisch.

»Was schaust du so?«, fragt sie und formt den Mund zum Kuss.

»Das sage ich dir lieber nicht, sonst kommen wir zu spät zur Premiere.«

»Die ist doch erst heute Abend«, sagt Leo. »Aber umziehen muss ich mich auf jeden Fall noch! Ich kann doch nicht mit diesen alten Sachen mit dir zu einer Filmpremiere!«

Die Verzweiflung in Leos Gesicht bringt Winterstein zum Schmunzeln. »Ich habe leider keine frischen Frauenkleider im Haus. Ich schlage vor, dass ich mit dir zur Villa Weiß fahre und du dich dort umziehst. Lange kann das Umkleiden nicht dauern, denn sauber bist du ja schon. Ich unterhalte derweil den Vizepolizeipräsidenten und seine Gattin.«

»Dann lass uns los. Ich bin sehr neugierig, wie sich die *Dreigroschenoper* als Film macht. Eine irre Geschichte, die in unsere Zeit passt. Ich bin gespannt, ob der Film das Theaterstück übertrifft.«

»Bertolt Brecht solltest du danach nicht fragen«, weiß Winterstein. »Er sollte das Drehbuch schreiben, doch die Produktionsfirma hat ihn rausgeworfen. Daraufhin wollte er den Film verbieten lassen, weil er seinen politischen Botschaften nicht entsprach. Brecht sagt, der Film sei romantisierend. Doch er hat den Prozess verloren und wird auch bei der Premiere nicht auftauchen.«

»Ja, der Skandal hat es bis in die Wiener Zeitungen geschafft. Künstler sind eben schwierige Charaktere«, sagt Leo. »Lass uns jetzt fahren.«

Der Gauleiter sucht eine angemessene Bleibe, lässt den schönen Mann ausspionieren und schreibt ihm dann einen Brief.

Durch seine Aussage bei Gericht ist Gauleiter Goebbels auf Wintersteins geschäftliche Aktivitäten aufmerksam geworden. Er lässt ihn ausspionieren, erfährt von seiner Beziehung zu der jüdischen Journalistin des Pressedienstes. Trotz des Namens ist Winterstein kein Jude, sondern Etagenadel, dekorierter Kämpfer im Krieg. Politisch unauffällig, als Verleger erfolgreich und als Frauenliebling ebenfalls. Seine Liebschaft mit der Nackttänzerin Anita Berber hat vor Jahren die bunten Seiten der Zeitungen gefüllt.

»Er besitzt ein Haus in Charlottenburg und bietet es gerade zum Verkauf an. Im neuen Bauhaus-Stil«, weiß der Informant. »Winterstein will Deutschland offenbar verlassen.«

»Das Haus will ich sehen«, beschließt der Gauleiter und bestellt einen Wagen. »Den kleinen Opel, den Fahrer und sonst keine Entourage. Ich bin privat unterwegs.« Goebbels sucht schon länger nach einer repräsentativen Bleibe. Die Immobilienmakler reißen sich darum, ihm ein Haus zu verkaufen, doch der miefige, wilhelminische Baustil ist nicht sein Geschmack.

Bauhaus schon eher, doch da mischen zu viele Juden mit, als dass er zugreifen würde.

Goebbels ist entzückt. Dieses Haus ist klar, lichtdurchflutet und großzügig, mit weitem Blick in einen geometrisch gestalteten Garten. Es passt zur arischen Attitüde. Nichts Verspieltes, nichts Verstaubtes, nichts von gestern. Vollkommene Harmonie der Formen, schlichte Ästhetik. Wie der neue Mensch im kommenden Dritten Reich – klar, geradlinig und nach vorne schauend. Er schreibt Winterstein einen Brief und fordert ihn unmissverständlich auf, ihm das Haus zu verkaufen.

Die Turteltäubchen in der Gangsterwelt. Entweder regnet es oder es regnet nicht. Der hochromantische Mann braucht eine Brille.

Die nicht öffentliche Premiere des *Dreigroschenoper*-Films findet in einem kleinen Kino statt. Das *Atrium* mit seinen zweitausend Plätzen in Wilmersdorf ist für die Premiere gebucht, das *Kant Kino* in Charlottenburg für eine zweite intime Premiere in kleinem Rahmen.

Leo und Winterstein sind pünktlich. Im Foyer wird Sekt gereicht. Der Saal ist mit Fotos der Hauptdarsteller geschmückt: Rudolf Forster als Mackie Messer, Carola Neher als Polly, Valeska Gert als Frau Peachum und Lotte Lenya als Jenny.

»Endlich mal ein Saal ohne Hakenkreuz und Hitler-Bild«, stellt Leo fest.

Winterstein hat seinen Arm um ihre Taille gelegt. Zum ersten Mal zeigen sie sich öffentlich. Leo trägt ein dunkelviolettes, langärmeliges Kleid, das gerade und einfach geschnitten ist, als

Schmuck nur eine schlichte goldene Kette mit einem Davidsstern.

Winterstein, der es hasst, sich herauszuputzen, bildet ein passendes Pendant. Wie immer fehlt die Pomade im Haar, er ist unrasiert, was seinem markanten Gesicht mit der klassischen Nase einen verwegenen Ausdruck gibt, der schwarze Anzug ist schlicht und der Kragen des elfenbeinfarbigen Seidenhemds steht offen.

Viele Besucher kennen Winterstein und seinen Ruf als Herzensbrecher. Leo wird von einigen Damen kritisch beäugt und heftig betuschelt, andere lachen übertrieben laut, damit Winterstein sie beachtet. Hier und da grüßt er mit einem leichten Nicken oder einer Handbewegung.

Gabriele Tergit ist mit Moritz Goldstein gekommen. Sie winkt Winterstein und Leo zu. »Hallo, ihr beiden Turteltäubchen«, ruft sie ziemlich laut. »Schön, euch zu sehen. Moritz, das sind Leo Wolf und Valentin Winterstein.«

»Fräulein Wolf habe ich bereits auf dem Gerichtsflur kennengelernt«, sagt Goldstein und verbeugt sich. Er wendet sich an Winterstein: »Ihr Frauengeschmack wird immer exquisiter, Verehrtester. Kompliment.«

»Moritz, wir sind hier nicht auf einem Basar«, tadelt Tergit ihn. »Solche Bemerkungen hören emanzipierte Frauen nicht gern.«

»Es war Fräulein Wolf, die mich ausgesucht hat«, erklärt Winterstein. »Seitdem folge ich ihr wie ein kleines Hündchen und bin glücklich, wenn ich ihr ab und an zu Diensten sein darf.« Er küsst Leos Hand.

»Jetzt habe ich Bilder im Kopf«, trompetet Goldstein.

»Schön, dass ich die Fantasie der Herren anrege«, lächelt Leo süffisant. »Sollten wir uns nicht einen Platz suchen und in die Welt der Gangster in London eintauchen?«

»Mit Gangstern kennen wir uns ja aus«, nickt Goldstein. »Da müssen wir nicht übers Wasser.«

Die Kellner sammeln die Sektgläser ein und verteilen Programmhefte. Die siebzig Plätze im Kinosaal füllen sich. Leo erkennt die Maler Georg Grosz, Otto Dix, die Dichter Alfred Döblin, Thomas Mann und Kurt Tucholsky. Leo und Winterstein setzen sich in die vorderen Reihen. Er greift in die Jackentasche, holt ein Etui heraus und setzt eine Brille mit runden Gläsern auf. »Kleine Schwäche«, murmelt er.

Leo ist entzückt. Die Brille steht ihm.

»Irgendwie merkwürdig, die ganze Geschichte. Gangsterboss Mackie Messer sieht eine Frau, die ihm gefällt, und heiratet sie noch in derselben Nacht. Würdest du einen Mann heiraten, den du erst ein paar Stunden kennst?«

»Aber sicher. Du hast es leider verpasst, mich zu fragen.«

Er lacht. »Dich nicht zu fragen, war ein schwerer Fehler. Sollten wir uns noch mal neu kennenlernen?«

Leo kann nicht antworten, denn ein Vertreter der Produktionsfirma begrüßt die Gäste. Er geht kurz auf die Probleme ein, die es mit Bertolt Brecht wegen der Verfilmung gegeben habe. Man habe dem Dichter dreißigtausend Reichsmark geboten, damit er die Klage, die ein Verbot des Filmes zur Folge haben würde, zurückzieht. Brecht hat abgelehnt und den Prozess verloren, ist aber in Berufung gegangen.

Es wird dunkel im Saal, die Vorführung beginnt. Winterstein nimmt Leos Hand, sie legt den Kopf an seine Schulter. Es ist schön dunkel in London. Beim Duett *Siehst du den Mond über Soho* zwischen Mackie Messer und Polly gerät Leo für zwei Minuten in eine romantische Stimmung. Polly singt: »Wo du hingehst, da will ich auch hingehen«, und Mackie Messer fährt fort: »Wo du bleibst, will auch ich sein.« Bei seinem Satz: »Die Liebe dauert oder dauert nicht«, ist Leo allerdings wieder im Hier und Jetzt. Genauso einfach ist es, denkt sie, die Liebe dauert oder dauert nicht. Unschlagbare Logik.

Mehrmals zwischendurch gibt es Applaus. Lotte Lenya spielt die Hure Jenny, die von Mackie wegen Polly verlassen wird. Sie singt: »Und ein Schiff mit acht Segeln und mit fünfzig Kanonen wird beschießen die Stadt ...«

Nach fast zwei Stunden endet der Film damit, dass die Verbrecher die Banken übernehmen, um die Menschen weiter ausbeuten zu können. Obergauner Mackie wird Bankpräsident.

Im Foyer des *Kant Kinos* wird heftig diskutiert. Tergit und Goldstein überbieten sich in Interpretationen des Filmstoffs.

»Halbgare Geschichte«, meint Goldstein. »Und die zahlreichen Gauner und Bettler sind genauso blöde wie die Polizisten.«

»Im Theaterstück gibt es ein anderes Ende«, fällt Tergit auf. »Da soll Messer nämlich an den Galgen. Deshalb war Brecht wohl auch unzufrieden. Ich hab mich trotzdem amüsiert. Und Bankpräsidenten sind sowieso alle Gauner, ob sie nun Messer oder Mendelsohn heißen.«

»Am schönsten war der Satz ›Wo du hingehst, da will ich auch hingehen‹«, schwärmt Winterstein.

»Valentin, du hast ja einen Sinn für Romantik!«, ruft Tergit.

»Ich bin hochromantisch«, grinst Winterstein.

»Ist mir noch nicht aufgefallen. Liegt das an Ihnen, Fräulein Wolf?«

»Das hoffe ich doch«, antwortet Leo. »Irgendwie müssen meine Anstrengungen ja Früchte tragen.«

»Und was hat Ihnen am besten gefallen?«, will die Tergit wissen.

»›Die Liebe dauert oder dauert nicht‹«, sagt Leo. »Dieser Satz ist von einer solchen Schlichtheit, dass er phänomenal ist. So ähnlich wie: ›Morgen regnet es oder es regnet nicht.‹«

Tergit hebt das Glas. »Ich hab den Wetterbericht im Radio gehört. Für morgen wird Schnee vorausgesagt.«

Winterstein bringt Leo gegen Mitternacht zur Villa Weiß. »Der Abend mit dir war wundervoll. Du hast sogar die Inquisition der Tergit gut überstanden.«

»Sie ist immer kurz davor, mir gegenüber boshaft zu werden. Aber vielleicht ist sie nur eifersüchtig. Kennt ihr euch näher?«

»Ich war niemals an ihr interessiert und sie auch nicht an mir«, behauptet Winterstein. »Wir sind einfach nur gute Freunde.«

Es gibt fünfzig Dialekte in Amerika. Verhindert ein desolates Familienmilieu den Weg zu einem »brauchbaren« Menschen?

Am vierten Verhandlungstag treten die Sachverständigen auf. Der psychologische Gutachter Dr. Leppmann beginnt mit Benzinger. Er sei zurechnungsfähig, was seinen Anteil an der Tat betrifft. Er sei aber sehr labil, weshalb er sich von den anderen Angeklagten stark habe beeinflussen lassen. Aufgrund seiner geringen intellektuellen Fähigkeiten sei allerdings nicht davon auszugehen, dass er die Konsequenzen seiner Handlungen begreifen konnte. Er sei ein Mitläufer.

Dyrenfurth geht sogar noch weiter. Er attestiert Benzinger leichten Schwachsinn, er könne nicht Nein sagen. »Seine Arbeitskollegen haben ihn als aufopferungsvollen und guten Menschen bezeichnet, seine Ordentlichkeit und seine Ehrlichkeit gelobt.«

Beim Intelligenztest hat Benzinger nicht gut abgeschnitten. Auf die Frage, welche Sprache in Amerika gesprochen werde, wusste er keine Antwort.

Hier greift Verteidiger Mendel ein. »Daraus Mangel an Intelligenz abzuleiten, ist sehr gewagt. Meine Herren, auch ich habe bis gestern nicht gewusst, welche Sprache in Amerika gesprochen wird, es sollen ja fünfzig Dialekte sein, und wenn man die Indianerstämme dazurechnet, noch mehr.«

Dr. Dyrenfurth macht mit Stolpe weiter, bezeichnet ihn als unreifen Menschen, der leicht erregbar sei und von starken Impulsen beherrscht werde. Er betont, dass Stolpe weder geistesgestört noch schwachsinnig sei.

»Stolpe war sehr zornig darüber, dass in der Mordnacht statt der erhofften zweihundert Mark viel weniger erbeutet wurde. Der Angeklagte hat der Mitangeklagten Neumann daraufhin ein paar Ohrfeigen verpasst.«

Die Augen richten sich auf Lieschen. Sie lächelt. Was könnte der Grund für dieses Lächeln sein, fragen sich viele. Resignation? Amüsement? Zynismus?

Nein, zynisch ist Lieschen Neumann nicht, da sind sich die drei Gutachter sicher.

»Infantil, eine befremdliche Kindlichkeit und eine unzureichend ausgebildete Persönlichkeit«, sagt Dr. Abraham. »Aber von einem sechzehnjährigen Mädchen kann schwerlich eine ausgereifte Persönlichkeit erwartet werden. Wenn sie umhegter und woanders aufgewachsen wäre als in dem fragwürdigen Milieu ihrer Familie, hätte aus ihr ein brauchbarer Mensch werden können.«

Gutachter Dr. Dyrenfurth hält Lieschen für reizbar und bockig, aber auch für anlehnungsbedürftig und zärtlich. »Ein wesentliches Merkmal ihres Wesens ist ihre Oberflächlichkeit, ihre Gefühle gehen niemals in die Tiefe, alle Affekte klingen schnell wieder ab. Sie ist keiner wirklichen Leidenschaft fähig, weder zur Liebe noch zum Hass.«

Sanitätsrat Dr. Leppmann bestätigt das und erklärt, dass Lieschen sogar gut von dem Opfer gesprochen habe, sie habe ihn »ganz gerne« gemocht.

»Das einzig Beständige in ihrem Leben ist die Unbeständigkeit. Sie hat Wünsche, aber keine Ziele. Sie ist eigensinnig, aber nicht energisch. Sie kann zornig sein, aber keinen Hass empfinden. Sie ist kindlich im Sinne geistiger Unreife trotz guter geschlechtlicher Reife.«

»Kann sie sich den genauen Plan für den Mord ausgedacht haben?«, fragt Verteidiger Davidsohn.

»Bei Lieschens Unfähigkeit zur Konzentration der Gedanken und Gefühle hat sie die Tat und ihre Folgen nicht kritisch und moralisch beurteilen können«, sagt Leppmann.

Der Staatsanwalt will wissen, wie die Intelligenzprüfung bei Lieschen ausgefallen ist.

Dr. Abraham: »Schlagfertigkeit und Mutterwitz bekommt sie hin, doch bei einem ernsten Gespräch versagt sie. Anhaltspunkte für Unzurechnungsfähigkeit oder Sinnesverwirrung habe ich jedoch nicht gefunden.«

Der Kriminologe Dr. Erich Wulffen lässt es sich nicht nehmen, dem Gericht und den Zuschauern etwas Grundsätzliches über die Prostitution mitzuteilen.

»Es gibt verschiedene Spezies von käuflichem Sex in Berlin. Die Modelle des toten Uhrmachers gehörten zu den sogenannten ›Telefonmädchen‹. Das sind Kinderprostituierte im Alter von zwölf bis siebzehn Jahren, die telefonisch bestellt und dann in Taxis an Kunden ausgeliefert werden. Oft werden sie als Jungfrauen angepriesen, was natürlich gelogen ist, den Preis aber in die Höhe treibt. Nach meinem Dafürhalten hat der Tote aber auch Medizinmädchen in seinem Angebot gehabt.« Wulffen schaut auf sein Papier. »Das sind Kinderprostituierte, die von Zuhältern, die mit Apotheken zusammenarbeiten, an Kunden geliefert werden. Der Kunde gibt die Länge seiner Krankheit und die Farbe der Pillen an, die er haben will. Damit wird das gewünschte Alter des Mädchens und seine Haarfarbe festgelegt.«

»Was hat das mit unserem Prozess zu tun?« Der Richter ist sichtlich genervt. »Es geht hier um Mord und nicht um Prostitution.«

Der Vorsitzende schließt die Beweisaufnahme ab. Die Verhandlung wird auf den nächsten Vormittag vertagt.

Ein nazibrauner Kommissar verliert die Beherrschung und darf gehen.

Vizepolizeipräsident Bernhard Weiß hat sich die Akten der Vermisstensache Eva Sandler kommen lassen. Die Eltern haben die Sache in der Roten Burg angezeigt und dabei auch ausgesagt, dass ihre Tochter nach einer Feier in einem Sportlerheim verschwunden sei.

In dem Protokoll wird das Heim jedoch nicht näher bezeichnet, auch eine Ortsangabe fehlt.

Als Weiß den Namen des ermittelnden Beamten liest, wird ihm einiges klar. Es ist Arthur Nebe, der Kriminalkommissar, dessen Beförderung Weiß nach dessen Versagen bei den Ermittlungen zum Silvestermord gestoppt hat. Jener Kollege, der sich selbst als NSDAP-Anhänger bezeichnet und gegen den ein Disziplinarverfahren zur Aberkennung des Beamtenstatus läuft.

Weiß befiehlt Nebe zu sich und herrscht ihn an: »Was haben Sie sich dabei gedacht, Nebe?«

»Ich weiß nicht, was Sie meinen, Herr Vizepolizeipräsident.«

Weiß knallt ihm die Vermisstenakte auf den Schreibtisch. »Sie haben diesen Vermisstenfall unzureichend bearbeitet. Ein verschwundenes Mädchen nach einer Feier in einem Nazi-Sportlerheim. Warum sind Sie untätig geblieben?«

Langsam nimmt Nebe die Akte an sich, blättert darin und tut so, als würde er sich nur schwer erinnern. »Es gibt in Berlin Tausende von Bordsteinschwalben, die der Prostitution nachgehen«, sagt Nebe. »Manche von ihnen verschwinden, tauchen wieder auf oder auch nicht. Wir haben nicht die Leute, all diese Weiber zu suchen.«

»In diesem Fall haben Nazis mit dem Verschwinden von sehr jungen Mädchen zu tun«, sagt Weiß. »Kann es sein, dass Ihre Affinität zu den Nationalsozialisten Ihren Ermittlungseifer ausgebremst hat?«

»Du Scheißjude.«

»Wie war das?«

»Du hast schon verstanden«, giftet Nebe. »Irgendwann werde ich dir den Strick höchstpersönlich um den Hals legen.«

»Was für ehrgeizige Pläne!«, spottet Weiß. »Sie sind hiermit mit sofortiger Wirkung bis auf Weiteres vom Dienst suspendiert. Geben Sie Ihre Dienstwaffe und die Dienstmarke in der Verwaltung ab.«

Kriminalkommissar Thomas betritt das Büro. Er hat das Gespräch in der offen stehenden Tür als Zeuge mit angehört.

»Kommen Sie«, fordert er Nebe auf. »Ich begleite Sie in Ihren vorläufigen Ruhestand.«

Ein Schreiberling redet viel zu viel. Der schöne Mann stellt der jungen Frau eine wichtige Frage und sie weiß keine Antwort.

Lukas und Leo sind fertig mit der Arbeit und sitzen beim Kaffee.

»Was wirst du tun, wenn der Prozess zu Ende ist?«, fragt Lukas Fox. »Alma hat mir erzählt, dass du Berlin verlassen willst.«

»Meine Eltern übersiedeln von Wien nach London und ich werde sie vielleicht begleiten. In Berlin wird es immer gefährlicher für Juden, Intellektuelle und Demokraten und in Wien ist es nicht besser. Mein Jugendfreund Samuel Immerglück hat seine Karriere als Pianist beenden müssen – die Nazis haben ihn überfallen und ihm die Finger zerschlagen. Er verlässt Europa und geht in die USA. Er folgt einem Freund, der in der Filmwirtschaft als Komponist eine Arbeit gefunden hat.«

»Darf ich dich mal was Privates fragen?« Fox ist unsicher und schaut sie schräg an.

Leo ahnt, was kommt. »Versuch es.«

»Deine Affäre mit Winterstein ist Stadtgespräch, besonders bei den Damen. Musste das denn sein? Wenn ich gewusst hätte, dass du auf der Suche bist, hätte ich dir mindestens zwanzig meiner Freunde vorstellen können.«

»Was hast du schon wieder gegen ihn?«

»Er ist reich und niemand weiß, woher sein Geld kommt. Es gibt Gerüchte. Kriegsgewinnler? Doppelspion? Oder Franzosenfreund? Und Schlimmeres.«

»Was bedeutet Schlimmeres?«

»Manche sagen, er habe eine jüdische Bankiersfamilie vor der Inflation um Millionen Reichsmark betrogen und den Bankier in den Tod getrieben.«

Leo reißt sich zusammen, spürt aber einen jähen Schmerz im Bauch. »Seit wann gibst du etwas auf üble Nachrede?«, fragt sie – äußerlich ruhig. »Als Journalist solltest du vorsichtiger sein und dich an nachprüfbare Fakten halten.«

»Was weißt du denn Nachprüfbares über ihn?«

»Genug«, behauptet Leo und verlässt das Redaktionsbüro.

Im Waschraum übergibt sie sich. Sie zittert am ganzen Körper.

Ein Taxi bringt sie zur Villa Wolf. Lotte will mit ihr über ein neues Rezept für einen italienischen Hefekuchen sprechen, der Panettone heißt. Leo behauptet, erschöpft zu sein und mit einer Erkältung zu kämpfen.

Allein in ihrem Zimmer, denkt sie nach. Mit einem hat Fox recht: Sehr viel weiß sie nicht über Valentin und seine Vergangenheit. Deshalb will sie ihn ganz offen fragen.

Sie wartet, bis Ruhe im Haus ist, und schleicht durch den Flur zum Telefon ins Wohnzimmer. Winterstein meldet sich sofort.

»Leo! Ist etwas passiert?«

Sie konfrontiert ihn mit den bösen Gerüchten über die Herkunft seines Vermögens und dem Vorwurf, eine jüdische Bankiersfamilie in den Tod getrieben zu haben.

Er hört ihr geduldig zu. Als sie fertig ist, fragt er: »Und was glaubst du davon?«

»Sag mir, dass alles erlogen ist!«, fleht sie.

»Ich werde mich jetzt nicht rechtfertigen. Ich möchte einfach nur wissen, was du davon glaubst!«, wiederholt er. »Also?«

Leo schweigt – zu lange.

Winterstein hat aufgelegt.

Die junge Frau schämt sich, doch der schöne Mann ist gekränkt und mit unbekanntem Ziel verschwunden.

Am Morgen befragt Leo Bernhard Weiß zum Wahrheitsgehalt der Gerüchte. Er gesteht, dass er eine Akte über Winterstein angelegt hat.

»Keine Strafakte«, stellt er klar. »Winterstein ist strafrechtlich sauber. Er war im Krieg, hat das schreckliche Unglück von Douaumont überlebt und dabei seinen Bruder verloren. Sein Vermögen ist ererbt und er hat es durch die Herausgabe seiner Zeitschriften vervielfacht. Ich habe keinen Anhaltspunkt dafür, dass er ein Nazispion, ein Doppelagent oder gar ein Betrüger ist.«

»Und was ist mit dem jüdischen Bankier, den er angeblich in den Tod getrieben hat?«

»Den Bankier gab es, er hieß Ehrenreich«, antwortet Weiß. »Er hat während des Börsencrashs im Herbst 1929 unseriöse Geschäfte gemacht, die kleine und große Anleger in Schwierigkeiten gebracht haben. Winterstein war einer der Geschädigten. Er hat Ehrenreich vor Gericht gestellt, doch bevor der Prozess beginnen konnte, hat der sich erschossen. Seine Familie gibt Winterstein die Schuld. Bei der Beisetzung von Ehrenreich hat die Witwe einen Tobsuchtsanfall bekommen und Winterstein als Mörder bezeichnet. Das hat einen Skandal ausgelöst. Dieser Herr Fox sollte sich schämen, so schlecht zu recherchieren.«

»Aber du hattest auch Vorbehalte gegen ihn!«, erinnert sich Leo.

»Das ist richtig. Aber die beziehen sich auf sein früheres wildes Sexualleben. Die Frauen sind verrückt nach ihm und das weiß er auch. Das ärgert viele Männer natürlich. Mich vermutlich auch.«

Betrübt fährt Leo zur Arbeit. Sie hätte Winterstein vertrauen müssen und hat nun ein schlechtes Gewissen. Lukas Fox hat Glück, ihr nicht zu begegnen. Sie versucht, Valentin zu erreichen. Frau Pauly informiert sie, dass der gnädige Herr mit unbekanntem Ziel abgereist sei und sie nicht wisse, wann er wieder nach Berlin zurückkehre.

Am fünften Verhandlungstag stellen die Staatsanwälte ihre Strafanträge: Todesstrafe für Stolpe und Benzinger, zehn Jahre Haft für Lieschen Neumann. Anschließend halten die Verteidiger ihre Plädoyers.

Lieschen Neumanns Anwalt Dr. Davidsohn beleuchtet ein letztes Mal die sozialen Verhältnisse, die zu der Tat geführt haben. Er sieht Lieschen als Opfer der Kriegs- und Nachkriegszeit. Kino und schlechte Lektüre hätten ihre guten Charaktereigenschaften abgestumpft und abgetötet. Lieschen sei eine Beute schlechter Triebe geworden. Die Liebe zu Stolpe sei ehrlich gewesen. Bei der Polizei habe sie sich selbst belastet, um Stolpe nicht zu schaden. Auch Mittäterschaft könne er bei Lieschen nicht sehen, so der Verteidiger. Sie habe lediglich an den Vorbereitungshandlungen teilgenommen und Beihilfe geleistet. Haupttäter sei Stolpe. Dr. Davidsohn beantragt Freispruch für Lieschen Neumann. »Urteilen Sie milde, dann urteilen Sie gerecht«, appelliert er ans Gericht.

Die Urteile sollen am nächsten Morgen verkündet werden.

Im Pressedienst kommentiert Leo das heutige Geschehen.

VERTEIDIGER WILL FREISPRUCH FÜR LIESCHEN NEUMANN

Rechtfertigen soziale Umstände, mangelnde Bildung und fehlende Moral einen Mord? Kann es einen Freispruch geben für ein labiles, hochschwangeres Mädchen von 16 Jahren, das – nach eigener Aussage – einem alten Mann mit dem Beil den Schädel einschlagen wollte?

EINE UNGLAUBLICHE KÄLTE

Tatsache ist: Die Angeklagte hat ihre beiden Mittäter angefeuert und ihnen den Weg zu einem Raubmord geebnet. Es ist zu vermuten, dass sie die Folgen ihres Einflusses nicht erkannt hat. Aber sie hat mit einer unglaublichen Kälte zugesehen, wie der Mann, der sie jahrelang finanziert hat, brutal ermordet wurde. Andererseits: Dieses Mädchen ist fast noch ein Kind. Ein Kind, das selbst ein Kind bekommt. Es ist schwierig, hier gerecht zu sein! (Leo)

Gerecht sein. Leo bleibt an der Formulierung hängen. Sie war ungerecht zu Winterstein und hat ihn befragt, als stünde er vor Gericht. Kein Wunder, dass er sich nicht verteidigt hat, er wollte mein Vertrauen und ich habe es ihm verweigert – das wird mir dieser stolze Mann nicht verzeihen. Doch er hätte ja auch widersprechen können und verstehen müssen, dass sie verunsichert war. Sie würde ihm gern alles erklären, aber er hat es vorgezogen zu verschwinden. Verdammt!

Ihr Trotz erstickt den Traum von einer gemeinsamen Zukunft.

Valentin Winterstein hat sich in ein Hotel in der Schweiz verkrochen. Es liegt in den verschneiten Bergen in Disentis in der Nähe eines Benediktinerklosters. Im Internat dieses Klosters hat er zusammen mit seinem Bruder Baldur einen Teil seiner Kindheit und Jugend verbracht.

Das Zimmer ist schlicht: ein schmales Holzbett, ein Schrank, Tisch und zwei Stühle ohne Polster, ein Waschtisch. An der Wand hängt der Gekreuzigte. Über dem Bett eine hölzerne Tafel mit dem eingeschnitzten Satz: *Streut Blumen der Liebe bei Lebenszeit und bewahret einander vor Herzeleid.*

Er lacht bitter. Was für ein dummer Spruch! Er hat Blumen der Liebe gestreut und steckt trotzdem tief in seinem Herzeleid.

Wie konnte Leo nur eine Sekunde lang etwas von dem glauben, was an Gerüchten über ihn in Umlauf ist? Er ist tief verletzt.

Die Müdigkeit durch die fast zwanzigstündige Zugfahrt nach Zürich und die hundertfünfzig Kilometer durch die Berge nach Disentis lassen keinen klaren Gedanken mehr zu. Leo, denkt er, du hast recht. Wir passen nicht zueinander, um länger beisammen zu sein, aber nicht aus den Gründen, an die du vielleicht denkst. Dann schläft er ein.

Liebeskummer tut weh: Die junge Frau packt ihre Koffer. Sie will Abstand und einen Brief schreiben. Doch ein Geheimnis wartet auf seine Enthüllung.

Leo bittet Alma Wuttke, ihr einen Termin bei Chefredakteur Erich Alfringhaus zu besorgen.

»Meine Eltern siedeln nach England um«, erzählt sie ihm. »Und ich werde sie begleiten. Die Nazis in Wien sind fast so schlimm wie die in Berlin und wir müssen weg, bevor es zum Schlimmsten kommt. Es tut mir sehr leid. Ich wäre gern länger geblieben.«

»Ich kann Sie gut verstehen, Fräulein Wolf. Österreich wird sich Deutschland angliedern, wenn die NSDAP an die Macht kommt«, entgegnet Alfringhaus. »Der Militär- und Rassenwahnsinn der Nazis trägt seine Früchte. Gehen Sie fort, solange Sie noch können. Und raten Sie Ihrem Onkel, das Gleiche zu tun.«

»Ich danke Ihnen für Ihr Vertrauen«, sagt Leo.

»Sie haben gute Arbeit geleistet«, ergänzt Alfringhaus.

Leo steht auf. »Ich habe eine Frage. Wissen Sie, wo sich Herr Winterstein zurzeit befindet? Ich kann ihn nicht erreichen und müsste ihn dringend sprechen.«

»Darf ich fragen, warum?«

»Es geht um zwei junge Mädchen, die als Zeuginnen im Ulbrich-Prozess aussagen wollten«, lügt Leo. »Die beiden wohnten in dem Mädchenheim, das er finanziert. Herr Winterstein soll verreist sein.«

»Ich kann Ihnen leider nicht helfen. Valentin hat die Angewohnheit, von Zeit zu Zeit auf Tauchstation zu gehen.«

Am nächsten Morgen ist sie beim Frühstück mit Onkel Bernhard allein. Er hat gerade eine gute Nachricht bekommen. Polizeipräsident Albert Grzesinski hat das NSDAP-Organ *Der Angriff* von heute bis zum 16. Februar wegen erheblicher Verstöße gegen das Republikschutzgesetz verboten. Das von Joseph Goebbels herausgegebene Blatt hat antisemitisch-nationalistische Gewalttaten verherrlicht und verteidigt, den Vizepolizeipräsidenten erneut angegriffen und sich bösartig über Juden, Kommunisten und Demokraten geäußert.

»Das nutzt zwar nicht viel, aber Humpelstilzchen ärgert sich wenigstens«, sagt Weiß und trinkt ein Glas Orangensaft. Er betrachtet seine Nichte. »Du siehst müde aus. Hat das einen Grund?«

»Liebeskummer.«

»Willst du deshalb so schnell aus Berlin weg?«

Leo nickt.

»Abstand ist ein gutes Heilmittel«, sagt Weiß.

»Das sieht Valentin wohl auch so. Er ist mit unbekanntem

Ziel verreist. Ich würde ihm trotzdem gern noch etwas sagen«, erklärt Leo. »Wenn ich ihm einen Brief schreibe, würdest du dafür sorgen, dass er ihn bekommt?«

Weiß verspricht es.

»Wir haben neulich über Wintersteins Bruder gesprochen. Erinnerst du dich?«

»Ja. Der tote Baldur Winterstein.«

»Er ist nicht tot.«

»Wie bitte?«

»Er lebt schwer verwundet und entstellt in einem Versehrtenheim. Wo, das weiß ich nicht. Könntest du es für mich herausbekommen?«

Weiß zögert. »Das gehört nicht zu meinem Arbeitsbereich.«

»Ich weiß. Tu es mir zuliebe.«

»Gut. Aber du kannst selbst etwas tun. Mir liegt der Antrag des Reichsbundes vor. Er will mit einer Kundgebung und einem Marsch durch die Straßen Berlins gegen die beabsichtigte Kürzung der staatlichen Renten der Kriegsbeschädigten demonstrieren. Es werden mehrere Hundert Kriegskrüppel daran teilnehmen. Ziel des Demonstrationszuges ist das Reichswehrministerium in Tiergarten. Du könntest einen der Veranstalter fragen. Warum willst du Wintersteins Bruder finden?«

»Immer wenn das Thema angeschnitten wird, ist Valentin nicht mehr er selbst. Er wird abwehrend, fast schon aggressiv und sehr traurig.«

»Er hat die Explosion in Douaumont knapp überlebt. Niemand plaudert gern über ein solch schreckliches Ereignis.«

»Warum macht Valentin ein Geheimnis daraus, dass sein Bruder lebt?«

»Das kann viele Gründe haben«, erklärt Weiß. »Viele Krüppel haben ausdrücklich darum gebeten, für tot erklärt zu werden. Sie wollen ihren Angehörigen den Anblick nicht zumuten. Wer mag schon mit einem zerstörten Gesicht morgens zusammen mit seinen Lieben frühstücken und sich den

Brei mit einem Strohhalm von der Ehefrau durch ein Loch im halb weggeschossenen Kopf einflößen lassen?«

»Ich will diesen Zwillingsbruder treffen.«

»Warum?«

»Vielleicht kann er ja noch sprechen. Es kann ein Irrweg sein, aber ich muss es versuchen. All das, was Valentin belastet, hat mit Douaumont und seinem Bruder zu tun.«

»Ich dachte, du wolltest Abstand«, erinnert Weiß. »Wäre es dann nicht besser, die Sache ruhen zu lassen?«

»Es ist ein letzter Versuch«, erklärt Leo.

»Und wozu soll dieser Versuch führen?«, hakt Weiß nach. »Dass vielleicht doch noch alles gut wird zwischen euch?«

»Vielleicht.«

Weiß überlegt. »Du solltest mit Dr. Benno Hallauer sprechen. Er hat die Explosion in Douaumont hautnah mitbekommen. Er war Stabsarzt in der Sanitätskompanie 3 im 3. Armeekorps in der Verdun-Schlacht und am 8. Mai 1916 bei der Explosion dabei. Er hat nach dem Krieg eine Frauenarztpraxis in der Nähe der Charité aufgemacht. Wie wir ist er Jude. Sein heldenhafter Einsatz im Krieg hat ihm zwar Ehre, aber neuerdings auch Probleme eingebracht, weil die Nazis ihm als Frauenarzt Rassenschande unterstellen.«

Leo überlegt und sagt dann: »Fragst du ihn, ob ich ihn vertraulich sprechen kann?«

Ein Todesurteil wird verkündet. Tausend Mark für Lieschens Memoiren. Kein Sommer mehr für die junge Frau.

Es ist kein Platz mehr frei im Gerichtssaal. Alle warten gespannt auf das Urteil, tuscheln miteinander, geben Prognosen ab. Die Pressedichte ist erheblich. Die Anwesenden stehen auf, als das Gericht erscheint. Nachdem Ruhe eingekehrt ist, beginnt der Vorsitzende Richter Dr. Schmidt mit der Verkündung des Urteils.

»Richard Stolpe, Erich Benzinger und Luise Neumann sind schuldig, gemeinschaftlich einen Menschen vorsätzlich getötet zu haben, Stolpe und Neumann mit Überlegung, Benzinger ohne Überlegung. Alle drei sind auch schuldig, gemeinschaftlich eine Unterschlagung begangen zu haben. Sie werden hierfür zu folgenden Strafen verurteilt: Richard Stolpe zum Tode und wegen Unterschlagung zu sechs Monaten Gefängnis, Luise Neumann zu acht Jahren Gefängnis und zu zwei Monaten wegen Unterschlagung und Erich Benzinger wegen Totschlages zu sechs Jahren und wegen Unterschlagung zu weiteren drei Monaten Zuchthaus. Die Kosten des Verfahrens tragen die Angeklagten.«

Stolpe hört sich das Urteil unbewegt an, Lieschen Neumann weint, Benzinger atmet auf.

In der Urteilsbegründung heißt es dann: »Alle drei Angeklagten haben den Tod Ulbrichs gewünscht und den Mord als eigene Tat gewollt. Stolpe und Neumann haben sie ausgeführt, Benzinger hat sich mitreißen lassen, sie aber ebenfalls gewollt. Wir alle wissen, dass Arbeitslosigkeit und Armut die Menschen verelendet, demoralisiert und kriminell macht. Aber hier war nicht die Arbeitslosigkeit schuld an der Tat, sondern Geldgier und Vergnügungssucht.«

Lieschen schluchzt laut auf. Ein Gerichtsdiener reicht ihr ein Taschentuch, doch das Schluchzen hört nicht auf. Der Richter unterbricht die Verhandlung für zehn Minuten. Eine Vertreterin der Jugendfürsorge kümmert sich um das weinende Mädchen.

Leo und Jakob Tiller sind betroffen. Acht Jahre Gefängnis für Lieschen sind rechtlich aber nicht zu beanstanden.

Die Pause ist vorbei und der Richter ergreift erneut das Wort.

»Beim Strafmaß hat das Gericht auch das geistige Kräfteverhältnis unter den Tätern berücksichtigt. Stolpe ist der Haupttäter, er hatte das Sagen. Deshalb kommt für ihn nur die Todesstrafe infrage. Bei Lieschen Neumann und Erich Benzinger konnten dagegen Freiheitsstrafen angewendet werden. Bei Lieschen nicht mehr als zehn Jahre, weil sie noch minderjährig ist. Es ist zu überlegen, ob sie bei guter Führung nach einigen Jahren Anspruch auf Erziehungsmaßnahmen hat, um sich nach Verbüßen der Strafe wieder besser in die Gesellschaft eingliedern zu können. Gegen das Urteil kann Revision eingelegt werden. Die Sitzung ist geschlossen.«

Die Verurteilten werden abgeführt, der Gerichtssaal leert sich.

Einige Schreiberlinge stürzen sich auf Lieschens Familie, fragen nach Fotos. Eine Zeitung bietet sogar tausend Mark für Lieschens Memoiren. Die Eltern wissen nicht, was Memoiren sind, und als man es ihnen erklärt, sind sie noch verwirrter. Sie haben Lieschen nie freiwillig etwas schreiben sehen.

Den Weg zur Bushaltestelle gehen Jakob Tiller und Leo gemeinsam.

»Wo hast du denn deinen schnittigen Flitzer von der *Vossischen* gelassen?«, fragt Leo.

»Der war leider schon besetzt«, seufzt Tiller. »Frau Dr. Tergit hat einen auswärtigen Termin.«

»Friseur?«

Tiller grinst. »Nee. Der Friseur kommt zu ihr ins Haus.«

Leo macht große Augen. »Hat sie dich auch schon mal in ihr Haus bestellt?«

»Ein Kavalier genießt und schweigt.«

»Ach so.«

»Na ja.« Tiller ist verlegen. »Ich will mal ehrlich sein. Sie hat vor sechs Jahren ihren dreißigsten Geburtstag gefeiert und uns zu sich eingeladen. Unter den Gästen war auch der Friseur.«

Leo lacht los. »Dass ihr Männer immer den Hengst spielen

müsst. Übrigens: Meine Zeit in Berlin ist bald vorbei. Ich kehre in ein paar Wochen nach Wien zurück.«

»Das tut mir leid. Hängt es mit den Nazis zusammen?«

»Da kommt einiges zusammen«, erklärt Leo. »Für Juden sind die Zeiten unerträglich. Außerdem ist das Wetter hier oft so schlecht.«

»Du hast einen unglücklichen Zeitpunkt für deinen Aufenthalt ausgewählt. Im Sommer ist in Berlin alles viel leichter und heiterer. Ich hätte gern mit dir im Wannsee gebadet und in den Bars getanzt und gefeiert. Und noch viele andere Dinge mehr.«

»Meine Eltern wandern aus. Ich werde mit ihnen nach London gehen.«

»Und Winterstein?«, traut sich Tiller zu fragen. »War er nicht mehr als eine Affäre?«

»Er hat seine eigenen Pläne.«

Tiller umarmt sie. »Arme Leo. Dieser Mann hat schon viele Herzen gebrochen. Mach dir nichts draus. Schade, dass es mit uns nichts geworden ist. Ich hätte dich auf Händen getragen.«

»Gerade das will ich nicht«, entgegnet Leo. »Ich kann nämlich laufen.«

»Du weißt nicht, was dir entgeht«, seufzt er.

»Damit komme ich klar.«

»Da kommt mein Bus. Alles Gute, Leo!«

Die Kunden des Nacktfotografen bleiben unbehelligt. Braune Theologiestudenten scharren mit den Füßen und wundern sich, dass Jesus Jude war.

Leo stellt die Fakten zur Urteilsverkündung zusammen und schreibt dazu noch einen Kommentar:

NACH DEM URTEIL: HATTE ULBRICH DEN TOD VERDIENT?

Viele Zuschauer des Prozesses stammen aus dem Wedding. Sie finden, dass Ulbrich eine gerechte Strafe bekommen hat. Jeder, der es wollte, wusste, was Ulbrich jahrelang mit den Mädchen – manche noch Kinder – gemacht hat: Der alte Mann handelte mit Nacktfotografien und hat sich auch der Zuhälterei schuldig gemacht. Alle wussten es und schwiegen.

AN MODELLEN IST KEIN MANGEL

Die Mädchen sind in seiner kleinen Wohnung ein und aus gegangen. Ulbrich brachte seinen Modellen bei, wie sie sich zu drehen und zu wenden hatten, wobei die Stellungen immer gewagter wurden. Diese Fotos verkaufte er. Aber er verkaufte die Körper der Mädchen nicht nur als Fotos. Er bediente sich selbst und reichte die Kinder weiter. Und nie stellten die Eltern der Mädchen irgendwelche Fragen.

TAUSENDE NACKTFOTOS

In einem Schrank sollen alle möglichen sadistischen Instrumente gefunden worden sein. Die Polizei hat alles zusammengetragen, was über den toten Uhrmacher zu erfahren war. Etwa achthundert Frauen und Mädchen haben nackt vor seiner Kamera gestanden, mehrere Tausend verschiedene Bilder in perversen Stellungen wurden gefunden.

WER BESTRAFT DIE KUNDEN DES UHRMACHERS?

Leider wurden die Taten des Opfers in dem Prozess nicht ausreichend beleuchtet. Dann hätten Polizei, Richter und Sachverständige in die Tiefe ermitteln müssen. Und vielleicht hätte man Dinge entdeckt, die wiederum die Kunden in Schwierigkeiten hätten bringen können, zum Beispiel prominente Kinderschänder. Wann werden diese Verbrecher bestraft? (Leo)

Schon bald gibt es kein Interesse mehr an Lieschen Neumann und ihren Mittätern. Die Presse stürzt sich auf neue Themen oder aktualisiert die alten. Die Aufklärung der Morde in der Silvesternacht in der Hufelandstaße, wo der Sozialdemokrat Willy Schneider und ein weiterer Genosse von Nazis erschossen worden sind, geht voran. In München wird einer der Mittäter verhaftet. Er ist an der Grenze zu Österreich aufgefallen, weil er völlig verwahrlost war und sich nicht ausweisen konnte. Er ist nach Berlin überstellt worden, hat die Beteiligung an dem Überfall gestanden und auch sonst noch einiges ausgeplaudert.

Einen Skandal gibt es auch an der theologischen Fakultät der Universität. Die Nazis haben sich einfallen lassen, mit den Füßen zu scharren, wenn das Wort »Jude« in den Vorlesungen fällt. In einem Kolleg über das Alte Testament erzeugt das Scharren aufgrund der häufigen Nennung des Begriffs »Jude« einen solchen Lärm, dass die Vorlesung abgebrochen werden muss.

Die Herren Studenten scheinen erst jetzt bemerkt zu haben, dass Jesus ein Jude war, witzelt der Pressedienst.

An einem ihrer letzten Abende in Berlin liest Leo im Wintergarten der Villa Wolf und leidet. Sie hat irgendein Buch aus Onkels Bücherschrank genommen und Gedichte von Erich Kästner erwischt. *Sachliche Romanze* heißt eins davon.

Als sie einander acht Jahre kannten
(und man darf sagen, sie kannten sich gut),
kam ihre Liebe plötzlich abhanden.
Wie andern Leuten ein Stock oder Hut.

Sie waren traurig, betrugen sich heiter,
versuchten Küsse, als ob nichts sei,
und sahen sich an und wussten nicht weiter.
Da weinte sie schließlich. Und er stand dabei.

Vom Fenster aus konnte man Schiffen winken.
Er sagt, es wäre schon Viertel nach vier
und Zeit, irgendwo Kaffee zu trinken.
Nebenan übte ein Mensch Klavier.

Sie gingen ins kleinste Café am Ort
und rührten in ihren Tassen.
Am Abend saßen sie immer noch dort.
Sie saßen allein, und sie sprachen kein Wort
und konnten es einfach nicht fassen.

Leo klappt das Buch zu. Ich kann es auch nicht fassen, dass alles vorbei sein soll. Immer wenn sie versucht, nicht an Winterstein zu denken, schiebt sich sein Bild umso deutlicher vor ihr inneres Auge. Sie sieht sein amüsiertes Lächeln, wenn sie ihm mal wieder die Welt erklären will, seine schlanken gebräunten Hände, die ihre blasse Haut streicheln und sein Entzücken auf dem Höhepunkt des Zusammenseins.

Noch ein oder zwei Wochen, dann wird es besser, beruhigt sie sich. Abstand ist das beste Rezept gegen Liebeskummer. Und selbst der abgehalfterte Spruch, dass die Zeit alle Wunden heilt, ist wahr.

»Ach, hier bist du«, sagt Bernhard Weiß. »Möchtest du einen heißen Kakao? Der hilft gegen alles.«

»Gerne. Mit einem Schuss Rum, wenn du hast.«

»Kommt sofort. Ich sage in der Küche Bescheid.«

Er verschwindet kurz, kehrt mit einem hohen Becher zurück und stellt ihn auf den kleinen Tisch, auf dem das Kästnerbuch liegt.

Leo wärmt die Hände am Porzellan. »Warum ist alles so schwierig?«, fragt sie.

»Du meinst deine Liaison mit Winterstein?«

»Ja. Ich muss ihn aus dem Kopf bekommen.«

»Wohl eher aus dem Herzen.«

»Ja. Das ist wahrscheinlich viel komplizierter.«

»Ich habe übrigens einen Termin mit Dr. Hallauer vereinbart. Bist du noch interessiert, Wintersteins Trauma zu enthüllen?«

Leo überlegt. »Ja. Ich will wissen, was Valentin passiert ist. Ich muss mit Dr. Hallauer sprechen.«

Der schöne Mann wird immer trauriger und zieht Bilanz.

Winterstein ist auf einer langen Wanderung in Kälte und Schnee. Er bemüht sich, an nichts und niemanden zu denken. Er sucht die Pfade, die er aus seiner Jugend kennt, beobachtet Raben, die sich laut krächzend um den blutigen Kadaver eines Murmeltiers balgen, und verfolgt den gelassenen Flug der Bussarde, die weit oben im Himmel scharfäugig nach Beute suchen.

Was für ein Unterschied zu Berlin! In diesen Stadtmoloch kehrt nie Ruhe ein. Es gibt keine Entspannung. Und das, was man in den Straßen dieser Stadt »Liebe« nennt, ist nichts als schaler, inflationärer Sex. Und er war ein emsiger und typischer Bewohner der traurigen Stadt.

Wie konnte er jahrelang nur so leben?, fragt er sich. Von einem Ort zum anderen hetzen, Freunde nur zulassen, wenn sie ihm nutzen, Frauen begehren und sich wieder abwenden, die Nächte durchfeiern, zu viel trinken und zu wenig denken.

Hier, in der kargen Bergwelt, ist ihm das klar geworden.

Sein Blick fällt auf eine riesige Fichte und ein merkwürdiges Gefühl steigt in ihm hoch. Wie in Trance schiebt er eine Schneewehe vom Baumstamm weg und legt eine eingeritzte Schrift frei: *Valentin & Baldur 1902 – für immer.*

Er taumelt und hält sich an einem Felsen fest. Plötzlich ist alles wieder da. Sein Blick geht hoch in die Wipfel der Bäume, wo die Dohlen sitzen und keckern, sobald sich Gefahren nähern. Er hat sie damals mit einer Flitsche beschossen, wütend gemacht und erst aufgehört, als Baldur zu weinen anfing, weil ihm die Vögel leidtaten. So war er. Baldur.

Verstümmelungszulage und Krüppelheime: Wie der Staat seine Kämpfer versorgt. Die Hitlerjugend feixt.

Die Kundgebung des Reichsbundes ist von Bernhard Weiß genehmigt worden. An der Route bis zum Reichswehrministerium werden zahlreiche Polizisten postiert.

Die Berliner sind daran gewöhnt, Invaliden im Stadtbild zu sehen. Männer in Offiziersuniformen mit amputierten Gliedmaßen, Blinde und Verbrannte, Bettler, die nicht mehr sprechen können. Die meisten erhalten eine kleine Rente, aber nicht alle.

Im Ersten Weltkrieg sind völlig neue Technologien eingesetzt worden. Das Maschinengewehr war eine der wichtigsten Waffen auf dem Schlachtfeld und 1915 wurde erstmals Giftgas eingesetzt.

Es starben fast zehn Millionen Soldaten, zwei Millionen aus Deutschland. Rund siebenhunderttausend Kämpfende wurden verletzt, davon sind neunzigtausend verstümmelt. Die sogenannte »Verstümmelungszulage« wurde eingeführt und »Krüppelheime« wurden eingerichtet.

Leo recherchiert im Archiv des Pressedienstes und findet einen Artikel des *Vorwärts*-Redakteurs Erich Kuttner, der 1920 seinen Besuch in Berliner Lazaretten beschreibt:

Ins Zimmer tritt ein Mann, der quer über die Mitte des Gesichts eine Binde trägt. Er nimmt sie ab und ich starre in ein kreisförmiges Loch von der Größe eines Handtellers, das von der Nasenwurzel bis zum Unterkiefer reicht. Das rechte Auge ist zerstört, das linke halb geschlossen. Während ich mit dem Mann rede, sehe ich das ganze Innere seiner Mundhöhle offen vor mir liegen.

Jetzt beobachtet Leo den Protestzug. Sie steht am Rand der Straße. Sie hat noch nie einen solchen Aufmarsch gesehen. Die Demonstranten verhalten sich diszipliniert und folgen den Anweisungen der Ordner.

Immer vier Teilnehmer bilden eine Reihe. Auf großen weißen Schildern stehen Sätze wie: *Wo bleibt der Dank des Vaterlandes? Die Kriegskrüppel hungern* und *Habt ihr uns vergessen?*.

Die Invaliden tragen alle ihre alten Militäruniformen. Die meisten sind verdreckt, mit verkrustetem Blut besudelt und von Schüssen zerfetzt.

Die Einarmigen tragen die Schilder. Sie sind die schnellsten, weil sie noch laufen können und all ihre Sinne beisammen haben. Ihnen folgen Männer mit Schäferhunden an kurzen Lederriemen. Die Tiere tragen das rote Blindenkreuz auf dem Geschirr. Hinter den Blinden kommen die Einäugigen und die Gesichtsverletzten.

Eine Gruppe der Hitlerjugend gafft am Straßenrand. Die Jungen tragen Hosen aus dunklem Cord und braune Hemden, am Arm das Hakenkreuz und ein Halstuch mit Lederknoten.

Ein gesichtsverletzter Demonstrant nähert sich einem etwa vierzehnjährigen Jungen und grinst ihn an. Der Veteran hat kein Kinn mehr, die wenigen Zähne stehen hervor. Der Junge schreit entsetzt auf und weicht zurück.

»Flink wie Windhunde, zäh wie Leder und hart wie Kruppstahl« – so will Hitler seine Jungen. Die hier sind noch nicht so weit, denkt Leo.

Nach den Gesichtsverletzten wird der Zug langsamer, denn die Beinverletzten rücken an. Nicht alle haben Prothesen. Sie schleppen sich an Krücken vorwärts. Manche sind ganz ohne Beine, fahren auf einem Brett mit Rollen und schieben sich mit den Händen vorwärts.

Den Schüttlern dahinter sieht man nichts an. Doch ihre Seelen sind zerstört. Ihre Hände, Köpfe, ihre Körper beben, als zitterten sie immer noch vor dem Grauen des Krieges. Ihnen ist nur mit Drogen zu helfen. Sie sind im Bewusstsein vieler als Feiglinge abgestempelt, weil sie äußerlich unversehrt erscheinen.

Leo ist erschüttert. So viel menschliches Elend, geballt in einem Protestmarsch, ist schwer zu ertragen. Alles für Kaiser und Vaterland. Und im Publikum Schmährufe, höhnisches Gelächter, Beleidigungen durch diese jungen Nazibengel, die von der NSDAP hierherbefohlen wurden.

Selbstmord inmitten von Leichen.
Ein Arzt erinnert sich.

Dr. Benno Hallauer ist in den Fünfzigern, ein großer, schlanker Mann mit hellen, intelligenten Augen. Er sitzt mit Bernhard Weiß im Wintergarten der Villa. Die Männer kennen sich schon lange. Hallauer hat Hilde auf die Welt gebracht. Das Baby hat quer gelegen, aber Hallauer hat es zurechtgerückt.

»Ich habe hier einen exzellenten Côte du Rhone. Er atmet seit einer Stunde. Darf ich ihn dir servieren?«, fragt Weiß.

»Gerne.«

»Wie läuft deine Praxis?«

»Immer noch gut«, antwortet Hallauer. »Aber die Hetze der Nazis, dass wir Juden arische Frauen missbrauchen und in der

Narkose schwängern, um die arische Rasse zu schädigen, hat die Zahl meiner nichtjüdischen Patientinnen etwa halbiert.«

Die Männer prosten sich zu. Der Wein hat ein bräunliches Rot und erinnert farblich an Blut, das zu trocknen beginnt. Eine Farbe, die jeder nur zu gut kennt, der im Krieg gewesen ist.

»Was will deine Nichte von mir wissen?«, fragt Hallauer.

»Es geht um die Explosion in Douaumont. Du warst dabei.«

»Alles, was ich dazu zu sagen habe, steht in einem ausführlichen Bericht für die Untersuchungskommission der Reichswehr. Es ist immer noch nicht abschließend geklärt, wie es zu der Katastrophe kam. Sicher ist nur, dass nicht der Feind für achthundert tote deutsche Soldaten verantwortlich war.«

»Ich bringe euch Leo«, sagt Lotte. »Dann lasse ich euch mal allein. Ich mag keine schrecklichen Geschichten aus dem Krieg mehr hören. Ich hoffe, das ist in Ordnung.«

Leo küsst ihren Onkel auf die Wange und begrüßt Hallauer. »Danke, dass Sie Zeit für mich haben.« Sie setzt sich.

»Gerne, ein guter Grund, meinen alten Freund Weiß wiederzusehen. Wie kann ich Ihnen helfen?«

»Sie sind einer der wenigen, die das Unglück von Douaumont überlebt haben und alles aus eigener Anschauung kennen.«

»Das stimmt. Ich hatte Glück, dass ich durch die erste Explosionswelle in den äußersten Laufgraben des Forts geschleudert wurde. Als ich wieder zu mir kam, bin ich ins Fort zurückgeeilt. Unten in den großen Tunnelbögen saßen einige Hundert Rekruten, die erst seit Kurzem im Fort waren – in apathischem Zustand. Viele waren verwundet. Die Kasemattengänge waren angefüllt mit Schutt und Toten, die zum Teil grässlich verstümmelt waren. Arme, Beine und Rümpfe lagen umher, vielen Leichen war der Leib aufgerissen worden. An manchen Stellen lagen die Körper in mehreren Lagen übereinandergeschichtet. Der Explosionsdruck hatte sie an die Wand geschleudert. Das war das Schlimmste, was ich je in meinem Leben gesehen habe.«

Hallauer macht eine Pause. Die Bilder von damals ziehen an ihm vorbei.

»Und dann diese Schreie, das Gewimmer und das Gejammer. Manche begingen Selbstmord und schossen sich eine Kugel in den Kopf. Der Geruch von Gas, Blut, Erbrochenem und Urin verfolgt mich noch heute«, erzählt der Arzt weiter. »Meine Sanitäter und ich haben natürlich alles versucht, um zu helfen. Wir schleppten die Gasvergifteten, soweit sie noch lebten, an die frische Luft, versorgten die schweren Brandwunden so gut, wie es uns möglich war, und beruhigten die Verrücktgewordenen.«

»Was geschah mit den unverletzten Männern?«

»Unverletzt? Da ist niemand wirklich unverletzt herausgekommen, mein Fräulein«, antwortet Hallauer. »Wer einmal in der Hölle war, bleibt für immer darin. *›Lasciate ogni speranza, voi ch'entrate!‹* Lasst, die ihr eintretet, alle Hoffnung fahren!«

Dasselbe Zitat hat Valentin auch benutzt, erinnert sich Leo und fragt: »Sagt Ihnen der Name Winterstein etwas? Brüder aus Berlin. Einer von ihnen überlebte zumindest äußerlich unverletzt.«

Hallauer horcht auf. »Merkwürdig. Mir ist der Name vor nicht allzu langer Zeit schon mal untergekommen. Ich wurde in einem Notfall in ein Heim für gefallene Mädchen gerufen. Dort lag eine Frau Winterstein in den Wehen. Leider kam ich zu spät, das Kind war schon tot. Der Name Winterstein fiel mir allerdings sofort auf. Ist sie eine Verwandte dieser Brüder?«

Bernhard Weiß macht große Augen.

»Eine angeheiratete Verwandte«, antwortet Leo knapp. »Die Brüder heißen Valentin und Baldur von Winterstein. Haben Sie eine Erinnerung an sie?«

»Ich kann mich dunkel erinnern«, sagt Hallauer zögerlich. »Waren die beiden Zwillinge?«

»Ja!«, ruft Leo aus. »Baldur war Leutnant und Valentin Oberleutnant. Valentin hat unverletzt überlebt, Baldur hat schwere Brandverletzungen am gesamten Körper erlitten und kam in ein Versehrtenheim. Was wissen Sie über die beiden?«

»Nicht viel. Sie sind mir aufgefallen, weil der eine kurz vor der Explosion eine Fußverletzung hatte, kaum laufen konnte und auf Station lag. Als ich ihn kurz darauf in der Außenanlage beim Sport sah, habe ich ihn angeraunzt wegen Simulantentums. Es war aber der andere Bruder. So erfuhr ich, dass es sich um eineiige Zwillinge handelte.«

»Es gibt Gerüchte über geheime Krüppelheime, in denen Schwerverwundete leben, die für tot gelten. Wissen Sie etwas darüber?«, will Leo wissen. »Gibt es hier in Berlin solche Einrichtungen?«

Hallauer atmet aus. »Es gibt sie, aber kaum einer spricht davon. Der Reichsbund soll eine Liste haben, die ich aber nie gesehen oder gar gelesen habe. Und bevor ich Ihnen etwas sage, was nicht stimmt, schweige ich lieber. Ich hoffe, Sie verstehen das.«

Die junge Frau schreibt endlich einen Brief und packt ihre Koffer.

Niemand weiß etwas über den schwer kriegsverletzten Baldur Winterstein. Ein solcher Fall müsste ihnen eigentlich bekannt sein, so der Bezirksleiter vom Reichsbund. Besonders, wenn es um die berühmte Explosion von Douaumont gehe. Die sei ja legendär und jeder der wenigen Überlebenden sei erfasst.

Leos Enttäuschung ist groß. Vielleicht bin ich auf einer falschen Spur, denkt sie. Sie berichtet dem Onkel von ihrer erfolglosen Recherche.

Bernhard Weiß schaut sie besorgt an. »Willst du nicht lieber warten, bis Winterstein nach Berlin zurückkehrt?«, fragt er. »Dann könnt ihr eure Missverständnisse von Angesicht zu Angesicht klären.«

»Wer weiß, wo er ist und wann er zurückkommt«, seufzt sie.

»Ich weiß, wo er ist.« Weiß amüsiert sich über Leos verblüffte Miene.

Sie ist bleich geworden und ihre Mundwinkel zittern.

Weiß erhebt sich und kehrt mit einem Glas weißem Rum zurück. »Du siehst verfroren aus«, meint er und reicht ihr das Glas. »Trink das!«

Sie gehorcht. »Wo ist er?«

»In den Schweizer Alpen.«

»Mit einer Frau?«

»Er ist allein.«

»Woher weißt du das?«

»Ich war in Wintersteins Haus und habe seine Haushälterin befragt. Frau Pauly. Sie arbeitet seit vielen Jahren für ihn und seine Familie. Selbstverständlich habe ich sie nicht verhört, sondern mich nur mit ihr unterhalten. Die Frau macht sich Sorgen um deinen Valentin. Sie kennt ihn und seinen Bruder Baldur schon seit dreißig Jahren.«

»Was will er in der Schweiz?«

»Zu sich kommen? Er war als Kind dort im Internat – zusammen mit seinem Bruder. Er betreibt vielleicht so was wie Vergangenheitsbewältigung.«

»Ich muss zu ihm!«, sagt Leo mit Tränen in den Augen.

»Nein, lass ihn in Frieden! Du solltest ihm einen Brief schreiben«, erinnert Weiß. »Ich verbürge mich dafür, dass er ihn bekommt.«

»Ja, das ist besser«, gibt Leo zu. »Dann bin ich schon in Wien oder in London, wenn er ihn liest, und er kann sich entscheiden, ob er noch weiter Kontakt zu mir haben will. Ich allerdings kann die Vorstellung kaum noch ertragen, ihn nicht mehr zu sehen.«

Leo verabschiedet sich von den Kollegen im Pressehaus. Sie hat das Gefühl, ein sinkendes Schiff zu verlassen. Die Kollegen sehen das nicht so. Niemand gibt gern zu, dass die realen Umstände so desolat sind, dass keine noch so großen Anstrengungen den Sieg der Nationalsozialisten verhindern können.

Morgen wird Leo den entscheidenden Brief an Valentin schreiben und dann nach Wien zurückkehren, um mit den Eltern nach London zu fliegen.

Ihr Plan gerät ins Wanken, als Onkel Bernhard sie mit einer Nachricht überrascht. Er hat herausgefunden, wo sich Valentins Bruder Baldur befindet.

»Ich habe überprüfen lassen, welche Häuser Winterstein in Berlin besitzt und bin dabei auf eine alte Villa gestoßen, die Winterstein vor fünfzehn Jahren gekauft und umgebaut hat«, berichtet er. »Dort lebt sein Bruder zusammen mit anderen Krüppeln – betreut von Pflegepersonal. Das Haus befindet sich in Friedrichshain, verborgen in einem Waldstück. Ich habe einen Detektiv hingeschickt, der sich auch im Ort umgehört hat.«

»Und was wissen die Leute?«

»Die Bewohner des Hauses haben alles, was ihren Zustand angenehmer macht. Ärzte gehen ein und aus, Pfleger und andere Bedienstete sind Tag und Nacht da. Es ist eine Art Krankenhaus – nur kleiner und vermutlich besser ausgestattet, alles finanziert von deinem Valentin.«

Leo ist gerührt. »Das passt zu ihm. Er tut Gutes und macht kein Aufhebens darum. Wie konnte ich nur einen Augenblick lang die bösen Gerüchte über ihn glauben?« Sie hat Tränen in den Augen.

»Es gibt allerdings etwas Merkwürdiges«, fährt Weiß fort. »Winterstein hat seinen Bruder dort noch nie besucht.«

»Was? Er tut alles für ihn und will ihn gleichzeitig nicht sehen? Ich muss herausfinden, was der Grund dafür ist.«

»Lass die Finger davon«, warnt Weiß. »Er ist ein Mann mit Stolz und keiner der Bengel, mit denen du es bisher zu tun hattest. Er wird dir alles sagen, wenn die Zeit dafür reif ist.«

»Und wenn nicht?«

»Dann soll es wohl so sein.«

Ja, denkt Leo, dann soll es wohl so sein. Und dann ist es vorbei für immer.

Zwei große Koffer sind schnell gepackt. Der Fernzug über Prag nach Wien geht noch am Abend und fährt die Nacht durch. Leo verabschiedet sich von Lotte, Klein-Hilde und dem Onkel. Den Brief an Winterstein hat sie ihm übergeben.

Nur ein kleiner Schritt zum Abgrund. Der Gauleiter erteilt einen Auftrag.

In Disentis wird Winterstein von teuflischen Träumen verfolgt. Er betäubt sich diesmal nicht mit Alkohol, Drogen oder Sex, sondern hält die Träume aus. Am Tag analysiert er sie.

Er hat Baldurs Körper nach der Explosion nur einmal gesehen, sich schaudernd abgewandt und ihn alleingelassen. Jetzt ist ihm Baldur jedoch so nah wie nie. Jede Nacht kommen die Bilder. Die Brüder am Bergfluss, Steine ins Wasser werfend, Baldur ist unvorsichtig und geht zu nah ans reißende Wasser. Valentin reißt ihn zurück. Als Baldur sich umdreht, hat er kein Gesicht mehr.

In anderen Nächten fällt Baldur ins Wasser, Valentin wirft die Angel aus und zieht ihn ans Ufer. Er liegt auf dem Rücken, zappelt wie ein Käfer und je heftiger er sich bewegt, desto schneller fallen ihm die Beine ab und verwandeln sich in blutende Stümpfe.

Auch von Leo träumt Valentin. Sie sitzt in einem blühenden Garten mit merkwürdigen Pflanzen, ihr nackter Körper schimmert durch das feine Gewebe des engen Kleides. Sie hat einen breitkrempigen Hut ins Gesicht gezogen. Ist sie es wirklich? Ja, er spürt es. Ist es ein ungesunder Zauber, den sie ausstrahlt? Nein, sie ist seine Erlösung.

Erschüttert von der eigenen Sehnsucht wacht er auf – total erschöpft. Die Liebe ist ein Sturz ins Bodenlose.

Er kleidet sich an, trinkt einen Kaffee und geht wieder in die Berge. Die langen Spaziergänge bringen ihm Erholung und Genesung. Doch manchmal steht er an einem Abgrund und starrt in die Tiefe. Nur ein kleiner Schritt nach vorne und alles wäre ruhig für immer.

Er packt die Koffer und fährt zurück nach Berlin.

Gauleiter Joseph Goebbels hat keinen guten Tag. Unter dem Titel **EIN DEUTSCHER MANN MAG KEINEN JUDEN LEIDEN, DOCH SEINE WEINE TRINKT ER GERN** ist ein Artikel im Pressedienst erschienen, in dem er verhöhnt und lächerlich gemacht wird.

In den Rasseschriften der Nationalsozialisten wird stets betont, dass körperliche Gebrechen von Geburt an auf rassische Minderwertigkeit hinweisen. Irgendein niederrassiger Mensch nimmt sich ein nordisch Weib, um die verhasste »Herrenrasse« mit seinem Untermenschentum zu verseuchen und hinabzuziehen in den Strudel der Minderwertigkeit. Von den bösen Juden mit ihrer Vorliebe für die Schändung nordischen Blutes (Näheres siehe in Streichers »Stürmer«) ganz zu schweigen. Zum Glück bleiben solche Anschläge auf das kostbare Erbgut nicht unbemerkt, zeigt der Nachwuchs solcher Irrungen doch deutliche Anzeichen der Degeneration. Wenn also ein Kind mit einem Klumpfuß zur Welt kommt, dann ist das ausgleichende Gerechtigkeit für die Rassenschande seiner Vorfahren.

ZURÜCK IN DEN SUMPF DER VÄTER?

Ein lebendes Beispiel dafür ist die Gestalt des Herrn Reitpeitschen-Goebbels. Nicht nur, dass sein Ponim (jiddisch für: Gesicht) alles andere als nordisch ist, nein, sein Klumpfuß dokumentiert seine rassische Minderwertigkeit. Mag er sich auch äußerlich wie ein alter Teutone gebärden und zum Frühstück zehn Juden verschlingen – das Gefühl des niederrassigen Herkommens zieht ihn doch hinab in den Sumpf der Väter.

Ein Beispiel dafür ist die Hochzeit des Dichters Arnolt Bronnen, der sich früher zum Judentum bekannte. Da setzte der große Joseph Goebbels seinen Klumpfuß in Bewegung und begab sich in Begleitung seines Adjutanten Graf Schimmelmann zur Pauluskirche in Zehlendorf, wo ihn Bräutigam Bronnen nebst Braut erwartete. Bronnen ist groß, blauäugig, blond und hat – keinen Klumpfuß.

»TEUTSCHER« ANSTAND OHNE RÜCKENDECKUNG

Während sich alle dem Essen und dem Wein hingaben, erschien im Völkischen Beobachter ein Artikel über Arnolt Bronnen, den Judenstämmling, der es wagt, sich an die NSDAP heranzuschlängeln. Dieser Vorfall ist bezeichnend für den persönlichen Anstand des Gauleiters, der Bronnen als »Freund« bezeichnet, aber keinen Finger rührt, um seinem »Freund« Rückendeckung zu geben. Echt »teutsch«!

Was sagt Herr Bronnen zu dieser Art Anstand? Und ihr Herrenmenschen, was sagt ihr, wenn man euch an euren eigenen dummen Gesetzen misst?

Goebbels befiehlt seinen Adjutanten Karl Hubertus Graf Schimmelmann zu sich. »Bekommen Sie heraus, wer das geschrieben hat, und servieren Sie ihm einen Denkzettel, den er so schnell nicht vergisst.«

Schimmelmann zeigt den Hitlergruß. In seinem Büro liest er den Artikel und kann sich ein hämisches Grinsen nicht verkneifen. Besonders der Ausdruck »Reitpeitschen-Goebbels« gefällt ihm.

Er reißt sich zusammen und ruft seinen Gewährsmann im Pressedienst an. Die Information kommt prompt: Der Schreiberling heißt Lukas Fox.

Im Polizeipräsidium ist auch Bernhard Weiß amüsiert. Arnolt Bronnen lässt es sich etwas kosten, nicht als Jude zu gelten. Früher ist er gern in die Synagoge gegangen, hat den Sabbat gefeiert und auf koschere Nahrung geachtet. Jetzt biedert er sich bei Humpelstilzchen an und lässt den Gauleiter auf seiner eigenen Hochzeit hochleben. In Zeitungskolumnen verherrlicht Bronnen Hitler und Goebbels und brilliert mit schmierigen Ergebenheitsadressen.

Die morgendliche Besprechung mit den leitenden Beamten der Roten Burg steht kurz bevor. Polizeipräsident Albert Grzesinski lässt sich von seinem Vize über die aktuelle Aufklärungslage im Bereich der Gewaltkriminalität der Nazibanden informieren.

Der politischen Abteilung ist es gelungen, zwei angebliche Überfälle aufzuklären. Ein achtzehnjähriges Mädchen war durch einen Schuss in den Oberschenkel schwer verletzt worden, ein einundzwanzig Jahre alter Reichswehrobergefreiter durch einen Schuss in den Arm.

Der Freund des Mädchens, ein Nazi, gab an, dass Kommunisten das Mädchen verfolgt und niedergeschossen hätten. Auch im Falle des Unteroffiziers soll der Schütze ein Kommunist gewesen sein.

Im nazistischen *Angriff* sind die angeblichen Täter schon beschimpft, bedroht und beleidigt worden, bevor der Fall zu Ende ermittelt worden ist.

»Durch geschickte Befragung sagten die Opfer schließlich die Wahrheit«, berichtet der Leiter der Politischen Polizei. »Der Obergefreite hat sich selbst verletzt, weil er das Militär verlassen wollte, der Freund des Mädchens hat die Kommunisten belastet, um seine Nazikumpel zu beeindrucken. Beide Denunzianten wurden vorläufig festgenommen wegen falscher Verdächtigung.«

Es klopft. Die Sekretärin meldet einen Überfall auf einen Journalisten des Pressedienstes. Auf dem Weg zum Belle-Alliance-Platz haben ihm etwa zehn Nazis aufgelauert, ihn zusammengeschlagen und schwer verletzt.

Alois Beckmann und Alma Wuttke stehen am Krankenbett von Lukas Fox. Ein Arzt und ein Kriminalbeamter befinden sich ebenfalls im Raum.

Lukas' Kopf ist verbunden, das Gesicht geschwollen.

»Man hat ihn mit Reitpeitschen geschlagen«, erklärt der Arzt. »Er hat zahlreiche Platzwunden, Blutergüsse und Prellungen. Er ist in den Bauch getreten worden. Fast hätte er den Anschlag nicht überlebt.«

Alma schluchzt und greift nach Lukas' Hand.

»Gibt es Hinweise auf die Täter?«, fragt Beckmann.

»Wir stehen erst am Anfang«, antwortet der Polizist. »Zeugen gibt es allerdings genug. Die Täter trugen hellbraune Uniformen der SA, Armbinde mit Hakenkreuz, Ledergürtel mit Koppelschloss und waren mit Fäusten und Reitpeitschen bewaffnet.«

»Lukas hat den Gauleiter ›Reitpeitschen-Goebbels‹ genannt«, sagt Beckmann. »Das war wohl die Retourkutsche.«

»Wann wird er wieder aufwachen?«, bibbert Alma Wuttke.

»Machen Sie sich keine Sorgen«, beruhigt der Arzt. »Wir haben ihm starke Schlafmittel gegeben, damit er sich erholen kann.«

Der schöne Mann betrinkt sich. Der kluge Onkel scheitert mit seinen Ratschlägen und übergibt einen Brief.

Valentin Winterstein ist wieder in Berlin in seinem Haus. Die Eisenbahnfahrt von Zürich nach Berlin war lang. Er hat nicht schlafen können, hat sich hundertmal vorgeträumt, wie das Wiedersehen mit Leo verlaufen würde. Die Skala reicht von totaler Ablehnung bis hin zum romantischen In-die-Arme-Sinken.

Zu Hause setzt er sich in den Wintergarten. Hier überwintern die Palmen, der Lorbeerbaum und die Zitronen. Ein Platz der Kontemplation. Die Luft ist kühl, aber nicht kalt. Der leichte Lorbeerduft, vermischt mit dem Aroma der Zitrusblüten erweckt eine Ahnung von einem Mittelmeerwinter.

Frau Pauly bereitet ihm einen Imbiss und heißen Tee. Sie fragt nach dem Erfolg seiner Reise. Er schildert ihr, dass er die Schnitzerei am Baum wiedergefunden hat.

Die Köchin fasst sich ein Herz und erzählt vom Besuch des Vizepolizeipräsidenten und dessen Fragen nach Baldur. Valentin ahnt, dass Leo dahintersteckt, und Wut steigt in ihm hoch. Diese neugierige Person! Was fällt ihr bloß ein, sich immer noch in sein Leben einzumischen? Die jähe Freude darüber ringt er nieder.

Pauly spürt den Ärger. »Der Herr Vizepolizeipräsident war sehr freundlich«, versichert sie. »Er sagte ausdrücklich, dass seine Fragen rein privater Natur sind.«

»Was haben Sie ihm erzählt?«

»Dass Sie wohl in die Schweiz gefahren sind, wo Sie schon als Kind mit Ihrem Bruder waren. Das war alles.«

»Danke, Frau Pauly. Sie haben nichts falsch gemacht«, sagt er. »Und jetzt lassen Sie mir bitte ein Bad ein.«

Am Abend lässt sich Winterstein zur Villa Weiß fahren. Er hat sich vorher nicht angekündigt, damit Leo nicht die Flucht ergreifen kann.

Bernhard Weiß öffnet und ist überrascht. »Herr Winterstein!«

»Guten Abend. Kann ich bitte Fräulein Wolf sprechen?«

»Treten Sie doch ein.«

»Ich will Sie nicht lange stören«, versichert Winterstein. »Zumal ich mich nicht angekündigt habe.«

»Gehen wir ins Herrenzimmer«, schlägt Weiß vor.

Als sie sitzen, sagt er: »Leo ist nicht hier, sie hat Berlin wieder Richtung Wien verlassen.«

»Wann kommt sie zurück?«

»Eine Rückkehr ist nicht geplant.«

Der Satz trifft Winterstein wie ein Messerstich.

Weiß nimmt den Beschwerer von Leos Brief. »Sie hat Ihnen diesen Brief hinterlassen.«

Winterstein nimmt den Umschlag, steckt ihn ein und erhebt sich.

»Danke für die Informationen«, sagt er förmlich und deutet eine Verbeugung an. »Und entschuldigen Sie die Störung.«

Weiß folgt ihm zur Tür. Einen guten Abend wünscht er ihm nicht, das wäre pure Ironie. Winterstein ist bleich geworden, seine Hand hat gezittert, als er den Brief nahm.

Weiß sieht ihm nach, bis der Wagen den Hof verlassen hat. Leo, denkt er, was hast du nur mit diesem Mann angestellt?

In seinem Haus angekommen, reißt Winterstein den Brief auf:

Lieber Valentin,
ich kehre nach Wien zurück und folge dann meinen Eltern, die nach London übersiedeln. Ich freue mich, dich getroffen und geliebt zu haben. Du hast mich einmal gebeten, dich zu retten, mir aber nie gesagt, wovor. Diese offene Frage hat unser Zusammensein überschattet. Dein Vertrauen zu mir hat nicht ausgereicht und mein Vertrauen zu dir auch nicht, sonst hätte ich keine

Sekunde lang auch nur eins der bösen Gerüchte über dich geglaubt. Wir blieben uns gegenseitig Rätsel, die unsere Liebe zerstört haben. Ich wünsche dir ein erfülltes Leben, wo immer und mit wem es auch sein mag.
Deine Leo

Winterstein legt den Brief beiseite. Lange Zeit bleibt er bewegungslos sitzen. Das ist das Ende, denkt er. Er rappelt sich hoch und öffnet eine Flasche Cognac. Der Alkohol wärmt ihn zunächst, doch nach dem dritten Glas bekommt er Schüttelfrost. Unter großer Mühsal schafft er es ins Bett. Sein Schlaf ist lang und traumlos.

Am Abend ruft Bernhard Weiß in Wien an und berichtet seiner Nichte, dass Winterstein wieder in Berlin ist und sie gesucht hat.

»Den Brief habe ich übergeben, aber er hat ihn in meinem Beisein nicht geöffnet. Darf ich fragen, was die Botschaft an ihn war?«

»Ich habe ihm geschrieben, dass ich mit Papa und Mama nach London übersiedele, mich bedankt für die schönen Stunden, die wir hatten, und ihm alles Gute gewünscht.«

»Das ist hart«, wertet Weiß. »Als er kam, war er voller Vorfreude auf die Begegnung mit dir. Ich habe es ihm angesehen. Er hatte so was Ähnliches wie Prüfungsangst. Warum lehnst du ihn ab?«

»Ich will nicht, dass er sich verpflichtet fühlt – nur weil wir ein paarmal im Bett waren.«

»Warum kannst du dir nicht vorstellen, dass er dich liebt?«

»Ich weiß es nicht.«

»Ich weiß es aber«, behauptet Weiß. »Du hast Angst, dich zu binden. Du bist feige.«

Leo schweigt.

»Lassen wir das Thema. Dein Kollege Lukas Fox ist lebensgefährlich verletzt worden. Goebbels hat seine Schläger auf ihn gehetzt. Sie haben ihn mit Pferdepeitschen traktiert, bis das Blut spritzte. Die Beweislage ist – wie fast immer – desolat.«

»Das tut mir leid, aber ich kann ihm nicht helfen. Berlin ist für mich abgeschlossen. Ich freue mich auf London.«

Zwei Brüder erkennen sich: Valentin und Baldur – für immer. Doch einer von ihnen muss bald gehen.

Winterstein ist auf dem Weg in das Angstgebiet seiner Seele. Baldur kann nicht sehen und sprechen, kaum hören und wird durch ein Röhrchen ernährt. Das Krüppelhaus ist schwer zu finden, der Weg ist kaum befestigt, um unerwünschten Besuchern die Benutzung schwierig zu machen.

Winterstein hat den Leiter über sein Kommen informiert. Der wartet hinter einem Metallzaun, an dem das Schild *Privatbesitz – Zugang verboten* angebracht ist. Die Villa ist von dort aus noch nicht zu sehen, denn hohe Fichten und dichte Büsche verbergen sie. Die Männer begrüßen sich und steuern auf eine Lichtung zu.

Nun ist die weiße Villa zu erkennen. Auf den ersten Blick wirkt sie wie ein verwunschenes Märchenschloss. Dornröschen könnte darin geschlummert und auf ihren Prinzen gewartet haben. Die Rollstühle in einem Unterstand direkt neben dem Portal stören dieses Bild allerdings. Sie stehen akkurat wie Soldaten nebeneinander. Der Garten, jetzt in winterlicher Ruhe, ist gepflegt und mit Holzmöbeln bestückt.

»Wie ist der Zustand meines Bruders?«, will Winterstein wissen, während sie das Haus betreten.

»Er lebt in seiner eigenen Welt«, antwortet der Heimleiter. »Seine Verbindung zur Realität ist nur zeitweise vorhanden.

Sein Verstand funktioniert, ist jedoch in dem zerstörten Körper wie in einem Kokon eingesponnen. Wenn Sie ihn gleich sehen, zeigen Sie Ihr Erschrecken bitte nicht. Er bekommt mehr mit, als wir glauben, und zeigt seine Gefühle durch Zittern und Stöhnen, aber auch durch eine merkwürdige Art von Lachen. Wenn er etwas nicht will, bäumt sich sein Körper auf und er schlägt wild mit den Armstümpfen.«

Die Beschreibung löst nacktes Entsetzen in Winterstein aus. Am liebsten wäre er geflüchtet, doch er reißt sich zusammen.

»Hier ist der Besucherraum. Die Pflegerin holt Ihren Bruder und wird dabeibleiben, wenn Sie es wünschen. Treten Sie bitte ein.«

Ein Tisch, drei Stühle. Eine freundliche Sonne erhellt das Zimmer. Ein Gemälde an der Wand. Aufgeschäumtes Meer mit einem schief im Wasser liegenden Segelschiff im Hintergrund. Eins der vielen Seestücke, die den Alltag verschönern sollen. Ein hölzerner Gekreuzigter direkt daneben.

Winterstein vernimmt das quietschende Fahrgeräusch eines Rollstuhls. Er atmet tief durch.

»Da sind wir«, sagt die freundliche Stimme der Pflegerin. »Sie haben Besuch von Ihrem Bruder, Herr von Winterstein.«

Die Zeit bleibt stehen. Winterstein starrt das an, was von seinem Bruder übrig geblieben ist. Natürlich hat er sich in den zehn Jahren verändert. Die Brandwunden sind vernarbt, neue Haut hat sich gebildet, die glänzt, weil sie täglich mit einer fetthaltigen Creme gepflegt wird, damit sie nicht reißt. Baldurs Gesicht ist zerstört, man erkennt aber noch die Augenhöhlen, das Nasenbein und die Öffnung, durch die er ernährt wird. Er sitzt aufrecht in einem gepolsterten Rollstuhl – über den Knien eine Wolldecke.

»Kann er mich hören?«, fragt Valentin die Pflegerin. Der Kloß im Hals erstickt ihn fast.

»Sprechen Sie mit ihm«, sagt sie. »Gehen Sie dicht an ihn heran und sprechen Sie an der Stelle, wo die Ohren waren.«

Er nimmt den Stuhl, zieht ihn neben den Bruder und setzt sich. »Baldur, mein Bruder, ich bin es, Valentin.«

Baldur dreht ihm das Gesicht zu. Winterstein schließt die Augen. Er riecht das Hautöl und hört den Atem seines Bruders.

»Sehen Sie, er hat Sie verstanden«, freut sich die Pflegerin. »Reden Sie weiter.«

Baldur hebt den Arm und legt ihn sanft auf Wintersteins Schulter.

»Verzeih mir, dass ich dich nie besucht habe. Ich hatte Angst, verdammte Angst, dich so zu sehen. Ich schäme mich.«

Baldur neigt den Kopf zur Seite und drückt ihn gegen Wintersteins Wange. Die ist tränennass.

»Ich komme gerade aus der Schweiz. Erinnerst du dich? Das Internat im Kloster, unsere Touren durch die Berge. Ich habe auch den Baum gefunden, in dessen Rinde wir uns verewigt haben. *Valentin & Baldur – für immer.* Da waren wir zwölf Jahre alt.«

Baldur nickt.

Winterstein erzählt weiter: vom Kriegsende, von der Mutter, die sich das Leben genommen hat – gefolgt vom Vater drei Jahre später. Auch vom eigenen unruhigen Leben berichtet er, von der Not der kleinen Leute, den unstabilen politischen Verhältnissen in Deutschland.

Drei Stunden bleibt er. Baldur ist vor Erschöpfung eingeschlafen. Die Pflegerin schiebt ihn zur Tür. »Warten Sie noch einen Augenblick«, bittet sie den Besucher. »Unser Arzt will Sie noch sprechen.«

Der Arzt bringt Valentin die Nachricht, dass Baldur nicht mehr lange leben wird. Seine Nieren sind geschwächt und arbeiten schlecht.

»Wie lange noch?«

»Ein halbes Jahr, eher weniger. Er wird keine Schmerzen haben, wenn er stirbt. Er weiß das auch und will gehen.«

Winterstein bedankt sich für die Informationen und fährt nach Hause. Er wird Baldur so oft besuchen, wie es noch geht.

Opferbereitschaft einer goldblonden Nazi-Frau: Augen zu und durch. Der Onkel verrät eine Adresse in Wien.

Der *Völkische Beobachter* bejubelt den Anschlag auf Lukas Fox: **KAMPFGENOSSEN STOPFEN FRECHEM SCHREIBERLING DAS MAUL** – so die Überschrift.

> Die Sozipresse will unserer nationalsozialistischen Sache seit Jahren schaden und ihr ist jedes Mittel recht. Jetzt hat sie unseren Gauleiter Dr. Joseph Goebbels als »Reitpeitschen-Goebbels« bezeichnet. Die Bedeutung einer solchen Gerte haben Männer, die unseren politischen Visionen positiv gegenüberstehen, dem frechen Schreiberling ins Gesicht geschrieben: Er machte ausführliche Bekanntschaft mit der Reitpeitsche. Im Krankenhaus hat der Journalist jetzt genügend Zeit, über seine Wortwahl nachzudenken. Wir wünschen ihm dabei viel Erfolg und grüßen mit einem herzhaften »Heil Hitler« und einem Schlag mit der Reitpeitsche!

Goebbels amüsiert sich. Das hat Schimmelmann perfekt hinbekommen, denkt er. Der Mann ist ein guter Ersatz für den toten Schmettow. Die Idee, den Schreiberling mit Pferdepeitschen zu geißeln, gefällt dem Gauleiter. Schimmelmann ist intelligenter als Schmettow und formuliert besser. Die Sozis sind nun gewarnt. Künftig wird jeder Angriff auf seine Person und sein Aussehen mit harten Maßnahmen vergolten. Und wenn wir endlich die Macht haben, stelle ich sie alle an die Wand, freut sich Goebbels.

Es klopft. Magda Quandt, seine persönliche Assistentin, betreut seit einem halben Jahr sein Privatarchiv. Sie sammelt und ordnet Zeitungsartikel über ihren Chef aus der in- und ausländischen Presse. Sie ist die geschiedene Frau des Industriellen Günther Quandt und glühende Anhängerin der Ziele der NSDAP.

Im Gegensatz zu ihm verkörpert sie äußerlich das neue Menschenbild. Blond wie die Vision einer strahlend aufgehenden Sonne, hochgewachsen und blauäugig, mit heller Hautfarbe, schlank wie ein Reh, gesund, kräftig und unterwürfig.

Dem Führer hat Frau Quandt gefallen. Er lehnt die gerade so moderne Emanzipation der Frau ab, hat sie als Erfindung des jüdischen Intellekts bezeichnet, die die vorbestimmte Geschlechterordnung zerstört. Der Mann ist Organisator des Lebens, die Frau seine Hilfe und sein Ausführungsorgan. Und die wunderbarste Aufgabe, die eine Frau hat, ist die, ihrem Volk Kinder zu schenken.

Magda Quandt legt Goebbels die aktuelle Presseschau vor. Die österreichischen und italienischen Zeitungen loben die deutsche Politik, die französischen und englischen Blätter strotzen vor Häme und Spott.

Goebbels schiebt die Papiere zur Seite. »Haben Sie Lust, mich heute Abend zu einem Dinner ins Adlon zu begleiten, Frau Quandt? Ihre Arbeit für die NSDAP und für mich muss endlich einmal gewürdigt werden. Bitte geben Sie mir die Ehre.«

Magda Quandt errötet und senkt ihr goldblondes Haupt. Dabei fällt ihr arisches Auge auf Goebbels' Klumpfuß unter dem Schreibtisch. Nach einer winzigen Irritation siegt ihre Opferbereitschaft für Volk und Vaterland. Augen zu und durch, denkt sie und sagt zu.

In Wien haben Sarah und Henri Wolf den Vertrag für den Verkauf ihres Hauses unterzeichnet. In einer Woche wird alles verpackt sein. Dann fährt eine Spedition die besten Möbel, Kunstwerke und Haushaltsgegenstände über Deutschland und Brüssel nach Calais, wo alles auf ein Schiff verladen und nach Dover gebracht wird. Bis alles angekommen ist, wird Familie Wolf in einer Hotelsuite in London wohnen. Das neue Haus wird gerade renoviert. Es liegt im Londoner Stadtteil Chelsea in der Nähe eines Parks.

Was ihnen Sorgen macht: Leo hat sich noch immer nicht entschlossen, mit ihnen zu gehen. Auf die Fragen nach dem Grund kommen ausweichende Antworten.

Henri Wolf ruft seinen Schwager in Berlin an. »Was ist los mit Leo? Warum hängt sie so an Deutschland? Sie ist überfallen und beleidigt worden, das Klima wird immer judenfeindlicher ... Warum will sie nicht weg?«

»Sie wird schon mit euch kommen«, versucht Bernhard Weiß zu beruhigen. »Lass ihr Zeit.«

»Steckt ein Mann dahinter?«

»Nein, nein«, wehrt Weiß ab.

»Geht es um den Kollegen, der von Nazis zusammengeschlagen wurde und im Krankenhaus liegt? Steht sie diesem Kollegen näher?«

»Nein, der Mann hat sich gerade verlobt – aber nicht mit Leo.«

Kaum hat Weiß den Hörer aufgelegt, klingelt das Telefon erneut. Winterstein verlangt höflich die Adresse der Familie Wolf in Wien.

»Was haben Sie vor, Winterstein?«

»Ich will Leo sehen.«

»Sie hat Ihnen doch einen Brief geschrieben. Stand da nicht alles drin, was Sie wissen müssen?«

»Ich will die Chance auf eine Replik. Sie soll mir in die Augen schauen und sagen, dass sie mich nicht mehr sehen will«, antwortet er. »Also geben Sie mir die Adresse, Herr Dr. Weiß! Bitte!«

»Hoffentlich reißt sie mir nicht den Kopf ab«, seufzt Weiß. »Oder Ihnen. Oder uns beiden.« Er gibt der Bitte nach.

Hoffentlich habe ich nichts falsch gemacht. Nachdenklich geht Bernhard Weiß ins Schlafzimmer. Lotte schläft schon, eingerollt wie ein Embryo. Er liebt ihre sanfte und ruhige Art. Zu viel Temperament bei Frauen ist anstrengend. Bevor er selbst die Augen schließt, kommt ihm die Idee, Leo über das Gespräch mit Winterstein zu informieren. Doch er verwirft den Gedanken schnell. Sie ist eine erwachsene Frau und wird mit der Situation umgehen können. Hofft er.

Applaus für einen Genesenden. Das Kapital purzelt die Treppe hinunter. Eine Mutter ist begeistert.

Lukas Fox ist wach. Alma Wuttke hält seine Hand. Er hat sie sofort erkannt, was die Ärzte erleichtert. Trotz der vielen Verletzungen scheint das Gehirn keinen Schaden genommen zu haben.

»Alles wird gut«, schluchzt Alma. »Diese feigen, dreckigen Nazischweine.«

»Keine Aufregung«, bittet die Krankenschwester. »Er muss sich gesundschlafen.«

Alma küsst Fox auf die Stirn. »Ich komme morgen wieder.«

Auf dem Flur warten zwei Kriminalbeamte. Sie versuchen, den Arzt zu überreden, dem Kranken Fragen stellen zu dürfen. Doch der vertröstet sie auf später.

Ein Streifenpolizist taucht auf. Er ist als Wache abgeordnet worden – für den Fall, dass die braunen Genossen wieder auftauchen sollten.

Im Pressehaus kann Alma den Kollegen die Nachricht überbringen, dass Fox auf dem Weg der Besserung ist. Die anwesenden Kollegen applaudieren.

Schriftleiter Alois Beckmann kündigt einen Artikel für die Abend- oder Morgenausgabe an, mit Fakten, die er exklusiv aus dem Polizeipräsidium erfahren haben will. Damit möchte er die undichte Stelle im Pressedienst aufspüren. Irgendjemand im Haus hat Lukas Fox als Autor des Goebbels-Artikels denunziert und damit den Überfall erst möglich gemacht.

Winterstein kommt gegen Mittag in Wien an und nimmt ein Taxi zum Haus der Familie Wolf. Er weiß, dass ihm nicht mehr viel Zeit bleibt, und hofft, nicht vor einer verschlossenen, ausgeräumten Villa zu stehen.

Im Vorgarten des Hauses steht ein großer Lastkraftwagen, unter dessen schwarzer Plane Möbel und Kartons hervorschauen.

Winterstein schaut sich um, niemand ist zu sehen. Er geht zur offenen Tür, klingelt und wartet.

»Ich komme schon!«, ruft eine Stimme.

Leo. Sein Herz hüpft. Er sieht zuerst ihre Beine auf einer Treppe, dann ihre Arme, die einen Karton mit Büchern umfassen. Sie blickt über den Rand und hält abrupt inne. Langsam gleitet der Karton nach unten, kippt um, Bücher fallen heraus und purzeln die Treppe hinunter.

Vor Wintersteins Füßen bleibt ein dicker Wälzer liegen. Er bückt sich und schaut nach dem Titel. »*Das Kapital – Kritik der politischen Ökonomie* von Marx«, liest er laut vor. »Immerhin besser als *Mein Kampf* von Adolf Hitler.«

»Was machst du hier?«, fragt sie und steigt die letzten Stufen hinab. Fast wäre sie über die Bücher gefallen, doch er fängt sie auf und hält sie.

Schweigend schauen sie sich an.

»Jetzt ist alles gut«, sagt er irgendwann. »Ich hab dich wieder.«

»Endlich«, flüstert sie und küsst ihn.

»Wer ist dieser Herr?« Henri Wolf ist auf der Treppe erschienen. »Leo, was hat das zu bedeuten?« Sein Ton ist scharf.

»Guten Tag, Herr Wolf. Mein Name ist Winterstein. Ich bin Ihr zukünftiger Schwiegersohn.«

Sarah Wolf ist pragmatischer als ihr Gatte. Der Mann, der ihr Schwiegersohn werden will, gefällt ihr. Er sieht gut aus, wirkt durch das dunkle, zu lange Haar zwar ein bisschen verwegen, aber in einer sehr erotischen Dosis. Er kann sich gut ausdrücken und ist in einem Alter, in dem er sich nicht mehr unterbuttern lässt. Selbst die Narbe auf der Wange entstellt ihn nicht, sondern gibt ihm etwas Geheimnisvolles.

Nach einer Stunde Kennenlernen ist Mutter Wolf sicher, dass Leo die richtige Wahl getroffen hat.

»Darf ich Ihnen Leo für einige Stunden entführen?«, fragt Winterstein.

»Wohin?«, brummt der Vater.

»Ich habe mich in einem Hotel eingemietet«, antwortet er artig. »Leo und ich haben viel zu besprechen. Wir haben uns lange nicht gesehen.«

»Ah ja, besprechen«, nickt Wolf. »Ich verstehe.«

»Aber Henri«, mahnt die Mutter. »Die beiden sind alt genug. Herr Winterstein wird Leo schon nichts antun.«

»Schade«, witzelt Leo.

Wolf schaut irritiert.

»Bestellst du den beiden ein Taxi?« Sarah Wolfs Frage klingt eher nach einem Befehl. Henri Wolf fügt sich in sein Schicksal.

Das *Grand Hotel Wien* ist luxuriös und liegt im Zentrum der Stadt, in der Nähe der Stephansdoms. Die Inneneinrichtung der Zimmer entspricht ganz dem kaiserlich-königlichen Geschmack, ist überladen und antiquiert.

Der Empfangschef begrüßt Winterstein und Gattin. Ein Page trägt das Gepäck in die Suite und verschwindet lautlos.

Endlich allein, denkt Leo. Sie legt Mantel und Hut ab und setzt sich aufs Bett. Die Bettdecke ist aus schwerem Satin, die üppigen Vorhänge lassen sich kaum bewegen, als Winterstein sie schließen will. Er lässt es schließlich und setzt sich neben sie. Eine Weile sprechen sie nicht.

»Zieh dich aus«, bittet er dann.

Leo legt langsam die Kleider ab, setzt sich rittlings auf seine Knie und drückt seinen Kopf auf ihre Brüste.

Er küsst sie auf alle Stellen, die er erreichen kann. »Ich will in dir sein«, murmelt er. »Wenn ich in dir bin, ist das Glück da.«

»Warum bist du unglücklich, wenn du nicht in mir bist?«, will Leo wissen.

»Weil ich dann einsam bin. Du bist die andere Hälfte meiner Seele.«

Sie drückt seinen Kopf von sich weg und schaut ihm in die Augen. »Valentin, komm zu dir. Was ist los? Sag mir endlich, wovor ich dich retten soll. Du willst, dass ich dein Unglück vertreibe. Doch sag mir, wie. Leg endlich deine Rüstung ab!«

»Du wirst jede Achtung vor mir verlieren.«

»Nein. Es hat mit deinem Bruder zu tun, oder? Ich weiß, wo er lebt und dass du ihn in vierzehn Jahren noch nie besucht hast. Warum?«

»Das hat sich geändert. Vor ein paar Tagen war ich bei Baldur. Es war grauenhaft. Ein Fleischklotz und trotzdem ein Mensch. Er kann hören und auch denken. Und dennoch sieht er aus wie ein Monster. Er hat mich erkannt, aber nicht mit den Augen, denn die gibt es nicht mehr. Sein Kopf lag angeschmiegt an meiner Schulter und mit seinen Armstümpfen hat er mich berührt. Sein Arzt sagte mir, dass er bald sterben wird, weil seine Nieren versagen. Und das alles, weil ich damals aus Egoismus eine falsche Entscheidung getroffen habe.«

Leo begreift, dass sie Valentins Geheimnis nah ist, dem Geheimnis, das ihn seit Jahren belastet.

Winterstein hat den Kopf in die Hände gelegt. Er atmet schwer. »Damals in Douaumont waren wir eingekesselt von den Franzosen. Aber es gab einige Ausgänge nach draußen, die von unseren Soldaten bewacht wurden. So konnten wir Lebensmittel und Wein ins Fort schaffen. Sachen, die uns die Dorfbewohner verkauft haben. Ich hatte Wache und hätte vor Ort sein müssen.«

Er macht eine Pause, schließt die Augen.

»Ich hatte Baldur gebeten, die Wache für mich zu übernehmen. Wir sind ja Zwillinge und waren nicht voneinander zu unterscheiden. Als Kinder haben wir das oft ausgenutzt, ich machte Unsinn und Baldur holte mich aus manchen Schwierigkeiten.«

»Warum sollte Baldur damals die Wache für dich übernehmen?«, fragt Leo.

»Ich wollte eine Frau treffen. Zweihundert Meter vom Fort entfernt in einem Wäldchen. Sie brachte uns ab und zu Wein. Natürlich war das verboten. Hätte man sie erwischt, wäre sie wegen Kollaboration erschossen worden. Auch ich wäre bestraft worden.«

Langsam begreift Leo. »Dann warst du bei der Explosion nicht im Fort und statt dir ist dein Bruder verletzt worden. Und deshalb machst du dir Vorwürfe.«

Winterstein geht im Zimmer auf und ab. »Ich hätte ihn nicht bitten dürfen, die Wache für mich zu übernehmen. Baldur ist an meiner Stelle verbrannt.«

»Ich verstehe trotzdem nicht«, sagt Leo. »Du hast mir doch beschrieben, wie er in Flammen stand und wie er schrie. Wie konntest du das wissen, wenn du gar nicht im Fort warst?«

»Ich habe gelogen. Es gab eine offizielle Untersuchung der Reichswehr. Wenn ich die Wahrheit gesagt hätte, wäre ich wegen Fahnenflucht oder verbotenen Kontakten zum Feind angeklagt worden, denn es war uns streng verboten, das Fort zu verlassen.«

»Hat sich denn niemand gewundert, dass du völlig unverletzt warst?«

»Vielleicht. Aber diejenigen, die mitbekommen hatten, dass

wir die Rollen getauscht hatten, waren tot. Dass Baldur überlebt hat, erfuhr ich erst später. Meine Strafe ist diese Wahrheit, sie vergiftet mein Leben seit bald fünfzehn Jahren. Ich bin ein elender Feigling und ein Lügner.«

»Nein, das bist du nicht. Das Schicksal hat dich verschont. Du kannst doch nicht traurig darüber sein, dass du lebst.«

»Und Baldur? Womit hat er es verdient, so dahinvegetieren zu müssen?«

»Er hat es genauso wenig verdient wie die Millionen anderer Opfer, die der Krieg in ganz Europa verursacht hat.«

»Ich werde an die Untersuchungskommission des Kriegsministeriums einen Brief schreiben und endlich die Wahrheit sagen!«

Leo und Winterstein reden lange miteinander. Sie haben die Lampen ausgeschaltet und Kerzen angezündet. Irgendwann lieben sie sich, beginnen, Pläne zu schmieden und Visionen eines gemeinsamen Lebens zu erträumen.

»Es ist klug, Deutschland zu verlassen. Wenn du mit deinen Eltern nach London gehst, komme ich nach.«

»Ob ich wohl in London Arbeit finde?«

»Wir können auch in die Schweiz gehen«, schlägt Winterstein dann vor. »Die Schweiz ist neutral und wird sich von Hitler und seinen Kumpanen nicht in einen Krieg hineinziehen lassen. Du könntest bei einer Zeitung arbeiten. Oder ich kaufe dir eine.«

»Was bist du für ein herrlicher und großzügiger Mann!«, ruft Leo aus. »Aber ich würde gern ohne dein Geld zurechtkommen.«

»Entschuldige!«, kommt es reumütig von Winterstein. »Ich habe für einen kleinen Moment vergessen, dass du eine moderne, emanzipierte Frau bist.«

»Das werde ich dir schon noch beibringen«, kündigt sie an und zeigt einen Schmollmund.

»Aber noch nicht heute«, lacht er und packt sie, sucht und findet ihre Lippen und legt sich auf sie. Sie öffnet die Schenkel und lädt ihn ein. Er weigert sich nicht.

Der Gauleiter lässt grüßen. Viele Schläger gegen einen: Die Herrenrasse zeigt ihren Mut.

Der Polizei ist es gelungen, Lukas Fox zu befragen. Er kann die Angreifer beschreiben und hat einen von ihnen sogar erkannt: Graf Schimmelmann. »Er bestellte mir herzliche Grüße von Goebbels und schlug mir dann mit der Reitpeitsche mehrmals ins Gesicht. Dann meinte er noch, dass ich meinen Mund darüber halten soll, ihn gesehen zu haben, aber das kommt nicht infrage.«

Bernhard Weiß gefällt die Aussage. Endlich mal ein Naziopfer, das sich nicht einschüchtern lässt. Er unterrichtet Polizeipräsident Albert Grzesinski.

»Bestellen Sie diesen Grafen zum Verhör und machen Sie ihm die Hölle heiß.«

»Ich teile dem Chefredakteur des Pressedienstes die Aussage des Opfers mit«, kündigt Weiß an. »Das gibt einen schönen Artikel.«

»Machen Sie das«, nickt Grzesinski. »Goebbels wird natürlich abstreiten, dass sein Adjutant den Fox von ihm grüßen sollte – so wie immer. Der Pressedienst soll einen Zeugenaufruf in unserem Namen veröffentlichen. Setzen Sie eine Belohnung aus.«

GOEBBELS LÄSST GRÜSSEN – MIT DER PFERDEPEITSCHE, schreibt Alois Beckmann in der Morgenausgabe des Pressedienstes.

Der Empfänger der Grüße des arischen Herrenmenschen Goebbels, unser Redakteur Lukas F., hat endlich eine Aussage zu dem Angriff machen können, dessen Opfer er wurde. Anführer der braunen Bande war Goebbels-Adjutant Karl Hubertus Graf Schimmelmann.

REPORTER WURDE SCHWER VERLETZT

»Bevor er zuschlug, bestellte er mir herzliche Grüße des Gauleiters«, berichtet Fox der Polizei. Weitere Nazis bewiesen viel völkischen Mut und schlugen zu mehreren auf den Reporter ein, der schwer verletzt wurde. Was für eine Großtat!

ZEUGEN GESUCHT – BELOHNUNG 200 REICHSMARK

Die feige Aktion gegen den Journalisten hat Folgen: Die Polizei ermittelt wegen versuchten Mordes – zunächst gegen den Adjutanten. Graf Schimmelmann wurde in die Rote Burg einbestellt. Es werden außerdem Zeugen des Überfalls auf dem Belle-Alliance-Platz gesucht. Die Polizei hat eine Belohnung von 200 RM ausgesetzt. Im Übrigen hat der Pressedienst noch einen Rat für den Auftraggeber des Überfalls: Halten Sie sich zurück! Ihre braune Hetzpolitik kann die demokratischen Kräfte in Deutschland zwar schwächen, aber nicht zerstören. Da hilft auch kein wütendes Aufstampfen mit dem Klumpfuß!

Karl Hubertus Graf Schimmelmann, Adjutant und Privatsekretär des Gauleiters, ist ein minder gescheiter Mann, der gerade mal die Realschule geschafft hat. Seine Familie hat ihm Aufenthalte und kleinere Anstellungen in der Schweiz und in Deutsch-Ostafrika vermittelt, die er jedoch schnell wieder aufgegeben hat. Er gilt als brutal und unberechenbar.

Schimmelmann denkt nicht daran, der Polizeivorladung zu folgen. Goebbels gegenüber hat er bestritten, Fox einen Gruß bestellt zu haben, doch Goebbels ahnt, dass sein Adjutant lügt.

Bernhard Weiß ist klar, dass er zu härteren Maßnahmen greifen muss, um den Adelsspross zu Gesicht zu bekommen. Er bittet den Kollegen Kriminalsekretär Smetona darum, einen Antrag auf Zwangsvorführung vorzubereiten. Darüber müssen dann Gerichte entscheiden, die aber leider derartige Anträge immer öfter ablehnen. Sollte das im Fall Schimmelmann geschehen, hätte der Schläger gute Aussichten, davonzukommen.

Adieu, Wien. Die junge Frau kündigt ein Gebet an. Doch nach London will sie nicht. Für Pathologen ist Deutschland ein Hauptgewinn.

Am Mittag lassen sich Leo und Winterstein wieder in der Villa Wolf sehen. Es stehen kaum noch Möbel im Haus, fast alles ist verpackt und verladen worden.

Die Eltern betrachten ihre Tochter. Leo ist offensichtlich glücklich und verliebt in diesen Mann, der wie aus dem Nichts aufgetaucht ist.

Sarah Wolf will es genauer wissen. »Was ist nun mit dir?«, fragt sie Leo. »Kommst du mit nach London oder folgst du Herrn Winterstein, wo immer er auch hingehen mag?«

»Wir werden in der Schweiz leben«, antwortet Leo. »Ich werde mir eine Anstellung suchen, meinen Mann abgöttisch lieben, die noch nicht geplanten Kinder zu guten Menschen erziehen und jeden Tag für den Weltfrieden beten.«

»Seit wann betest du denn?«, wundert sich die Mutter.

»In diesen Zeiten ist man vor nichts gefeit«, antwortet Leo. Winterstein schmunzelt.

»Das ist eine gute Idee«, mischt sich Henri Wolf ein. »Die Schweiz zeigt sich bei politischen Konflikten traditionell neutral. Sie wird sich aus allem heraushalten. Viele Juden und

Demokraten leben schon dort. Leider werden in der Schweiz aber zu wenige Menschen umgebracht, sodass ich als Rechtsmediziner keine Berufschancen hätte. Man muss sich nach der Decke strecken oder: Ich muss dahin, wo die Leichen sind.«

»So ein Pech«, meint Leo trocken. »Dann ist Deutschland der Hauptgewinn für dich. Nirgendwo wird so viel gemordet wie dort.«

In drei Tagen soll die Villa an den neuen Besitzer übergeben werden. Doch der Flug der Wolfs geht schon heute. Henri Wolf schließt die Tür ab. Sarah Wolf hat das Haus bereits verlassen und steht mit zwei Koffern im Vorgarten. Ihr Gesicht ist tränennass.

Auch Leo und Winterstein sind gekommen.

»Wir waren hier so glücklich«, schluchzt Sarah Wolf. »Warum tut man uns das an?«

Henri nimmt sie in den Arm. »Lass uns nach vorne schauen«, bittet er. »Irgendwann wirst du froh sein, dass wir rechtzeitig ausgereist sind. Und jetzt hör auf zu weinen. Wir starten in unser neues Leben.«

»Ich kann doch gar kein Englisch«, schnieft sie.

»Das lernst du schnell«, verspricht Henri.

Das Taxi hält vor dem Tor. Die Eltern verabschieden sich, umarmen Leo.

»Wir sehen uns bald wieder«, kündigt Leo an. »Ich habe mir schon die Flugverbindungen von der Schweiz nach London aufgeschrieben. Ruft an, wenn ihr angekommen seid.«

»Herr Winterstein, passen Sie auf unsere Tochter auf«, fordert Sarah.

»Ihr Wunsch ist mir Befehl«, verspricht der Schwiegersohn in spe.

Am nächsten Morgen sitzen Leo und Winterstein im *Café Central*, das eine gewisse Ähnlichkeit mit dem *Romanischen*

Café in Berlin hat: Künstlertreffpunkt, Nachrichtenbörse, Talentschmiede und Aufenthaltsort für junge Frauen, die mit ihren erotischen Fähigkeiten glänzen. Arthur Schnitzler, Robert Musil und Stefan Zweig gehen hier ein und aus.

»Ich muss zurück nach Berlin, um einige Dinge zu regeln«, erklärt Winterstein. »Möchtest du mitkommen, hier in Wien bleiben oder schon in die Schweiz fliegen?«

»Ich komme mit dir«, sagt Leo. »Ich lasse dich nicht mehr allein.«

Er nimmt ihre Hand und küsst sie. »Ich habe es gehofft. Unser Flug geht morgen ganz früh«, erklärt er dann. »Lass uns den Tag in Wien noch genießen. Wer weiß, ob wir jemals hierher zurückkommen.«

»Die meisten meiner Freunde sind inzwischen über die ganze Welt verstreut«, stellt Leo fest. »Und wenn Österreich sich den Nazis unterwirft, ist es nicht mehr das Land, in dem ich leben möchte.«

Neue Nazi-Heldentat: Eine Villa geht zuschanden. Eine Mutter fällt eine Entscheidung.

In der Nacht brennt Wintersteins Bauhaus-Villa lichterloh. Die Feuerwehr ist mit mehreren Fahrzeugen vor Ort, kann jedoch nicht mehr viel ausrichten. Der Einsatzleiter glaubt an Brandstiftung, da die Flammen nach Zeugenaussagen an mehreren Stellen gleichzeitig ausgebrochen sind. Frau Pauly hat nicht nur die Feuerwehr, sondern direkt auch die Polizei alarmiert. Sie hat mehrere Personen auf dem Gelände und am Haus beobachtet, die beim Eintreffen der Feuerwehr geflohen sind.

Der Bereitschaftsdienst in der Roten Burg informiert Bernhard Weiß, der sich zum Tatort bringen lässt. Die großen Fenster des Hauses sind durch die Hitze des Feuers geborsten, Millionen von Glassplittern bedecken den Rasen. Vom flachen Dach ist nicht mehr viel übrig, Möbel und Gemälde sind vom Löschwasser zerstört, aus den Trümmern ziehen Rauchschwaden hoch.

Bernhard Weiß hat alle Möglichkeiten ausgeschöpft, Winterstein zu erreichen – vergebens. Vielleicht hätten Sarah und Henri eine Idee gehabt, doch die sind unterwegs nach London. Jetzt heißt es warten. Die Fahndung nach den Tätern läuft, Straßenblockaden sind errichtet.

Die Feuerwehr stellt eine Brandwache auf, um ein erneutes Auflodern der Flammen zu bekämpfen. Auch ein Polizist bleibt da.

Stunden später stehen Winterstein und Leo vor den Trümmern des Hauses.

»Wer war das?«, fragt Winterstein den Polizeibeamten.

»Das wissen wir noch nicht. Die Fahndung läuft. Eine Zeugin hat mehrere Männer gesehen, die im Schein des Feuers fortliefen. Ich habe eine Nachricht von Herrn Dr. Weiß für Sie. Er erwartet Sie in seinem Haus. Einer unserer Wagen bringt Sie hin.« Das Gepäck wird verstaut.

Im Auto brechen bei Leo die Dämme – sie schluchzt hemmungslos.

»Alles wird gut, Liebste«, tröstet Winterstein und nimmt sie in den Arm.

»Alles ist weg. Deine Bücher, die vielen Gemälde, die Möbel … Es ist eine Katastrophe.«

»Solange ich dich habe …«

»Und deine Papiere? Die Erinnerungen an früher?«

»Alles Wichtige ist in einem Safe bei der Bank«, erklärt er. »Wir sind nicht mittellos. Und obdachlos auch nicht. In der Schweiz wartet ein Haus auf uns – und ein neues Leben.«

Bernhard Weiß und seine Frau sitzen vor dem Kamin und starren ins Feuer.

»Auf Dauer können wir nicht in Deutschland bleiben«, sagt Lotte. »Sie werden uns jagen und töten.«

»So einfach ist das nicht«, widerspricht Weiß. »Noch gibt es Gesetze.«

»An die sich die Nazis nicht halten«, erwidert sie. »Unsere Justiz ist zu schwach und deine Polizei unterwandert. Sie verspotten dich. Und die Gerichte verhängen, wenn überhaupt, lächerliche Strafen für schwere Gewalttaten.«

Weiß wundert sich. Noch nie hat sich Lotte für aktuelle Politik interessiert. Ihr Thema ist eher die aktuelle Kultur. Er hat plötzlich eine Ahnung, dass er seine Frau unterschätzt hat.

»Wenn du Deutschland nicht verlässt, werde ich das trotzdem tun. Und Hildchen mitnehmen. Also kümmere dich! Ich gehe jetzt schlafen.«

Lotte verlässt das Zimmer. Auf dem Weg ins Bett bemerkt sie durchs Fenster zwei Autoscheinwerfer. Leo und Winterstein sind angekommen. Soll sie das Zubettgehen verschieben? Nein.

Sie schaut nach Hilde. Das fünfjährige Mädchen schläft tief. Eine Weile bleibt Lotte sitzen und horcht dem Atem ihrer Tochter. Welche Zukunft wird auf Hilde zukommen? Die Frage lässt sie frieren.

»Juda verrecke!« trifft den Falschen. Fünf Brandstifter gestehen und fühlen sich sicher.

Eine merkwürdige Gelassenheit, fast schon Befreiung hat von Winterstein Besitz ergriffen. Er hat sich in den vergangenen

Jahren so oft gewünscht, sein Leben zu ändern, doch einen Plan dazu hat er nie gemacht. Jetzt kommt alles fast von selbst. Er hat sein Haus verloren und seinen Bruder wiedergefunden. Der Brief mit dem Bericht über seine Schuld bei der Explosion in Douaumont ist geschrieben und muss nur noch abgeschickt werden. Und er hat eine Frau an seiner Seite, mit der er den Rest seines Lebens verbringen will.

»Die Brandstifter haben die üblichen ›Judensau‹- und ›Juda verrecke‹-Parolen gebrüllt«, berichtet Weiß. »Die glauben, dass Sie Jude sind, Herr Winterstein.«

»Es gibt Schlimmeres.«

»Für manche gibt es nichts Schlimmeres«, entgegnet Weiß.

Winterstein nimmt einen Schluck Rotwein. »Ich werde bestimmt nicht argumentieren, dass ich kein Jude bin. Das würde ja bedeuten, dass die Juden es verdient haben, dass man ihnen Haus und Hof abbrennt. Ich hoffe, dass Ihre Polizei alles tut, diese Kerle zu finden.«

»Die Fahndung läuft«, versichert Weiß. »Dass Sie kein Jude sind, hat dennoch Vorteile. Die Justiz ist durchseucht von Richtern, die der NSDAP nahestehen. Die werden es nicht gern sehen, wenn eine Familie wie die Ihre, die sich um Deutschland verdient gemacht hat, schlecht behandelt wird.«

Winterstein lacht bitter. »Lieber Herr Weiß, Sie selbst haben sich auch um Deutschland verdient gemacht. Sie haben das Eiserne Kreuz Erster Klasse. Glauben Sie wirklich, dass dies ein Schutz für Sie und Ihre Familie ist?«

Weiß antwortet nicht.

»Ich liebe dich«, sagt Leo, als sie allein sind.

»Bist du dir sicher?«, fragt er.

»Sicherer denn je.« Sie küsst ihn. »Deine Äußerung, dass du nicht mit deinem Nichtjudentum argumentieren willst, war solidarisch und menschlich.«

»Komm ins Bett, Liebste«, lächelt er. »Wir hatten einen

anstrengenden Tag und ich brauche deine ungeteilte Aufmerksamkeit.«

Am nächsten Tag erhält Weiß die Nachricht, dass einige der Brandstifter festgenommen worden sind. Sie haben in einer Kaschemme mit dem Brandanschlag geprahlt und den Gesinnungsgenossen ein paar erotische Bücher gezeigt, die sie aus Wintersteins Bibliothek geklaut haben. Der Wirt hat daraufhin die Bereitschaftspolizei alarmiert.

Fünf junge Nazis sitzen nun im Verhörraum der Roten Burg. Sie geben unumwunden zu, Wintersteins Haus in Brand gesteckt zu haben. Als Motiv nennen sie die wirren Gründe, die in der Hetzpresse seit Jahren verbreitet werden: Die Juden haben durch ihre Geldgier dem deutschen Volk Millionen Reichsmark abgepresst, sie sind schuld am Krieg, vergreifen sich an arischen Mädchen und Frauen und schänden Kinder. Sodomitische Handlungen, homosexuelle Aktivitäten und alle nur erdenkbaren Perversionen seien dem Juden als Mittel recht, die arische Rasse zu vernichten.

»Und wie kommt ihr darauf, dass Herr Winterstein ein Jude ist?«, fragt Kriminalkommissar Thomas.

»Wegen dem seinem Namen«, prescht einer der Brandstifter vor. »Goldstein, Rosenstein, Feinstein, Weinstein, Epstein und Winterstein. Wir wollten es so einem Saujuden mal zeigen.«

»Ich verstehe«, lächelt der Kommissar. »Ihr habt euch zusammengesetzt und dann ist der Name Winterstein sozusagen vom Himmel gefallen und die Adresse seines Hauses auch. Aber Herr Winterstein heißt ganz genau Herr von Winterstein und ist kein Jude. Er hat im Krieg als Offizier für Deutschland gekämpft und dafür Auszeichnungen erhalten. Was sagt ihr jetzt?«

»Das wussten wir nicht.«

»Unwissenheit schützt vor Strafe nicht«, sagt Thomas. »Ihr könnt froh sein, dass es keine Verletzten gegeben hat. Aber fürs Zuchthaus reicht es allemal. Es sei denn …«

»Es sei denn, was?«

»Es sei denn, jemand hat euch beauftragt. Dann könnte es mildernde Umstände geben.«

Der Kommissar wartet. Doch es kommt nichts. Die Brandstifter werden abgeführt.

»Wir lassen sie schmoren«, erklärt Weiß, nachdem er informiert worden ist. »Das sind unreife Jungs, die schnell Angst bekommen, wenn sie ein paar Tage nicht zu Mama nach Hause können. Spätestens in drei Tagen plaudern die Kerle, was das Zeug hält.«

Der Gauleiter tobt und träumt von seiner künftigen Macht. Niemand hilft den Brandstiftern. Aber eine Ruine bleibt eine Ruine.

Der Pressedienst schreibt am nächsten Tag:

NAZIBANDE STECKT VILLA IN BRAND – SCHNELLER FAHNDUNGSERFOLG DER POLIZEI

Ein Großbrand hat in der Nacht die Bewohner in Charlottenburg aufgeschreckt. Die Villa des Verlegers Valentin Winterstein wurde ein Raub der Flammen. Schnell war klar, dass es sich um Brandstiftung handeln musste: Zeugen sagten aus, dass da Feuer an mehreren Stellen gleichzeitig ausgebrochen ist. Mehrere junge Männer wurden dabei beobachtet, wie sie es grölend beklatschten.

FÜNF VERDÄCHTIGE AUS DER NAZI-SZENE IN GEWAHRSAM

Die vermutlichen Täter wurden noch in der gleichen Nacht festgenommen. Sie haben die Tat gestanden. Als Grund gaben sie an, es einem »Saujuden mal zeigen zu wollen«. Dass die zum Teil noch jugendlichen Täter allein auf die Idee gekommen sind, ausgerechnet dieses Haus anzuzünden, ist zweifelhaft. Der Besitzer, Valentin Winterstein, ist kein Freund der nationalsozialistischen Rassenideologie. Ins Visier des Gauleiters Goebbels geriet er, als er sich weigerte, ihm das Haus zu verkaufen. Liegt hier der Grund für den Anschlag?

NICHT ALLE REICHEN MÄNNER SIND JUDEN

Es sei noch darauf hingewiesen, dass Winterstein kein Jude ist, sondern einer urdeutschen adeligen Familie angehört. Der Geschädigte selbst hält das nicht für wichtig. Gewalttaten gegen alle Menschen seien zu verurteilen und durch die Justiz zu ahnden. Ob Jude oder nicht, alle Menschen haben Rechte und dazu gehört das Recht auf Besitz – so der Verleger.

Goebbels tobt. Wenn wir an der Macht sind, wird der Pressedienst sofort verboten, denkt er. Wie hat er es im Reichstag bei der Etat-Debatte so genial formuliert? »Nach der Verfassung sind wir nur verpflichtet zur Legalität des Weges, nicht aber zur Legalität des Zieles. Wir wollen legal die Macht erobern. Aber was wir mit dieser Macht, wenn wir sie einmal besitzen, anfangen werden, das ist unsere Sache.«

Heftiger Applaus der Volksgenossen. Der Gauleiter bezweifelt allerdings, dass die Claqueure die Konsequenzen dieser Ankündigung wirklich verstanden haben.

Er lässt Schimmelmann antreten. »Ich wollte das Haus und keine Brandruine«, schnauzt Goebbels den Adjutanten an. »Einbruch, Diebstahl, Verwüstung, aber keine Zerstörung. Haben Sie den Jungen keine genauen Anweisungen gegeben?«

»Doch. Aber die Sache ist wohl aus dem Ruder gelaufen«, antwortet Schimmelmann. »Die Polizei war schneller da als üblich und es gab Zeugen.«

»Und dann quatschen die Kerle noch rum. Dümmer kann

man sich nicht anstellen«, ärgert sich Goebbels. »Was schlagen Sie vor, Schimmelmann?«

»Wir holen die da raus, bevor es zu einem Prozess kommt.«

Goebbels haut mit der Faust auf den Tisch. »Nein, das tun wir nicht. Wir greifen nicht ein, sondern statuieren ein Exempel. Das hilft unserem Ansehen in der Öffentlichkeit. Man soll merken, dass wir Straftäter in den eigenen Reihen nicht dulden.«

»Und wenn die Kerle aussagen, dass sie in unserem Auftrag gehandelt haben?«

»Mensch, Schimmelmann!«, schreit Goebbels. »Dann lügen diese dummen Kerle eben. Notfalls trete ich selbst vor die Presse und stelle das klar. Und Sie halten den Mund!«

Neuschnee hat sich wie Puderzucker über die Brandstelle gelegt, die noch immer bewacht wird. Leo und Winterstein sind hingefahren, um Abschied zu nehmen. Außerdem hofft er, doch noch einige persönliche Dinge in den Trümmern zu finden.

Der Weinkeller ist fast unversehrt, doch die Flaschen sind durch die Hitze geborsten.

»Wie schade«, murmelt Leo.

»Es gibt gute Weine auch in der Schweiz. Zum Beispiel am Genfer See. Wir könnten nach Lausanne ziehen. Am Wasser stehen sehr schöne Häuser und der Wein wird in Terrassen kultiviert.«

»Ich brauche neue Garderobe«, fällt Leo ein. »Wer weiß, ob ich das, was mir gefällt, in der Schweiz bekomme.«

»Lausanne ist zwar keine Großstadt, aber es gibt auch dort Geschäfte für Damenkleidung«, beruhigt Winterstein. »Die aktuelle Mode hat sich im Übrigen bis hinter die Schweizer Alpen verbreitet. Nicht alle Schweizerinnen tragen Bauerntrachten.«

»Das hört sich nach einem sehr beschaulichen Leben an. Das Kontrastprogramm zu Berlin. Wie willst du das aushalten?«

Winterstein deutet auf die Trümmer seines Hauses. »Indem ich mich immer an diesen Anblick erinnere.«

So verzagt kennt Leo ihren Liebsten nicht. Er strahlt eine tiefe Melancholie aus. Sie greift nach seiner Hand und schaut ihm in die Augen. »Was ist los mit dir?«

»Baldur liegt im Sterben. Der Arzt hat mich informiert.«

»Möchtest du noch einmal zu ihm?«

»Ich weiß es nicht. Ich habe Angst.«

»Wovor?«

»Dass ich seinen Tod als Erleichterung empfinde.«

»Es ist eine Erleichterung – und zwar für ihn«, sagt Leo. »Wir fahren zu ihm und ich begleite dich.«

»Nein!« Er lässt ihre Hand los und wendet sich ab. »Diesen Anblick erträgst du nicht.«

»Doch. Ich weiß, wie Kriegskrüppel aussehen können. Ich komme mit.«

Baldur geht in Frieden und ist doch immer da. Kein Champagner mehr für die Frau. Ohne Kinder zu leben ist auch keine Lösung.

Der Raum ist abgedunkelt. Baldur liegt bereits im Koma. Valentin sitzt mit geschlossenen Augen an seinem Bett. Der Brustkorb seines Bruders hebt und senkt sich regelmäßig, aber der Atem ist flach.

»Er leidet nicht«, sagt der Arzt leise. »Wir haben ihm Veronal gegeben. So kann er sanft und ohne Schmerzen gehen.«

Winterstein reagiert nicht. Er ist in den Bergen. Er sieht Baldur vor sich, da ist er ein Junge, gerade mal zwölf Jahre alt. Weinend deutet er auf einen Steinadler, der einige Meter entfernt ein Kaninchen geschlagen hat. Die Todesschreie schallen durchs Tal. Der Adler hebt den Kopf, packt die Beute, fliegt auf einen Felsen und reißt sie auseinander. Blutige Fleischfetzen fallen herab. Valentin hört sich mit Kinderstimme sagen: »So ist die Welt. Die einen fressen und die anderen werden gefressen.«

Er legt den Kopf auf den Körper seines Bruders und horcht. Das Leben in ihm ist noch zu hören. »Ich möchte mit ihm allein sein.«

Der Arzt und Leo verlassen den Raum. Sie wischt sich die Tränen von der Wange.

»Kann ich etwas für Sie tun?«, fragt der Arzt.

»Nein. Wie lange wird es noch dauern?«

»Nicht mehr lange«, versichert er.

Zehn Minuten später ist Baldur tot. Leo umarmt Valentin und führt ihn weg. Er ist bleich und stumm. Im Empfangsraum kommt er langsam wieder zu sich.

»Danke, dass du bei mir bist.« Er schaut sie voller Liebe an.

Die Beerdigung findet drei Tage später im engen Freundeskreis statt. Die Wintersteins sind über ganz Europa verteilt und nicht alle hat die Nachricht erreicht, dass Baldur gestorben ist.

Nach einer kurzen Zeremonie wird der Sarg in die Familiengruft gebracht und auf dem Steinblock befestigt.

Der Platz neben Baldurs Sarg ist frei. Da werde ich dereinst liegen, denkt Winterstein, dann stimmt die Inschrift im Stamm der Fichte oben in den Schweizer Bergen wieder: *Valentin & Baldur – für immer.*

Die Erinnerungen haben ihn aufgewühlt. Er geht zum Tisch und öffnet die Flasche Champagner, die dort – gut temperiert – in einem Sektkühler steht. Er reicht Leo ein Glas.

Sie lehnt ab. »Ich muss leider ein paar Monate auf Alkohol verzichten.«

Er erschrickt. »Bist du krank?«

Sie lächelt ihn an. »Nein, ich bin nicht krank.«

Er grübelt ein paar Sekunden. »Bist du etwa…?« Er stockt.
»Was?«, lächelt sie.
»Bekommen wir etwa ein Kind?«
»Ja! Ist das nicht wunderbar?«, jubelt Leo. »Freust du dich?«
Winterstein hat gemischte Gefühle. Kinder hat er nie gewollt und immer, wenn bei seinen früheren Liebschaften ein Kinderwunsch auftauchte, hat er die Beziehung beendet und ist geflüchtet. Und jetzt das.
»Ich wollte nie Kinder«, sagt er, noch immer geschockt.
»Ich auch nicht«, entgegnet Leo trocken. »Kinder schreien, machen in die Hose, gehorchen nicht und können einen zur Weißglut bringen. Und die ganze Arbeit bleibt an den Frauen hängen. Später gehen sie einem dann auf die Nerven, weil sie nicht so werden, wie man es sich gewünscht hat.«
»Ich hätte es nicht besser formulieren können«, schmunzelt Winterstein. »Und was machen wir jetzt?«
»Mit dem Klapperstorch über eine Rückgabe verhandeln?«, antwortet sie.
»Wie ich dich liebe! Du bist so herrlich unromantisch«, jubelt er. Alles Schwere ist mit einem Mal von ihm abgefallen. »Ich freue mich auf unser Kind. Und auf unser neues, schönes Leben.«
»Wir auch«, lächelt Leo und legt ihre Hand auf den Bauch. »Wenn es ein Junge wird, nennen wir ihn Baldur.«

Die Koffer sind gepackt, der Flug nach Genf und die Zugfahrt nach Lausanne gebucht. Bernhard Weiß begleitet seine Nichte und Winterstein zum Flughafen.
»Ihr solltet Deutschland auch bald verlassen«, sagt Leo und umarmt ihren Onkel.
»Sie sind immer bei uns willkommen«, bestätigt Winterstein.
»Ich danke euch. Aber noch sind wir nicht so weit«, entgegnet Weiß. »Ich habe immer noch Hoffnung, dass die demokratischen Kräfte siegen werden.«

Der Flug nach Genf wird aufgerufen. Ein letztes Winken. Weiß sieht seine Nichte und ihren künftigen Mann die Treppe zum Flugzeug hinaufgehen. Ob er sie jemals wiedersehen wird?

Die Türen schließen sich, die Motoren heulen auf, die Maschine rollt zur Startbahn und hebt sich elegant in die Lüfte. »*Shalom alechem*«, sagt Weiß leise.

Reale Personen (in alphabethischer Reihenfolge)

Viele Personen, die in diesem Buch vorkommen, haben wirklich gelebt. Einige haben wir dazuerfunden. Nicht alle Schicksale der realen Personen waren bis zum Ende nachzuverfolgen, da der Krieg und die Bombardierung Berlins viele Dokumente vernichtet haben.

Dr. Felix Abraham
Der jüdische Arzt arbeitete am Institut für Sexualwissenschaft und war psychologischer Gutachter im Mordprozess gegen Luise Neumann. Er verlor 1933 seinen Job, eine Auswanderung misslang. Unter ungeklärten Umständen nahm er sich in Florenz das Leben.

Erich Alfringhaus
Seit 1924 Chefredakteur des Sozialdemokratischen Pressedienstes. Juli 1933 Emigration nach Dänemark, 1939 ausgebürgert, 1940 bei einem Fluchtversuch nach Schweden festgenommen, nahm sich vor der Deportation nach Deutschland mit Gift das Leben.

Erich Benzinger
Keine Hinweise auf sein Schicksal.

Dr. Felix Dyrenfurth
Im Dezember 1933 verlor der jüdische Medizinalrat seine Stellung als gerichtlich vereidigter Sachverständiger. Da er im Ersten Weltkrieg mit dem Eisernen Kreuz Erster Klasse ausgezeichnet worden war, ließ man ihn in Ruhe. Dyrenfurth starb 1952.

Ernst Gennat
Der legendäre Chef der Berliner Mordinspektion brillierte mit einer hohen Aufklärungsquote. Gennat hat das »Profiling« erfunden und den Begriff »Serienmörder«. Er starb 1939 an Darmkrebs.

Dr. Joseph Goebbels und Magda Goebbels
NSDAP-Gauleiter in Berlin. Er organisierte Aufmärsche, Saal- und Straßenschlachten und Ausschreitungen gegen Juden, später betrieb er ihre Ermordung. Ab 1933 Propagandaminister. Als der Krieg 1945 verloren war, ermordete seine Frau Magda im Führerbunker die sechs kleinen Kinder. Anschließend erschoss Goebbels seine Frau und dann sich.

Dr. Moritz Goldstein
Der jüdische Journalist und Schriftsteller mit dem Redaktionskürzel »*Inquit*« (lateinisch »Er sagt«) war einer der bekanntesten Gerichtsreporter der Weimarer Republik. Er schrieb für die *Vossische Zeitung*. 1933 wegen seiner jüdischen Herkunft entlassen, ging er nach Italien. Er starb 1977 in New York.

Albert Grzesinski
Früher Innenminister, danach Polizeipräsident von Berlin. Er floh 1933 vor den Nationalsozialisten zunächst in die Schweiz, dann über Frankreich in die USA. 1947 starb er in New York.

Dr. Benno Hallauer
Während des Ersten Weltkrieges Stabsarzt in der Sanitätskompanie 3 im 3. Armeekorps in der Verdun-Schlacht. Der jüdische Frauenarzt leitete danach eine private Klinik in Berlin, das Landgericht Berlin entzog ihm 1933 die Approbation und verurteilte ihn zu 9 Monaten Gefängnis. Eine Emigration scheiterte. Seine Frau und er wurden 1943 in Auschwitz ermordet.

Dr. Julius Herf
Der damals prominente Staatsanwalt im Ulbrich-Prozess wurde 1935 in den Ruhestand versetzt, weil er angeblich homosexuell war. Es existierte eine entsprechende Karteikarte. Über sein Schicksal ist nichts bekannt.

Dr. Friedrich Leppmann
Der jüdische Gefängnisarzt arbeitete auch als gerichtlicher Sachverständiger für Psychiatrie bei Gerichtsprozessen. Er erhielt 1933 Berufsverbot. Er und seine Familie wanderten während des Dritten Reichs in die USA aus. Ein Sohn wurde in Auschwitz ermordet. Er selbst starb 1952 in Polen.

Theodor Lessing
Jüdischer Philosoph, Schriftsteller und Publizist, u. a. für das *Prager Tagblatt*. Nach der Machtübernahme der Nazis im Jahr 1933 floh er in die Tschechoslowakei. Dort verwundeten ihn drei Nazi-Attentäter 1933 durch Schüsse so schwer, dass er starb.

Dr. Sidney Mendel
Einer der bekanntesten jüdischen Strafverteidiger in Berlin erhielt 1938 Berufsverbot, weil er seit 1933 hauptsächlich politisch Verfolgte bei Gericht vertrat. Er emigrierte rechtzeitig in die USA und starb dort 1967.

Arthur Nebe
Der Kriminalkommissar trat bereits 1931 in die NSDAP ein. Nach 1933 Verantwortung für Massenverbrechen der SS. Er beschaffte Giftgas für die Tötung von Behinderten und verantwortete Menschenversuche an KZ-Häftlingen. Als er den Krieg verloren sah, biederte er sich dem Verschwörerkreis des 20. Juli an, wurde vom Volksgerichtshof zum Tode verurteilt und 1945 hingerichtet.

Luise »Lieschen« Neumann
Nach ihrer Verurteilung im Mordprozess Ulbrich wurde sie 1931 ins Frauengefängnis Barnimstraße gebracht. Hier brachte sie auch ihr Kind zur Welt. Ihre Spur verliert sich danach.

Frau Pulver
Lieschens Lehrerin machte sich vor Gericht schwere Vorwürfe, sich nicht genug um ihre Schülerin gekümmert zu haben. Sie bat das Gericht um Milde wegen der desolaten sozialen Verhältnisse, in denen ihre Schülerin aufwachsen musste.

Karl Hubertus Graf Schimmelmann
Privatsekretär bei Goebbels und ab 1944 Leiter einer »Germanischen Leitstelle« in Kopenhagen, die der Rekrutierung »germanischer« SS-Freiwilliger diente. 1945 soll er ins Verschwinden des Bernsteinzimmers verwickelt gewesen sein. Seit 1945 verschollen, 1946 für tot erklärt.

Frieda Seemann
Lieschens Freundin fand die Leiche des Mordopfers. Sie war eins von Ulbrichs Fotomodellen und Zeugin vor dem Berliner Landgericht. Sie soll Ulbrich auch neue Mädchen zugeführt haben.

Richard Stolpe
Die Todesstrafe gegen ihn wurde nicht vollstreckt. Im November 1931 wurde er begnadigt – so schreibt die *Vossische Zeitung*. Seine Strafe wurde in lebenslanges Zuchthaus umgewandelt. Sein Ende ist unbekannt.

Julius Streicher
Er war Eigentümer des antisemitischen Hetzblattes *Der Stürmer* und Mitglied der NSDAP-Fraktion des Reichstags. Im Oktober 1946 wurde er im Nürnberger Prozess wegen Ver-

brechen gegen die Menschlichkeit zum Tod verurteilt und hingerichtet. In der Urteilsbegründung wurde er als »Judenhetzer Nummer eins« bezeichnet.

Dr. Gabriele Tergit
Sie arbeitete bis 1933 als Journalistin für diverse Berliner Zeitungen und schrieb u. a. Gerichtsreportagen für die *Vossische Zeitung* und die Kulturzeitschrift *Die Weltbühne*. Als Jüdin und kritische Reporterin kam sie auf die Abschussliste der Nazis. Sie emigrierte 1933 nach Palästina und starb 1982 in London.

Dr. Bernhard Weiß
Polizeivizepräsident, hochdekorierter Offizier im Ersten Weltkrieg, erbitterter Gegner von Goebbels. 1933 wurde ein Kopfgeld auf ihn ausgesetzt, seine Wohnung geplündert. Flucht mit der Familie über Prag nach London. Nach 1945 kehrte er nach Deutschland zurück und starb 1951 an Krebs.

Dr. Erich Wulffen
Der Kriminologe und Rechtswissenschaftler brachte zusammen mit Felix Abraham ein viel beachtetes Buch mit dem Titel *Ulbrichs lebender Marmor* heraus, in dem auch Erotikfotos der Mädchen veröffentlicht wurden. Er starb 1936 in Dresden.

Nachwort & Dank

Der Roman beruht auf wahren Ereignissen im Berlin der 1930er-Jahre. Der Mordprozess gegen Lieschen Neumann hat 1931 viel Aufsehen erregt. Wir konnten ihn mithilfe von historischen Dokumenten weitgehend so schildern, wie er sich ereignet hat. Natürlich wurden fiktive Personen hinzugefügt.

Unser Dank gilt der Friedrich-Ebert-Stiftung, die die Zeitungen aus der Zeit digitalisiert und öffentlich gestellt hat, sowie Erik Flemming, der uns mit seinem detaillierten Wissen über Alt-Berlin unterstützt hat.

Die geschilderten Vorgänge und Angaben darüber, wer was wann wo getan oder gesagt hat, sind weitgehend authentisch. Es wurde jedoch auf die Genauigkeit des Historikers und exakte Quellenangaben verzichtet. Benutzt wurden Gutachten, Vernehmungsprotokolle, Gerichtsakten sowie zeitgenössische Presseberichte.

Die Grappa-Reihe von …

Grappas Versuchung
ISBN 978-3-89425-034-8, eISBN 978-3-89425-980-8
1. Fall: Reporterin umkreist charmanten Bösewicht

Grappas Treibjagd
eISBN 978-3-89425-981-5
2. Fall: Wer ist der geheimnisvolle Onkel Herbert?

Grappa macht Theater
ISBN 978-3-89425-042-3, eISBN 978-3-89425-982-2
3. Fall: Geheimbund kontrolliert Kulturleben in Bierstadt

Grappa dreht durch
eISBN 978-3-89425-983-9
4. Fall: Nackte Tatsachen in einem Bierstädter Filmstudio

Grappa fängt Feuer
eISBN 978-3-89425-984-6
5. Fall: Eine Reisegruppe in Griechenland verliert ihre Teilnehmer …

Grappa und der Wolf
eISBN 978-3-89425-985-3
6. Fall: Ein charmanter Auftragskiller und Plutoniumschmuggel

Killt Grappa!
eISBN 978-3-89425-986-0
7. Fall: Schönheitschirurgie und Satanismus

Grappa und die fantastischen Fünf
eISBN 978-3-89425-987-7
8. Fall: Toter Teppichhändler und tückische Erpresserbande

Grappa-Baby
eISBN 978-3-89425-988-4
9. Fall: Die menschliche Reproduktion zwischen Himmel und Hölle

Zu bunt für Grappa
eISBN 978-3-89425-989-1
10. Fall: Ein Toter im Melonenfeld und ein unbekannter van Gogh

Grappa und das große Rennen
eISBN 978-3-89425-990-7
11. Fall: Wer meuchelte die drei prominenten Sozis?

grafit

… Gabriella Wollenhaupt im Überblick

Flieg, Grappa, flieg!
eISBN 978-3-89425-991-4
12. Fall: Wilde Tiere, tote Callboys und aggressive Neonazis

Grappa und die acht Todsünden
ISBN 978-3-89425-267-0, eISBN 978-3-89425-992-1
13. Fall: Tödliches Festmahl für sieben Männer und Frauen

Grappa im Netz
ISBN 978-3-89425-278-6, eISBN 978-3-89425-993-8
14. Fall: Der OB ist verschollen und untreue Ehemänner werden gemeuchelt

Grappa und der Tod aus Venedig
ISBN 978-3-89425-290-8, eISBN 978-3-89425-994-5
15. Fall: Grappa und ein Mörder auf den Spuren Thomas Manns

Rote Karte für Grappa
ISBN 978-3-89425-318-9, eISBN 978-3-89425-995-2
16. Fall: Wer killte den brasilianischen Stürmerstar Toninho?

Grappa und die Nackenbeißer
eISBN 978-3-89425-996-9
17. Fall: Die Welt der Kitschromane – da bleibt kein Auge trocken!

Es muss nicht immer Grappa sein
eISBN 978-3-89425-845-0
18. Fall: Eine zu früh verstorbene Rentnerin und 35 kg Kaviar

Grappas Gespür für Schnee
ISBN 978-3-89425-359-2, eISBN 978-3-89425-846-7
19. Fall: Wer bezahlt die Kokspartys im Bierstädter Rathaus?

Grappa und die keusche Braut
ISBN 978-3-89425-372-1, eISBN 978-3-89425-812-2
20. Fall: Amokläufer tötet eine ganze Klasse – die Lehrerin überlebt …

Grappa und die Seelenfänger
ISBN 978-3-89425-385-1, eISBN 978-3-89425-850-4
21. Fall: Der Chef einer Castingshow wird erst entführt, dann erleuchtet

Grappa lässt die Puppen tanzen
ISBN 978-3-89425-395-0, eISBN 978-3-89425-861-0
22. Fall: Ein Karussell des Elends – von Plovdiv nach Bierstadt in den Tod

grafit

Grappa und die Toten vom See
ISBN 978-3-89425-418-6, eISBN 978-3-89425-886-3
23. Fall: Brauner Sumpf in Bierstadt – alte und neue Nazis

Grappa sieht rosa
ISBN 978-3-89425-436-0, eISBN 978-3-89425-155-0
24. Fall: Ein Coming-out mit fatalen Folgen

Grappa und die stille Glut
ISBN 978-3-89425-455-1, eISBN 978-3-89425-181-9
25. Fall: Eine Rentnerin stalkt Pfarrer – dann ist er tot

Grappa greift durch
ISBN 978-3-89425-468-1, eISBN 978-3-89425-196-3
26. Fall: Terror in Bierstadt: Wie viel Wahrheit verträgt die Öffentlichkeit?

Grappa und die Venusfalle
ISBN 978-3-89425-487-2, eISBN 978-3-89425-722-4
27. Fall: Saubere Hunde und eine schmutzige Familiengeschichte

Grappa in der Schlangengrube
ISBN 978-3-89425-579-4, eISBN 978-3-89425-737-8
28. Fall: Verdient der entlassene Straftäter seine zweite Chance?

Grappa und der Sonnenkönig
ISBN 978-3-89425-593-0, eISBN 978-3-89425-752-1
29. Fall: Der Puppenpuff wird dem Sonnenkönig zum Verhängnis …

Ein letzter Grappa
ISBN 978-3-89425-638-8, eISBN 978-3-89425-639-5
30. Fall: Krieg auf Bierstadts Straßen – welche Rolle spielen die Behörden?

grafit